KB121941

싱크

싱크 9

2015년 11월 17일 초판 1쇄 인쇄
2015년 11월 20일 초판 1쇄 발행

지은이 현민
발행인 이종주

기획 팀 이주현 이기헌
책임 편집 이세종

발행처 (주)로크미디어
출판등록 2003년 3월 24일
주소 서울시 용산구 원효로97길 46 5층
Tel (02)3273-5135 Fax (02)3273-5134
홈페이지 rokmedia.com E-mail rokmedia@empas.com

ⓒ 현민, 2015

값 8,000원

ISBN 979-11-255-9931-9 (9권)
ISBN 979-11-255-8684-5 04810 (세트)

싱크

9

†현민 게임 판타지 장편소설†

로크미디어

CONTENTS

감시대

택시 한 대가 옆을 스치듯 위협하며 지나갔다. 또 다른 차를 운전하던 남자는 창문을 열고 공지우를 향해 욕을 퍼부었다.

"운전을 그따위로 해? 집에 가서 밥이나 해, 이년아!"

생각 같아서는 핸들을 꺾어 입에 걸레를 문 저 새끼에게 따끔한 맛을 보여 주고 싶었지만 공지우는 그래 봐야 자신만 손해라고 생각하며 꾹 참았다.

오랫동안 공간 이동술 현섬으로 인해 운전할 필요성이 없었다. 공지우가 유학 시절 때 취득한 운전면허는 자연스럽게 지갑에서도 쫓겨나 책상 아래쪽 서랍 깊숙한 곳에 처박혀 있었다. 백정현이 사고만 치지 않았다면 그 면허증을 다시 꺼낼 일도 없었을 터였다.

유니온은 소속 각성자에게 능제령을 내렸다. 각성 과정을 통해서 얻은 능력을 제한하는 능제령은 대규모 충돌이 임박했다는 뜻이기도 했다. 그로 인해 공지우는 당분간 현섬을 사용할 수 없게 되었다.

물론 전투가 벌어지면 이야기는 달라진다. 평소 생활에서 능력 사용이 제한된다는 뜻이었다.

오피스텔 앞에 차를 댄 공지우가 이마의 땀을 소매로 닦으며 내리는데 늙은 경비원이 달려왔다.

"아가씨, 여기 대면 안 돼."

"……알았어요."

근처 이면 도로로 차를 몰고 가서 겨우 빈자리를 찾아내는데 거의 30분이 걸렸다. 한숨을 내쉬며 오피스텔 앞으로 걸어가던 공지우는 빗자루로 바닥을 쓸던 그 경비원을 다시 만났다.

"백정현? 그 아이는 방을 뺐어. 얼핏 듣기로는 유학을 간다고 하던데."

그렇게 말한 경비원은 툴툴거리며 비질을 재개했다.

방을 뺐다는 것도, 유학을 간다는 사실도 이미 공지우는 알고 있었다. 알고 싶은 것은 그 이유였다. 그 콧대 높은 녀석이 왜 갑자기 기억을 잃고 도망치듯 유학을 가려 하는지 도저히 이해할 수 없었다.

싱크

'정말 페플 놈들 짓일까?'

처음 그 이야기를 들었을 때, 말도 안 된다고 생각했다. 혈문이 나섰다면 백정현 같은 피라미를 공격 대상으로 삼았을 리가 없다. 5인회 혹은 15인회 중 한두 명을 노렸다면 모를까.

인기척이 느껴져 몸을 돌린 공지우는 차가운 인상의 젊은 남자를 발견했다.

"너는……?"

"여긴 감시대의 작전구역입니다."

"나는……."

"압니다. 백정현이 모네타 길드 소속인 당신의 추천으로 아카데미에 들어왔으니 어느 정도 책임을 느끼겠지요. 그렇다고 마음대로 작전구역에 들어오시면 안 됩니다. 잘 아시지 않습니까?"

"조은석이지, 너?"

로고스 길드 소속으로 언제든지 바람을 일으킬 수 있고 바람의 정령까지 소환하는 각성자 조은석을 공지우는 겨우 기억해 냈다. 조은석이 언제 감시대의 일원이 되었는지는 생각나지 않았다.

"따라오세요."

조은석은 오피스텔의 입구를 한눈에 볼 수 있는 곳에 세워진 밴으로 걸어갔다.

공사 관련 차량으로 위장된 밴 뒷문을 열고 조은석이 먼저 안으로 올라타자 공지우가 뒤따랐다. 각종 감시 장비가 빼곡히 채워져 있고, 두 사람이 헤드폰을 낀 채 모니터를 지켜보며 감시 결과를 살피고 있었다.

"저 사람들은 잠시 감시대에 배정된 국정원 요원이에요."

조은석이 공지우에게 속삭였다.

국정원이라는 말을 듣는 순간, 공지우는 이번 일이 쉽게 끝나지 않으리라 직감했다. 백정현을 영입하여 아카데미에 보낸 게 바로 자신이니 그 책임을 지고 처벌을 받을지도 모른다. 생각할수록 가슴이 답답해졌다.

"정말 공격이니?"

"전 아무 말도 할 수 없습니다. 아시잖습니까."

"그래도……."

"한 가지만 말씀드릴 수 있습니다. 현재 백정현은 평범합니다. 약을 투입해도 변화는 없을 것 같습니다."

"……알았어."

각성자에게 평범은 죽음과 동의어였다. 각성자로서의 백정현은 죽었다는 선언이었다.

"결과가 어떻게 나오든 어느 정도의 처벌은 각오해야 할 겁니다."

조은석은 사실을 말했다.

고개를 끄덕인 공지우는 밴에서 나와 터벅터벅 걸었다.

싱크

징계위원회가 열릴 것이다. 그 결정에 따라서 자칫 잘못하면 외국으로 쫓겨날지도 모른다. 한번 나가면 쉽게 돌아오지 못할 것이다.

"하나 알려 드리죠."

어느새 쫓아온 조은석이 옆에서 걷고 있었다.

"뭘?"

"감시대는 윤태희 씨도 조사 중입니다."

"태희를? 왜?"

"이유까진 알려 드릴 수 없습니다. 그럼."

조은석은 뒤도 돌아보지 않고 밴으로 돌아갔다.

밴 뒤쪽 문이 닫히는 소리를 듣는 순간, 공지우는 그 말의 의미를 깨달았다.

윤태희는 여느 교육생과 다른 교육 성취도를 보였다. 군계일학이라고 해도 과언이 아니었다. 처음 윤태희가 각성했을 때를 떠올린 공지우는 몸을 부르르 떨었다. 그 환각력은 이제 막 각성한 사람의 능력이 아니었다! 어쩌면 윤태희는 의도를 숨기고 유니온 내부로 숨어든 첩자일지도 모른다.

공지우는 자신이 해야 할 일이 무엇인지 깨달았다.

버스 안에는 고등학생들이 많았다. 근처 학교가 개교기념

일인 모양이었다.

김현은 자유를 만끽하는 또래 아이들의 표정을 보며 한편으로는 부럽고, 다른 한편으로는 왠지 모를 우월감을 느꼈다. 평범한 아이들은 상상도 할 수 없는 세계에 살고 있음을 김현은 너무나도 잘 알았다.

'나는 저 아이들과는 가는 길이 달라.'

퍽.

앞쪽에서 들린 소리.

김현은 반사적으로 그쪽을 바라보았다. 허약해 보이는 아이 하나가 덩치 큰 녀석들에게 둘러싸인 채 고개를 푹 숙이고 있었다. 사람들 때문에 얼굴은 보이지 않았다.

김현은 보자마자 어떤 분위기인지 알아차렸다. 저런 일은 아무리 시간이 흘러도 사라지지 않을 것이다.

길게 숨을 내쉬며 기를 그 방향으로 퍼트렸다. 청명으로 들리는 소리가 훨씬 또렷해졌다.

"왜 아직도 안 만들었어, 이 새꺄."

"시, 시간이 없어서…… 정말 미안해."

퍽.

정수리를 내리찍는 주먹에 고개가 절로 숙여졌다.

옆에 있던 또 다른 녀석, 뺨에 여드름이 덕지덕지 붙어 있는 놈이 낄낄 웃으며 그 아이의 뺨을 후려쳤다.

철썩! 꽤 큰 소리에 주위 사람들의 이목이 집중되었지만,

누구도 선뜻 나서서 불량 학생들에게서 그 아이를 구하진 않았다.

"언제까지 고칠 수 있어?"

"그, 그게…… 보름은 있어야 해. 구해야 할 재료도 많고, 무엇보다 합금 화로가 필요하기 때문에…… 윽!"

주먹이 명치로 파고들자 허리가 접혔다. 아이는 신음을 흘리며 무너질 뻔했지만 겨우 버텼다.

김현은 그 아이의 꽉 움켜쥔 주먹을 보았다. 부르르 떨고 있지만 감히 휘두를 수 없는 주먹이 너무나 애처로웠다.

"안 되겠다, 너. 요즘 내버려 뒀더니 기가 살았어. 풍선에 바람 좀 빼야겠어. 내리자."

여드름이 아이의 뒷목을 잡고 이제 막 멈춰 선 버스에서 내리자, 다른 녀석들이 우르르 하차했다.

도살장으로 끌려가는 돼지처럼 골목 안쪽으로 끌려가는 아이의 모습에 가슴 안쪽이 뜨거워 도저히 참을 수 없었지만 나서서 저 불량배를 혼내 준다고 해서 저 아이의 삶이 조금이라도 나아질 리가 없음을 너무나 잘 알기에 김현은 자리에 가만히 앉아 있었다.

버스가 출발한 순간, 김현은 차갑고 매끈하며 너무나 예리해서 사람의 피부나 근육쯤은 쉽게 잘라 낼 수 있는 금속을 생생하게 느낄 수 있었다.

'여드름 녀석…… 칼을 가지고 있잖아.'

정류장을 떠난 버스는 사거리를 지나고 있었다. 김현은 고개를 흔들며 현섬을 펼쳤다.

남다른 분위기를 풍기는 김현에게 어떻게 말을 걸어 볼까 고민하던 여고생은 갑자기 텅 빈 좌석을 보고 깜짝 놀랐지만 곧 다가올 시험 생각으로 빠져들었다.

김현은 골목 입구에 나타났다. 가벼운 충격파로 공기가 떨렸다.

안으로 들어가진 않았다. 그저 입구 벽에 기대선 채 청명으로 안쪽에서 어떤 일이 벌어지는지 듣고 있을 뿐이었다. 어쩌면 염려와 달리 사소한 주먹질로 끝날지도 모른다.

퍽, 퍽, 퍽.

규칙적인 소리가 들릴 때마다, 신음이 뒤따를 때마다 김현은 피가 뜨거워졌다. 옛날 일이 떠올랐다.

옥상에서 스스로 목숨을 끊은 친구 이기용은…… 저런 식으로 백정현 같은 녀석들에게 괴롭힘을 당했다. 집이 부유한 데다 운동은 물론 공부까지 잘해서 선생님들에게 인정받는 아이들의 사악한 장난을 이기용은 혼자서 도저히 막을 수 없었다. 김현이 이기용 편에 섰지만, 결과는 친구의 죽음이었다.

그때, 엇박자로 '퍽' 소리가 들렸다.

김현은 몸을 바로 세웠다. 듣는 순간, 그 아이의 조그만 주먹이 드디어 허공을 갈랐다는 사실을 직감했다.

"이 씹새끼가!"

골목 안으로 달려간 김현은 칼을 꺼내 든 여드름을 가볍게 짓밟고 깜짝 놀라서 반응이 느린 다른 녀석들을 날려 버렸다. 수라부월공은 물론 천무삼권을 펼칠 필요조차 없는 수준이었다.

널브러진 녀석들을 내려다보는 김현의 눈은 차갑게 빛났다. 시선이 느껴졌다.

"고, 고맙습니다."

그 아이였다.

괴롭힘을 당하던 아이의 얼굴을 본 순간, 김현은 깜짝 놀라 할 말을 잃었다. 너무나 닮아서 이기용인 줄 알았다. 4년이라는 시간이 지났음에도 전혀 자라지 않은 이기용이 눈앞에 서 있었다.

아이는 머뭇거리다가 얼른 골목 밖으로 달아났다.

물끄러미 그 아이의 뒷모습을 바라보던 김현은 이기용이 살아서 돌아올 리 없다고 생각하며 천천히 쓰러진 놈들의 주머니와 가방을 뒤져 지갑과 휴대폰을 챙겼다.

"앞으론 내 눈에 띄지 마."

골목 밖으로 나간 김현은 그 아이가 기다리고 있는 모습에 적잖이 놀랐다.

"저도 강해지고 싶어요."

망설이던 아이가 한 말이었다.

"몸을 단련해."

"단련요?"

"태권도나 합기도 같은 거."

"아, 네. 알겠습니다."

아이는 고개를 꾸벅 숙인 뒤 달려갔다.

아이가 모퉁이 너머로 사라질 때까지 지켜보던 김현은 이제 막 도착한 버스에 올랐다.

과연 자기가 한 충고가 저 아이의 삶을 획기적으로 바꿀지, 아니면 변함없이 그대로 이어질지 결과는 저 아이의 선택에 달려 있었다.

경비원이 바닥을 꼼꼼하게 쓸고 있는 장면이 단조롭게 흘러나오는 모니터를 응시하던 강윤수는 살짝 고개를 돌려 동료를 바라보았다.

"짜장면."

"짬뽕."

최인섭이 받아쳤다.

"거기에 탕수육."

"탕수육 좋죠."

"시켜."

"알겠습니다."

당장 핸드폰을 꺼낸 최인섭은 고개를 살짝 들어 뒤에 서 있던 젊은 남자를 올려다보았다.

"뭘 하는 겁니까?"

조은석이 물었다.

"점심 먹어야지. 벌써 1시잖아. 다 먹고살자고 하는 짓인데, 안 그래?"

최인섭의 말투에서 적의가 노골적으로 드러났다.

국정원 대테러보안국 소속 요원인 그는 명령을 받아 이곳으로 왔지만 이번 임무의 목적이 무엇인지, 왜 백정현이라는 불량 고등학생 주위를 감시해야 하는지 아무것도 알지 못한 상태에서 조은석이라는 녀석을 만났다.

조은석은 대테러보안국에서 잔뼈가 굵은 두 명의 요원에게 명령을 내렸다. 자연스러운 태도였다.

국장으로부터 조은석의 지시에 따르라는 명령을 받았지만, 몇 번을 물어도 임무에 대해서 자세히 알 필요 없다고 대답하는 조은석이 최인섭은 마음에 들지 않았다.

한숨을 내쉰 조은석은 손을 들어 올렸다. 손에서 뿜어져 나온 소형 돌풍이 최인섭을 덮쳤다. 순식간에 몸이 옥죄여 마비된 최인섭을 본 강윤수는 벌떡 일어섰지만 곧 눈이 몽롱해졌다. 조은석이 손짓으로 돌풍을 거두자, 최인섭은 몇 번 기침을 한 후에 모니터로 시선을 옮겼다.

둘 다 허기까지 잊고 작업에 열중했다. 그러나 오래가지는 않았다.

"짜장면 어때?"

강윤수가 속삭였다.

"짬뽕이 낫지 않을까요?"

"거기에 탕수육 추가?"

"제가 전화 걸겠습니다."

최인섭은 조은석을 보지도 않고 핸드폰을 꺼내 근처 중국집에 연락해서 주문했다. 이번엔 조은석도 막지 않았다. 말해 봐야 또 이야기를 꺼낼 터였다.

조은석은 아무것도 모르는 멍청이들을 자신에게 붙인 감시대 리더 황영을 향해 속으로 욕을 했다.

오피스텔 근처 정류장에서 내린 김현은 정문 근처를 쓸고 있는 경비원을 만났다. 사실, 늙은 경비원이 김현을 먼저 알아보고 말을 걸었다.

"백정현 찾아온 거지? 늦었어. 방 뺐거든."

"그래요?"

김현은 그리 놀라지 않았다. 그러나 다음 말을 들었을 때는 감정이 표정으로 드러났다.

"유학 가기로 한 모양이야."

각성자로서 유니온 아카데미의 교육생인 백정현이 대체 어디로 유학을 간다는 것일까? 아카데미를 졸업한 다음 외국에 있는 유니온 지부로 배치된 것일까? 김현은 그렇지 않다고 생각했다.

그때, 낯선 형태의 무기가 느껴졌다. 슬라이드, 완충 스프링, 프레임, 가늠자, 방아쇠, 총알이 채워진 탄창.

천천히 고개를 돌린 김현은 가로수 옆에 세워진 검은색 밴을 바라보았다. 저 차 안에 총 두 자루가 있었다.

오토바이 한 대가 그 밴 뒤로 다가와 멈춰 섰다. 껌을 질겅질겅 씹는 배달원이 철가방을 손에 든 채 밴 뒤쪽으로 걸어갔다. 탕탕, 두드리자 문이 열렸다. 중국집 배달원은 짜장면, 짬뽕, 탕수육 그리고 서비스 만두를 꺼냈다.

"왜 그러나?"

경비원이 물었다.

"……아무것도 아닙니다."

김현은 그 밴에서 눈을 뗄 수가 없었다.

조은석은 모니터에서 눈을 떼지 않았다.

선명한 화면 속 아이는 자연스러운 자세로 서서 이쪽을,

밴을 바라보고 있었다. 길가에 서 있는 밴으로 중국 음식이 배달 왔으니 쳐다볼 법도 하지만, 조은석은 뭔가 더 있다고 확신했다.

'보통 녀석은 아니야.'

그 아이는 천천히 걸었다. 백정현을 찾아왔으니 친구일까? 백정현과 관련된 데이터베이스를 뒤지면 저 아이가 누군지 알 수 있을까?

"저 아이의 정보가 필요합니다."

"먹고 합시다."

강윤수는 탕수육 비닐을 벗기고 있었다. 그 앞에 자리를 잡은 최인섭은 나무젓가락으로 비닐을 찢은 짬뽕을 들어 한모금 마시는 중이었다.

화가 난 조은석은 바람의 정령을 소환했다. 오랫동안 이 세계에 머물게 할 수는 없지만, 이 태평한 멍청이들의 머리에 커다란 충격을 가할 수는 있었다. 조은석은 손에 든 탕수육 소스가 무릎으로 흐르는 것도 모르고 푸르스름한 정령을 바라보는 강윤수 앞으로 다가갔다.

"당장 일어나서 저 녀석을 쫓아가세요. 만약 놓치기라도 하면 당신들이 상상할 수 있는 최악의 상황을 현실로 만들어줄 테니까, 최선을 다하세요."

두 사람은 인형처럼 일어섰고, 곧 밴 밖으로 튀어 나갔다. 머릿속에 조은석의 명령이 박힌 채로.

김현은 뒤를 돌아보지 않으려 애썼다. 가슴이 쿵쾅거리다 못해 입 밖으로 튀어나올 것만 같았다. 흥분을 가라앉히는 일, 결코 쉽지 않았다.

정류장에는 손자와 함께 온 할머니, 양산을 손에 든 아주머니, 핸드폰을 들여다보는 여고생 몇 명이 버스를 기다리고 있었다. 김현은 그들과 거리를 두었다. 혹시라도 무슨 일이 벌어지면 그들이 피해를 입을지도 몰라서였다.

쫓아온 두 사람 중 키가 큰 쪽은 할머니 옆에 섰다. 다른 사람은 여고생 뒤쪽에서 이쪽을 힐끔거렸다. 여고생 근처에 있던 사내가 옷 안쪽으로 손을 넣어 송신 버튼을 누르며 속삭였다.

"그 새끼, 대체 정체가 뭐지?"

– 모르겠습니다. 국정원 내에 원장 직속으로 특수 조직이 있다는 소문을 들었는데, 그 조직의 일원일 가능성은 어떨까요?

이어 마이크로 동료의 말을 들은 사내가 고개를 숙이면서 말했다. 지나가는 자동차 소음에 목소리는 묻혔다.

"확 들이받을까?"

– 그랬다간 국정원에서 쫓겨날지도 모릅니다.

"짜증이 나서 그래. 지가 뭐라고 명령질이야. 그나저나, 저 고딩은 뭐야? 왜 쫓아가야 하는 거지?"

- 그냥 임무라고 생각하죠. 그게 속 편하잖아요.

"그건 그래."

두 요원이 주고받는 대화를 김현은 한마디도 놓치지 않고 엿들었다. 청명 덕분이었다.

두근거리는 심장은 더욱 세차게 뛰었다. 국정원 요원 두 사람이 자신을 따라왔다는 사실을 쉽게 받아들일 수가 없었다.

버스에 올라타 뒤쪽으로 가서 앉은 김현은 겨우 핸드폰을 꺼낼 수 있었다. 도청 가능성은 생각도 못 한 채 안진후에게 전화를 건 김현은 입술이 바짝 말라 있었다.

다행히 안진후가 곧 전화를 받았다.

- 이 시간에 무슨 일이야?

"국정원 소속 요원들이 날 미행하고 있어."

잠시 침묵이 흘렀다. 김현은 내리는 문 근처에 서서 뒤쪽을 힐끔거리는 요원을 애써 무시했다.

- 자세히.

안진후가 말했다.

김현은 백정현을 만나기 위해 오피스텔에 왔다가 총을 지닌 국정원 요원이 따라붙었다는 이야기를 더듬거리며 겨우 설명할 수 있었다.

- 가만히 있어 봐.

김현은 당장 현섬을 펼쳐 도망치고 싶은 마음을 겨우 억눌렀다. 공간 이동술로 사라지는 순간 유니온과 관련이 있을 저 국정원 요원들은 자신이 각성자라는 사실을 알아차릴 터였다.

－버스 안에 있지, 지금?

"어떻게 알았어?"

－핸드폰 위치 추적. 그보다 국정원 요원은 어디 있어?

안진후가 물었다.

"체크무늬 셔츠를 입은 남자."

－내리는 문 근처에 서 있는 남자 말인가?

닥터 프로메테우스가 끼어들었다.

"맞습니다. 어? 보고 있는 건가요?"

김현은 깜짝 놀랐다.

－버스 내부에 설치된 CCTV를 살짝 해킹했거든. 그 사람이 국정원 요원이라고 했지?

안진후가 말했다.

"응."

－닥터 프로메테우스에 따르면 유니온이 필요하다고 판단할 경우 국정원이 동원되기도 하는 모양이야. 평소처럼 행동해. 현섭 같은 능력은 보여 주지 말고. 아마도 백정현 때문에 감시대가 움직이고 있는 것 같으니까.

"알았어."

－핸드폰도 안전하지 않을지도 모르니까, 앞으로는 중요한 얘기는 페플에서 하자. 아무래도 암호를 정해 둬야 할 것 같다.

"그래."

─얼굴이 굳어 있어, 너. 천하의 김현에게 이 정돈 아무것도 아니잖아. 설마 겁먹은 건 아니지?

"끊어."

전화를 끊고 핸드폰을 주머니에 찔러 넣은 김현은 천천히, 길게 숨을 내쉬었다.

생전 한 번도 경찰서에 가 보지 않은 사람이라면 경찰서에서 연락만 와도 심장이 쪼그라든다. 국정원이라는 이름은 경찰서보다 백배 더 위력적이었다. 그 어느 때보다 현실이 생생하게, 또한 무겁게 느껴졌다. 유니온이라는 조직이 국정원까지 움직인다는 사실은 충격적이었다.

안진후는 세븐 길드를 이끄는 게이머 아레스가 재벌 그룹 CRS 회장의 손녀 배혜진이라고 말한 적이 있었다. 배혜진은 모네타 길드와 관련이 깊었다. 로고스 길드 소속 프랑켄슈타인 교수는 노벨상 후보에까지 오른 적이 있는 저명한 과학자였다.

생각할수록 유니온이라는 조직의 규모가 실감났다.

정상적으로 학교를 다녔다고 해도 이제 겨우 고등학교 2학년일 아이 세 명이 그런 조직을 상대할 수 있을까? 안진후는 대체 뭘 믿고 자신만만할까? 진실을 알게 되면 박용준은 겁에 질려 달아날지도 모른다.

손가락 끝이 저릿저릿 간지러웠다. 흥분으로 입술이 바짝 말라 있었다. 열린 입술 사이로 뜨거운 공기가 흘러나왔다.

김현은 자신이 웃고 있다는 사실을 뒤늦게, 창문에 비친 얼굴을 본 후에야 깨달았다. 평범한 사람이라면 공포에 질려 피해야 할 상황에서 오히려 웃고 있으니 미친 건지도 모른다. 타인의 이해는 필요 없다.

"나도 제정신은 아니야. 그나저나 아저씨를 위해서 대현자를 빨리 찾아야 할 텐데. 지금도 늙은 개로 돌아다닐까? 파르소겐도 제정신이 아니야."

김현이 중얼거렸다.

늙은 개가 갑자기 기침을 했다.

'누가 내 이야기를 하는 건가? 스노빈 그 녀석이 날 욕하고 있겠군.'

좁고 냄새나는 골목으로 들어간 파르소겐은 구석에 숨어 있는 망량을 바라보았다. 시선에 담긴 힘에 이끌린 망량이 천천히 다가오자 대현자는 빙긋 웃으며 한때는 멀쩡했을 망량의 얼굴을 응시했다.

"부탁을 들어주면 내 피를 네게 조금 나눠 주마."

썩어 문드러져 허연 뼈가 드러난 망량의 얼굴이 기괴하게 웃었다.

망량은 돌이 촘촘하게 박힌 바닥 아래로 스며들며 사라졌지만 파르소겐은 망량이 어디로 갔는지, 무엇을 보고 듣는지 알 수 있었다.

계약을 맺은 망량의 눈과 귀를 빌리는 능력은 콘센치오 3단계에서나 가능했다. 지금 파르소겐은 망량의 눈을 통해 보고, 귀를 통해 들을 수 있었다.

지하 깊은 곳까지 내려간 망량은 석실의 천장 아래로 고개를 내밀었다.

파르소겐은 대리석 테이블을 둘러싸고 앉아 있는 사람들을 볼 수 있었다.

'저 녀석은 태천문의 소문주 바탄이야. 그 뒤에 서 있는 사내는 태천문의 도호단주 위강이고. 콘빅토르의 택무, 스로칸의 송서하, 루네람의 스테르, 벨리에브의 류트 그리고 그레아트의 레온까지, 제법 쟁쟁한 사람들이 모였구만.'

태천문의 소문주 바탄이 일어섰다.

"서로 잘 아는 사이이니 인사는 생략하기로 하지요. 여기로 모여 달라고 요청을 드린 이유는 여러분도 아시다시피 영웅회 때문입니다."

영웅회라는 단어는 고요한 연못에 던져진 돌멩이처럼 사람들 사이에서 파문을 일으켰다. 바탄은 잠시 그 동요를 지켜본 후에 말을 이었다.

"그레아트의 레온 씨를 제외하면 여기 계신 분들 모두 영웅회 때문에 엘루마로 오셨을 겁니다. 저 역시 그랬으니까요. 하지만 영웅회를 주창한 대현자 파르소겐은 아직까지 나타나지 않고 있습니다. 현자 집단 호지센을 이끄는 스노빈조차도 대현자가 엘루마에 있다고만 말할 뿐, 정확히 어디 있는지 왜 모습을 드러내지 않는지 모르는 것 같습니다."

"다 아는 얘길 주저리주저리 왜 하는지 모르겠군."

키 2미터에 몸무게는 150킬로그램에 육박하나 모두 근육질인 택무가 툭 내뱉었다.

"말조심하시오."

바탄 뒤에 서 있던 위강이 칼자루를 움켜쥐며 택무를 노려보았다. 바탄이 손을 뻗어 말리자 위강은 뒤로 물러섰지만 택무를 향한 시선엔 짙은 살기가 담겨 있었다.

위강의 기세를 몸으로 느낀 택무는 더 이상 말을 하지 않았다. 콘빅토르와 태천문이 본격적으로 싸운다면 둘 다 큰 피해를 입을 터였다.

바탄이 입을 열었다.

"우리에겐 이방인이라는 공통의 적이 있습니다. 또한 귀찮게 하는 마법사, 돈밖에 모르는 상인 그리고 돈에 이끌려 몸을 파는 용병도 우리에겐 골칫거리지요. 그러니 우리끼리 싸울 필요는 없지요. 간단히 말씀드리겠습니다."

잠시 침묵한 바탄은 자신에게 시선이 집중된 후에 말을 이었다.

"레온 씨."

바탄은 테이블 끝에 앉아 심드렁한 얼굴로 듣기만 하는 레온을 응시했다. 다른 사람들의 시선 역시 바탄의 의도대로 레온에게로 향했다.

"듣고 있소."

"당신은 대현자님이 어디 계신지 알고 있지 않습니까? 그러니 당신이라면 왜 대현자님이 모습을 감추고 있는지도 알고 있을 것 같습니다만."

"난 모르오. 대현자님의 제자조차 모르는 것을 내가 어떻게 알겠소?"

"당신은 이방인이 대현자님을 만나도록 자리를 마련했습니다. 제 기억이 틀리지 않았다면요."

"그런 적 없소. 난 누구든 롭시스 국수 한 그릇을 비우면 만나 주겠다는 대현자님의 뜻을 사람들에게 알렸을 뿐이오. 이 자리에 있는 사람들 중 누구라도 롭시스 국수 한 그릇을 거기서 비웠다면 대현자님을 직접 만났을 것이오."

레온은 바탄 뒤에 서 있는 위강을 바라보았다. 위강의 얼굴이 즉시 붉게 물들었다. 도전했다가 꼴사납게 실패했던 기억이 떠오른 것이다.

"아픈 곳을 찌르는군요."

바탄은 부드럽게 말했다.

"사실이 그렇다는 것이오."

"그렇다면 저도 사실을 말해야겠군요. 저는 대현자님이 왜 지금까지 모습을 드러내지 않는지, 지금 무엇을 하고 있는지 알고 있습니다."

"……그렇소?"

의심스러워하는 레온.

"대현자님은 영웅회라는 소식에 이끌려 엘루마로 모여든 사람들을 살피고 있을 것 같습니다. 그들의 속내가 무엇인지, 그들이 진심으로 영웅회에 참석하려는 것인지, 아니면 다른 의도가 있는지 알아내고 있으리라 생각합니다. 어쩌면 보이지 않는 망량을 보내어 우리 이야기를 엿듣고 있을지도 모르지요."

바탄은 고개를 살짝 돌려 얼굴을 내밀고 있는 망량 쪽을 우연인 것처럼 힐끔 쳐다봤다.

놀란 파르소겐은 변신을 풀었다. 늙은 개가 노인으로 변하는 광경을 목격한 사람은 다행히 없었다.

대현자는 계약을 맺은 망량에게 정신을 집중했다. 감각이 보다 정교해졌고, 그 덕분에 각 사람의 얼굴 표정을 보다 세밀하게 볼 수 있었다.

"재미있군요."

레온의 목소리는 딱딱했다.

"만약 대현자께서 제 예상처럼 대화를 듣고 계시다면 아마도 당신이 이 모임에 대해 미리 알렸기 때문이겠지요. 물론 사실일 리 없겠지만요."

활짝 웃는 바탄의 태도에 레온은 등줄기로 흐르는 식은땀을 느낄 수 있었다. 태천문의 소문주에 대한 소식은 별로 들은 바가 없다. 그러나 앞으로는 바탄이라는 인물에 대해 좀 더 관심을 가지게 될 터였다.

"하고 싶은 말씀이 무엇입니까?"

스로칸의 송서하가 물었다.

"대현자는 나타나지 않을 겁니다. 바로 우리를 믿지 않기 때문입니다. 대현자는 어둠에 숨어 우리를 평가하고 있습니다. 하지만 태천문의 소문주인 저 바탄은 이곳으로 왔습니다. 영웅회에 참석하기 위해서 말입니다."

"현재 영웅회 개최를 위해 실질적으로 움직이고 있는 인물은 전직 용병 겔란드뿐이라고 알고 있습니다만."

루네람의 스테르였다.

"누구나 겉으로 드러내고 움직이긴 쉽습니다."

바탄은 스테르의 눈길을 조금도 피하지 않았다.

"그동안 무엇을 했는지 듣고 싶소만."

콘빅토르의 택무였다.

"나 바탄은 태천문의 소문주로 반월도법, 용강도법을 7대 무문의 사람들에게 공개할 것입니다. 7대무문에 속한 무인이라면 누구든 반월도법과 용강도법을 익힐 수 있을 겁니다."

그 선언에 아무도 입을 열지 못했다.

무인에게 무공은 생명이었다. 비록 태천문에는 반월도법, 용강도법 외에 탁월한 무공이 더 있겠지만 그처럼 오랫동안 명성을 떨친 무공을 다른 문파에 공개한다는 결정은 실로 파격적이었다.

"……조건이 있을 것 같습니다만."

레온이었다.

"조건은 없습니다. 다만, 나는 이 자리가 우리의 영웅회가 되기를 바랄 뿐입니다. 이방인의 도래 이후, 7대무문은 시간이 흐를수록 영향력을 잃어 가고 있습니다. 이제는 7대무문 내부에도 이방인이 대거 들어와 세력을 늘려 가고 있는 게 현실입니다. 오랫동안 우리는 반목하고 충돌함으로써 이방인에게 자리를 내줬습니다. 이제 과거를 뒤로 보내고 새로운 관계를 시작해야 한다고 저는 생각합니다. 이것이 바로 대현자님이 영웅회를 시작한 이유라고 저는 확신합니다."

바탄은 한 점의 의심도 없는 눈으로 사람들을 바라보았다. 그 강렬하면서도 순수한 눈빛에 사람들은 빨려 드는 느낌을 받았다.

바탄이 말을 이어 나갔다.

"각 문파로 돌아가면 문주에게, 마스터에게 제 뜻을, 태천문의 의지를 전해 주시기 바랍니다. 우리는 힘을 합쳐야 합니다. 그것이 우리에게 주어진 유일한 선택임을 우리는 하루라도 빨리 깨달아야 합니다. 제가 알기로 마탑은 빠르게 움직이는 중입니다. 8대마탑 소속 마법사들이 은밀히 만나고 있다는 사실을 며칠 전에야 확인했습니다. 용병대와 상단도 예외는 아닙니다. 늦어 버린다면 우리는 주도권을 놓칠지도 모릅니다."

거기까지 들은 파르소겐은 망량을 불러들였다. 굶주린 망량에게 피를 나눠 준 그는 다시 늙은 개로 변신했지만, 그 골목을 벗어나지는 않았다.

"태천문에 저런 놈이 나타나다니. 내가 차려 놓은 밥상을 저 녀석이 차지했구먼. 허허. 나쁘진 않아. 수백 년 동안 적대시했던 무인, 마법사, 용병, 상인이 하루아침에 과거를 잊고 연합할 수는 없을 테니 말이야."

그래도 씁쓸한 기분을 지우기는 힘들었다.

무인끼리 모이기는 쉽다. 마법사끼리 잠시 과거를 잊고 하나가 될 가능성은 높다. 문제는 7대무문과 8대마탑이, 4대용병대와 5대상단이 연합할 수 있느냐였다.

"아무래도 지름길로 갈 수는 없겠어. 얼마나 피를 흘려야 할지 모르겠지만 톱니바퀴가 돌아가기 시작했으니, 당장은 내가 할 일은 없겠구나."

그 순간, 아무런 대가 없이 늙은 개에게 호의를 베풀던 멍청한 얼굴이 떠올랐다. 이방인이면서도 지극히 착한 마음을 가진 드워프가 왜 갑자기 보고 싶을까?

"이름이 뭐였더라? 그래, 바마퉁이었어. 뭘 하고 있는지 한번 보러 갈까나."

늙은 개는 골목을 빠져나갔다.

바마퉁은 여관방에서 약초전서를 읽고 있었다. 스승에게
서 받은 두툼한 책으로, 여백에는 콜마가 직접 쓴 기록이 남
아 있었다.

갑자기 웃음이 터졌다. 싱글벙글 미소가 얼굴에서 떠나지
않았다.

"내가 이사라니."

생각만 해도 기분이 좋았다.

직급으로 따지면 고형덕보다, 심지어 특별 고문인 닥터 프
로메테우스보다 위였다. 길드 마스터인 안진후가 자신을 이
사회의 일원으로 지목한 것이다. 덕분에 행복과 책임감을 동
시에 느끼고 있었다.

하지만 곧 한 줄기 고통이 얼굴을 가로질렀다.

저 바깥 현실에서는 마음껏 날아다닐 수도 있고, 실수로
다친 상처도 깨끗하게 치료할 수 있다. 문제는 이곳 페플이
었다. 여기서도 비행은 가능하지만, 전투에 도움이 되진 않
았다. 달라진 게 없었다.

사토르의 장갑을 끼면 힐링 마법을 펼칠 수 있지만, 지연

시간과 마력의 양을 고려하면 파티원들에게 현재로선 적절한 도움을 주기 어려웠다.

'어떻게든 답을 찾아내야 해.'

습관적으로 붕대를 팔에 감았다가 풀면서 책을 읽던 바마퉁은 아이들 뛰어노는 소리에 고개를 들었다. 창가로 간 그는 건물 위로 펼쳐진 하늘을 바라보았다.

여름은 거의 끝나 가고 있었다. 높고 푸른 가을 하늘이 어느새 성큼 다가온 느낌이었다.

붕대 감기 스킬은 이제 겨우 5레벨이었다. 초당 회복 속도는 별 의미가 없을 정도로 느렸다. 사토르의 장갑 자체에 걸려 있는 힐링 마법에 비하면 사실상 쓸모가 없는 수준이었다.

"휴우."

현재 레벨은 95였다.

힐러는 던전 플레이에서 얻는 경험치의 20%를 추가로 받았다. 바마퉁은 나중에야 그 사실을 알았고, 왜 자기가 노바디보다 레벨이 높은지 이해할 수 있었다.

레벨이 높다는 것, 전혀 자랑스럽지 않았다. 던전에 내려가면 그 레벨은 소용이 없다. 오히려 노바디처럼 레벨은 낮아도 실제로 강해야 파티를 이끌 수 있는 법이다.

던전에서 노바디의 전투력을 두 눈으로 목격한 아로간타르와 체리는 노바디를 숭배하듯 바라본다.

바마퉁은 약초전서를 덮었다. 마음이 어지러워 글이 눈에 들어오지 않았다.

사토르의 장갑은 무척 귀하고 엄청난 능력이 깃든 보물임에 틀림이 없지만, 사용자의 실력과 임기응변에 따라 그 효과가 크게 달라지는 아이템이었다. 사토르 힐링을 펼친 후 재사용까지 30초, 길게는 1분 가까이 걸리기 때문에 전투 상황을 전략적으로 판단해야 파티를 효과적으로 도울 수 있는데, 바마퉁은 그 부분에 자신이 없었다.

벨란데르라면 그 똑똑한 머리로 어떻게 해야 조금도 시간이나 마력을 낭비하지 않고 팀을 도울지 알아낼 수 있을 터였다. 누가 얼마나 위험한지, 누구를 우선해야 하는지, 어떻게 끼어들어야 하는지 바마퉁은 그 복잡한 문제를 풀 자신이 없었다.

'이러다가 쫓겨날지도 모르겠다.'

바마퉁은 사토르의 장갑을 살폈다.

장갑 자체에 걸려 있는 사토르 큐어 포이즌, 사토르 파티 힐링, 사토르 퍼펙트 힐링, 사토르 홀리 어택, 사토르 스트라이크, 사토르 밤은 마력 부족으로 펼칠 엄두조차 낼 수 없었다.

처음 드워프로 페플을 시작한 이후 공개되지 않은 지하 도시 투월령에서 불꽃망치 드워프들과 함께 그저 시간을 보냈을 뿐, 특별한 직업을 가져 본 적이 없었다. 드워프는 기본적으로 대장장이였지만 바마퉁은 광석을 캐고 특정한 금속 형태로 바꾸는 야공 기술에도 그리 큰 관심을 두지 않았다.

바마퉁은 마법사가 아니었기에 마력은 사토르의 장갑을 낄 경우에만 사용이 가능했다. 그 때문에 마력의 양도 적었고, 사용한 후의 회복 속도도 매우 느렸다.

'나도 직업을 가져야 할까?'

노바디는 필요에 의해 전사라는 직업을 선택했고, 이곳 페플에서 섬바디라는 길드를 만들어 등록했다.

"그래, 가만히 있을 순 없어."

고민 끝에 여관을 나섰다.

한참을 걷자 광장이 나왔다.

엘루마 중앙에 자리 잡은 거대한 광장 테페오 주위에는 하늘을 찌를 듯한 마탑들이 들어서 있었다. 바마퉁은 그중 빛의 마탑 투스텔라 앞에 섰다.

"……너무 커."

돌아선 드워프는 화염 마탑 플라도르도 지나쳤다. 위압적이라서 도저히 자신을 받아 주지 않을 것 같았다.

여러 군데를 거친 끝에 규모도 작고 입구도 허름한 마탑 바트란에 이르렀다.

"일단, 해 보는 거야. 노바디도 했으니까."

바트란 마탑으로 올라가려는데, 발목 근처가 축축해졌다.

고개를 숙인 바마퉁은 늙은 개 한 마리를 발견했다. 털이 제멋대로 자라난 그 개는 한쪽 다리를 들고 오줌을 누는 중이었다.

"너!"

바마퉁은 그 개를 알아보았다. 몹시 반가워서 조금도 화가 나지 않았다.

이번에도 바마퉁은 인벤토리에서 회복약을 꺼내어 손바닥에 액체를 부었다.

늙은 개는 목이 말랐는지 녹색의 액체를 금세 핥아서 먹었다.

"배가 많이 고팠구나."

바마퉁은 늙은 개를 어루만졌다.

늙은 개는 빚쟁이처럼 바마퉁을 물끄러미 쳐다보았다.

"아, 맞다. 내가 고기 사 준다고 했었지? 약속은 지켜야지. 따라와. 따라올 거지?"

바마퉁이 한쪽으로 걸어가자 늙은 개는 마치 시종을 따라가는 귀족처럼 당당하게 쫓았다.

마탑 바트란으로 들어가 마법사가 되겠다는 결심을 깡그리 잊어버린 바마퉁은 골목 안쪽에 자리 잡은 정육점에서 두툼한 돼지고기를 샀다. 기쁜 마음으로 늙은 개 앞에 내려놓았지만, 개는 그 고기를 쳐다보지도 않았다.

"왜 그래? 싱싱해 보이는데."

개는 다시 무언가를 요구하는 강렬한 시선으로 바마퉁을 올려다보았다.

"아! 넌 생고기는 안 먹는구나. 알았어."

바마퉁은 그 고기를 두고 가까운 음식점으로 들어가 웃돈을 주고서 급히 고기 요리를 가져왔다.

늙은 개는 양념까지 깊이 밴 고기를 맛있게 씹기 시작했다. 그 앞에 쭈그리고 앉은 바마퉁은 행복한 미소를 지으며 개를 바라보았다.

꽤 비싼 고기 요리를 먹어 치운 늙은 개는 과일 가게 앞으로 가서 멈췄다. 바마퉁과 탐스러운 과일을 번갈아 바라보는 개의 행동. 바마퉁은 깔깔 웃으며 아낌없이 과일을 사서 인적이 드문 골목 안쪽으로 향했다.

바마퉁이 한 아름의 과일을 앞에 내려놓는데도 늙은 개는 오만한 왕족처럼 과일을 쳐다보지도 않았다. 무언가를 깨달은 바마퉁이 허리에 찬 단검을 뽑아 껍질을 벗기자, 늙은 개는 기다렸다는 듯 과일을 덥석 물고 씹었다.

다섯 개를 쉬지도 않고 먹어 치운 늙은 개는 뒤로 물러서더니 길게 하품을 했다.

"이제 더 안 먹어도 돼?"

천천히 고개를 끄덕이는 늙은 개.

"……내 말을 알아듣는 거야?"

늙은 개는 맑고 깊은 눈으로 바마퉁을 바라보고 있을 뿐이었다.

"난 어릴 때부터 개를 키우고 싶었어. 정말 잘 키울 자신이 있었는데…….”

말을 잇지 못하는 바마퉁.

늙은 개가 다가와 바마퉁의 손등을 핥았다.

놀란 바마퉁이 고개를 들자 늙은 개는 뒤로 물러섰지만, 달아나지는 않았다.

“고마워.”

“나도.”

개가 말했다.

바마퉁은 아무 말도 못 했다. 귀를 의심하며 멍한 눈으로 늙은 개를 쳐다볼 뿐이었다.

늙은 개는 하품을 한 뒤에 말을 이었다.

“난 케르베로스와 드래곤 사이에서 태어난 전설적인 존재 겐소르파다. 줄여서 겐소라고 불러라.”

“케르베로스가 뭔데?”

드래곤이 최강의 생명체라는 사실은 바마퉁도 알고 있었다.

“머리 셋 달린 지옥의 개, 몰라?”

“처음 들어.”

왠지 기가 죽는 바마퉁.

“어휴, 정말 무식하다, 너.”

“미안해.”

개에게까지 무시당하는 바마퉁.

개로 변신하여 엘루마 곳곳을 돌아다니며 마탑, 무문, 귀족가에서 흘러나오는 갖가지 정보를 수집하던 대현자 파르소겐은 시간이 날 때마다 이 소심하면서도 지나치게 비범한 드워프를 관찰해 왔다.

이방인이라는 사실은 이미 알고 있었다.

대체 저 녀석이 어떻게 추영의 주인이 되었을까? 바로 그 점이 궁금해서 계속 따라왔던 것이다.

처음엔 추영의 존재를 눈치채지 못했다. 몇 번 따라다닌 후에야 흐릿한 존재의 그림자를 발견했고, 콘센치오를 펼쳐서 확인한 다음에는 할 말을 잃었다.

더 놀라운 건, 사토르의 장갑을 끼고 있을 뿐 아니라 몸에는 용갑을 착용했다는 사실이다.

바마퉁이라는 이름의 드워프가 그 노바디라는 녀석의 일행이며, 노바디 옆에 붙어 다니는 예쁘장한 소녀가 뮤카멘 백작이 아끼는 딸 체리언 델 뮤카멘이라는 사실은 뒤늦게 알아차렸다.

거기에 녹색날개 일족의 후계자 아로간타르도 노바디 옆에 있었다. 심지어 아로간타르는 노바디로부터 무극심법을 전수받고 있었다. 긍지 높은 녹색날개 일족의 후계자가 이방인으로부터 무술을 배우고 있다니.

"이름."

"바마퉁이야. 보다시피 드워프고, 난 이방인이야."

바마퉁은 두툼한 손가락을 보여 주었다. 털이 난 손가락은 험한 일을 하기에 충분할 만큼 강했다.

"왜 똥 마려운 개처럼 마탑 사이를 돌아다닌 거지?"

"어떻게 알았어? 아, 날 따라다닌 거야? 그렇지? 그런 거지?"

바마퉁의 얼굴이 빛났다. 관심이 없으면 따라다니는 일 따위 하지 않는다.

대현자는 바마퉁의 얼굴을 보고 속으로 웃었다. 이 순진한 드워프를 보기만 해도 미소가 나온다.

"대답이나 해."

"그게…… 마법사가 되려고."

"이유는?"

한숨을 내쉰 바마퉁은 왜 마탑 앞을 기웃거렸는지 설명했다. 두서도 없고 제멋대로여서, 대현자가 아니었다면 몇 번이나 말을 끊고 질문을 던졌을 터였다.

"동료에게 도움이 되고 싶다는 거냐?"

"응."

"너한테는 추영이 있잖아."

"그걸 어떻게 알았어?"

"케르베로스와 드래곤의 후손인 나 겐소의 눈에는 하얀 날개가 선명하게 보이니까."

"추영은 정말 대단한데, 내가 문제야. 벨뭉이라는 드워프는 추영의 주인으로서 드워프 일족의 근위기사단을 상대할 만큼 어마어마한 능력을 발휘했는데, 내가 할 수 있는 건 추영을 날개로 만들어 하늘을 나는 것뿐이야. 밧줄 형태로도 바꿀 수 있는데, 힘이 없어서 제대로 사용하기 힘들어."

쓸쓸하게 웃는 바마퉁.

대현자는 눈앞의 이방인 드워프를 도와주고 싶었다. 그런 마음이 샘물처럼 솟아났다. 스노빈이 나중에 알면 기겁을 하겠지만, 그런 이유로 멈출 대현자가 아니었다.

"바마퉁, 넌 뛰어난 치료술사가 되고 싶은 거지?"

"……응."

"내가 도와주마."

"정말?"

"대신, 넌 나를 도와주는 거다."

"……내가 어떻게 하면 돼?"

"난 색다른 이야기를 아주 좋아한다. 세상을 이런 모습으로 떠도는 이유는 재미있는 사건, 장소, 사람에 대해 더 알고 싶기 때문이지. 넌 내게 그런 이야기를 들려주면 된다."

"그건, 할 수 있어!"

바마퉁은 감옥에서 노바디 이야기를 들려줬을 때 체리의 반응을 떠올렸다.

"대신 다른 사람들에겐 나에 대해 말해선 안 돼. 난 그저 늙어서 힘없는 개에 불과하니까. 알겠지?"

싱크

그때, 바마퉁의 시야에 반투명 창이 나타났다.

늙은 개 겐소르파

지옥견 케르베로스와 드래곤 헤라 사이에서 태어난 전설의 개 겐소르파는
세상을 떠돌고 있습니다. 겐소르파의 관심은 오직 하나, 재미있는 이야기
입니다.

수백 년 동안 세상을 돌아다녔기에 그 어떤 학자보다 뛰어난 지식과 경험
을 자랑하는 겐소르파와의 친밀도가 높아지면, 그에게서 비밀스러운 이야
기를 들을 수 있습니다.

조건 : 비밀을 밝힐 경우, 겐소르파는 실망하여 떠날 것입니다.

–겐소르파를 퀘스트 NPC로 등록하시겠습니까?

바마퉁은 할 말을 잃었다. 노바디에게서 체리, 아로간타르
가 퀘스트 NPC로 등록되었다는 이야기를 듣긴 했지만 자신
에게도 이런 일이 생길 줄은 상상도 못 했다.

"싫어?"

눈을 부라리는 늙은 개.

"아니, 좋아. 너무 좋아."

바마퉁은 눈물을 글썽거렸다.

"이렇게 좋은 날, 그냥 넘어갈 수는 없지. 따라와."

늙은 개가 앞으로 나섰다.

바마퉁은 그 뒤를 따를 수밖에 없었다.

늙은 개 겐소가 멈춘 곳은 미로 같은 골목을 30분이나 헤맨 뒤에야 찾아낸 낡은 골동품 상점 잉페였다.

"이방인들은 거의 모르는 곳이다. 잘 고르면 싼값에 좋은 물건을 구할 수 있지."

겐소가 먼저 문을 밀고 안으로 들어갔다.

서너 명이 골동품처럼 오래된 물건들을 둘러보고 있었는데, 이방인이 아니었다. 겐소의 말대로 이방인은 이 상점의 가치를 전혀 모르는 듯했다.

대머리 주인은 바마퉁을 힐끔 쳐다본 후, 손에 쥔 반지를 부지런히 닦는 일에 열중했다.

"이쪽으로."

겐소가 속삭였다.

늙은 개를 뒤따르던 바마퉁이 새하얀 보석이 박힌 반지를 들어 올리는 순간, 아래에서 소리가 들렸다.

"그거 가짜다."

"정말?"

"가짜라니까. 내려놔."

"······알았어."

바마퉁은 재빨리 반지를 원래 위치로 내려놓았다.

주위를 둘러보던 파르소겐의 눈이 빛났다.

'이건 우연이 아니구나. 여기에 디레블링이 숨겨져 있다니. 사토르의 장갑을 가진 사람 앞에 디레블링이 나타나? 절대 우연일 수 없지.'

파르소겐은 이 순진한 이방인 드워프로 인해 저 귀중한 물건이 드러났음을 확신했다. 만약 혼자 들어왔다면 대현자의 눈으로도 찾지 못했을 터였다.

매우 뛰어난 마법이 걸려 있는 물건 중 일부는 스스로 드러날 때를 정한다. 디레블링 역시 그런 아이템이었다.

"왼쪽에 있는 반지. 그래, 그거. 어떻게 여기 있는지 모르겠군."

"좋은 거지?"

바마퉁은 짙은 녹색의 보석이 박힌 반지를 들어 손가락에 끼웠다.

편안한 느낌이 몸 전체로 퍼져 나갔다.

느낌을 신뢰하여 물건을 구입하면 안 되지만, 바마퉁은 그 사실을 몰랐다. 싼 물건을 비싸게 팔기 위해 일부러 초급 마법을 펼칠 수 있는 교활한 수련사를 불러 물건에 마법을 거는 주인도 있었던 것이다.

식별 마법은 이곳에서 통하지 않는다. 계산을 치른 후 저절로 물건의 가치, 즉 능력치가 드러난다. 골동품 상점은 대부분 이런 방식으로 운영되었다.

"저기 왼쪽 선반에 놓인 부츠도 챙겨라. 바람의 마탑 페르

제피에서 제2차 몬스터대전을 대비하여 만든 놈이니까."

파르소겐은 어느새 구석으로 가서 위쪽을 쳐다보고 있었다.

바마퉁은 가죽이 찢어진 부츠를 꺼냈다.

"금방 버려야 할 것 같은데."

"나중에 신어 보면 진가를 알 수 있을 게다. 일단, 그 두 개가 여기선 제일 좋은 것 같다."

"정말 고마워."

고개를 꾸벅 숙이는 바마퉁. 진심이 표정과 몸 전체로 고스란히 드러났다.

파르소겐은 어이가 없었다.

늙은 개로 돌아다니면 인간이 얼마나 잔인한 종족인지 몸으로 느낄 수 있다. 아이들조차 늙은 개를 향해 돌멩이 던지는 일을 주저하지 않는다. 노인들도 들고 있는 지팡이로 아무런 이유도 없이, 그저 눈에 띄기 때문에 떠도는 개를 때린다.

엘프나 드워프도 그리 다르지 않다.

이곳 사람들조차도 그러니, 천성이 난폭한 이방인은 말할 필요조차 없다.

'이 녀석은 확실히 달라. 세상에 이런 순둥이가 있다니.'

파르소겐은 저 착한 놈이 이방인이라서 아쉬웠다. 그 결점만 없다면 제자로 삼았을 텐데.

바마퉁이 계산대로 가져간 반지와 부츠는 각각 5골드였

다. 주인은 물건 볼 줄 모른다면서 혀를 찼지만, 바마퉁은 다른 물건을 고르지 않았다.

계산이 끝나자 아이템과 관련된 자세한 설명이 창으로 떠올랐다. 바마퉁의 눈이 휘둥그레졌다.

신성한 빛을 머금은 치료의 반지 '디레블링'

빛의 마법사 아키브와 대신관 엘레간티아, 녹색날개의 엘프 사토르가 만든 반지.
세 사람은 지혜를 합쳐서 만든 이 반지를 누가 가질 것인지를 놓고 내기를 시작했습니다. 그러나 그 결과는 알려지지 않았습니다.
효과 : 지혜 +100, 생명력 +3,000, 마력 +5,000, 방어력 +500, 마력 회복 속도 +30%, 생명력 회복 속도 +20%, 죽음의 마법 저항력 +300
조건 : 아키브의 목걸이, 엘레간티아의 귀걸이, 사토르의 장갑 중 하나를 가진 자만 착용 가능

강맹한 바람의 부츠 '트론게'

'돌풍의 마도사' 폴레인이 직접 제작한 부츠.
처음부터 가죽이 갈라지고 낡은 형태로 만들어졌습니다. 괴짜 마도사라고도 불린 폴레인이 부츠의 진가를 알아보는 사람에게만 능력이 드러나도록 안배를 해 놓은 것입니다.
효과 : 지혜 +30, 마력 +1,000, 이동속도 +200%
조건 : 최초 발견자 귀속

주인이 뒤늦게 물건을 알아보고는 백 배, 아니 천 배의 돈을 들여 사려고 했지만 바마퉁은 가볍게 거절했다.

디레블링을 끼고 트론게를 신었더니 몸이 엄청나게 가벼

왔다. 원하는 대로 몸이 움직였다.

늙은 개를 힐끔 쳐다본 바마퉁은 속성 창을 열었다.

마력이 6,000이나 늘었다. 사토르의 장갑에 걸려 있는 힐링 마법을 마음껏 펼칠 수 있다는 뜻이다!

게다가 지혜 속성 부족으로 존재만 알고 있었던 신성 마법 '사토르 큐어 포이즌'이 열렸다. 중독도 치료할 수 있게 된 것이다!

그 아래에는 '사토르 파티 힐링' 항목도 있었다. 파티 전체의 생명력을 한꺼번에 올릴 수 있는 치료 마법이었다.

여관으로 가기 위해서 마차에 가벼운 마음으로 올라탄 바마퉁은 다리 아래에 앉은 늙은 개의 목덜미를 어루만졌다.

'고마워, 겐소.'

바마퉁은 이 늙은 개의 정체가 대현자 파르소겐이라고는 상상도 못 했다.

빈민굴

달빛이 바위 산맥을 은은하게 비추자 은색으로 빛나는 면과 그늘진 부분이 한 폭의 수묵화처럼 눈앞에 펼쳐졌다. 촘촘히 반짝이는 별들을 펼친 날개로 가리며 날아다니는 와이번은 먹잇감을 찾기 위해 아래를 내려다보는 중이었고, 물소 무리는 풀숲 가까운 곳에서 언제 내려와 발톱을 박을지 모르는 와이번을 살피며 귀뚜라미 우는 소리를 듣고 있었다.

스코덴 산맥과 빛의 도시 엘루마 앞 평원을 한눈에 볼 수 있는 바위 절벽 끝자락에 사람들이 나타났다.

"여기 좋다."

벨란데르가 소환한 불의 정령 슈뢰딩거가 뿜어낸 빛이 어둠을 사방으로 밀어냈다.

이제 막 일어난 것처럼 제멋대로인 새하얀 머리카락. 페플에서의 이름으로 아인슈타인을 택한 닥터 프로메테우스는 구역질을 겨우 참아 낸 후 중얼거렸다.

"이거 좀 고약하군."

"현섭의 부작용, 곧 익숙해질 겁니다."

노바디가 말했다.

"그건 그렇고, 저 위에 야생 와이번 두 마리가 있구먼."

"여기로 내려오진 않을 겁니다."

"그럴 테지. 불의 정령의 기운을 감지할 테니 말이야."

아인슈타인은 슈뢰딩거에게서 2미터 남짓 떨어진 곳에 편안한 자세로 앉았다. 빛과 열기가 적당한 곳이었다.

"와아."

바마퉁은 엘루마를 보며 탄성을 터트렸다. 달빛을 반사하는 도시의 성벽과 높은 건물의 지붕이 만들어 내는 절묘한 풍경 때문이었다.

바마퉁 옆으로 간 홍길동이 속삭였다.

"오늘 왜 모이는지 넌 알지?"

"실은, 저도 잘 몰라요."

바마퉁은 그 순간 얼굴이 뜨거웠다. 섬바디 길드의 이사로서 당연히 모임의 이유를 알고 있어야 하지 않을까.

"그래? 음, 알았다."

홍길동은 슈뢰딩거가 모닥불처럼 빛을 퍼트리는 곳으로

걸어가 아인슈타인 반대편에 앉았다. 아직 닥터 프로메테우스의 존재를 익숙하게 받아들일 수 없었던 것이다.

바마퉁은 노바디 옆자리, 그중에서도 왼쪽을 차지했다. 노바디 오른쪽에는 벨란데르가 이미 앉아 있었다.

벨란데르가 아인슈타인을 보며 천천히 고개를 끄덕였다.

아인슈타인은 빙긋 부드럽게 웃으며 입을 열었다.

"유니온 아카데미 소속 교육생인 백정현에게 문제가 생겼다는 소식을 전할 수밖에 없어서 마음이 무척 아프다네. 백정현은 능력뿐 아니라 과거의 기억 일부까지 잃었네. 각성자가 아니라는 뜻일세. 아무것도 모르는 평범한 사람이 되었다는 말이지. 아무튼 그로 인해 유니온이 백정현 주변을 탐색하기 시작했네. 유니온은 백정현에게 벌어진 일이 혈문의 공격이 아닐까 두려워하기 때문에 감시대를 투입했고, 감시대는 좀 더 효과적인 조사를 위해 국정원을 이용하고 있지. 허나, 국정원은 왜 백정현 주변을 파헤쳐야 하는지 전혀 모르고 있을 거야. 수족에 불과하니 말일세."

"구, 국정원이라구요?"

바마퉁이었다.

아인슈타인은 드워프를 향해 누런 이를 드러내며 미소를 지었다.

"혈문은 무엇입니까?"

바마퉁만큼이나 국정원 때문에 놀란 홍길동이었지만, 평

정을 잃지는 않았다.

"페플을 무엇이라고 생각하나?"

"……그야 가상현실이지요."

조심스럽게 대답하며, 홍길동은 왠지 모를 불안에 몸이 떨렸다.

"그게 아니라면?"

"……."

한 줄기 차가운 바람이 가슴 중앙을 꿰뚫는 느낌.

"아직은 누구도 그 문제에 대한 답을 얻지 못했네. 다만, 현실에 각성자가 출현한 것처럼…… 이곳 페플에도 깨달은 자, 즉 진실을 알게 된 자가 나타났네. 그들이 이방인에게 대항하기 위해 만든 조직이 바로 혈문이라네."

"그러니까 박사님은 페플의 NPC들이 현실에 있는 사람에게 피해를 줄 수 있다고 생각하는 겁니까?"

"작년 10월 지하철 3호선에서 불이 난 사건, 기억하나?"

"당연히 기억하죠. 자칫 잘못했으면 그 지하철을 탈 뻔했으니까요. 설마, 그 사건이 혈문 때문이라는 겁니까?"

"노바디의 집 근처 공원에서의 사건은 어떤가?"

"그건……."

홍길동은 입을 다물었다.

공원에 나타난 괴물로 인해 사람들이 죽었다. 노바디가 겨우 찾아낸 우과로 그들은 되살아났지만, 진실은 극소수 사람들의 기억 속에서 여전히 건재했다.

"사실, 유니온은 혈문의 기습으로 꽤 큰 타격을 입은 적이 있네. 그로 인해 지나칠 정도로 예민하지. 교육생 한 명으로 인해 감시대가 투입된 이유라네."

그때, 벨란데르가 나섰다.

"그런 이유로 당분간 현실에서 능력을 사용하는 건 안 돼. 우리 모두. 현섬도, 비행도 그리고 변신도."

벨란데르는 노바디, 바마퉁 그리고 홍길동을 차례차례 바라보며 말했다.

"꼭 그래야 돼?"

바마퉁에게 비행은 유일한 즐거움이었다.

"응. 우린 준비가 안 됐으니까. 지금 들키면 정신병원보다 훨씬 끔찍한 곳에 갇힐 거야."

벨란데르는 아인슈타인을 응시했다.

"대한민국 최남단이라 알려진 마라도 남쪽의 바다 어딘가에 유니온의 감옥이 있다네. 나도 직접 가 본 적은 없지만 일단 들어가면 쉽게 나올 수 없다는 건 잘 알지. 검은색 알약을 매일 복용하는데, 먹지 않고 사흘이 지나면 몸 곳곳에서 피가 터져 나와 죽는다더군. 그 알약을 먹으면 각성을 통해 얻은 능력은 사라져. 물론 유니온이 결정한 복역 기간 동안 성실하게 기다리면 하얀색 알약을 먹고 감옥 밖으로 나올 수 있지. 하얀색 알약은 해독제라네. 참고로 검은색 알약엔 부작용이 있는데, 아주 심각하니까 감옥 근처엔 얼씬도 하지 않는 게 좋을 걸세."

바마퉁은 자신도 모르게 고개를 끄덕이고 있었다. 그런 감옥에 갇히느니 차라리 비행을 당분간 그만두는 게 훨씬 낫다.

"감시의 눈을 피하는 건 좋은 판단이야. 문제는 그다음이니까. 앞으론 어떻게 할 거지?"

홍길동은 벨란데르에게 물었다.

"계획을 세우는 중이에요."

당당한 벨란데르.

"이번 일은 전적으로 제 책임입니다. 백정현을 건드리지 않았다면 유니온이 나서지 않았을 테니까요."

가만히 듣기만 하던 노바디가 입을 열었다.

"계속 참고만 있었다면 백정현이 네 친구를, 그리고 널 죽였을 거다."

홍길동이었다.

"이 중 누구도 네 잘못이라고 생각하지 않아. 그런 일이 벌어졌을 뿐이야. 그리고 난 좋은 기회라고 생각해."

벨란데르였다.

"좋은 기회?"

"넌 미끼야. 유니온은 널 감시하고, 우리는 널 감시하는 그들을 감시하고. 그렇게 하면 누가 어떤 일을 하는지 알 수 있어. 현재 우리가 가진 정보를 좀 더 업그레이드할 수 있다는 뜻이야. 그러면 앞으로 어떻게 해야 할지 좀 더 확실히 알 수 있을 거야."

"미끼 취급을 하시겠다?"

노바디의 눈에 장난기가 어렸다.

"제대로 해 줘."

"알았어."

고개를 끄덕이는 노바디.

모임은 곧 끝났다. 노바디는 현섬을 펼쳐 그들과 함께 엘루마의 여관으로 돌아왔다.

여관으로 들어가려던 노바디를 부른 사람은 아인슈타인이었다.

"시간 좀 내줄 수 있겠나?"

"그러죠."

"같이 좀 걷지."

아인슈타인은 어두컴컴한 거리를 천천히 걸을 수 있다는 사실 자체를 즐기고 있었다. 고스트 커넥터의 일부로서 삶이 끝나 버릴 수도 있었지만, 하늘이 도왔다. 노바디와 벨란데르로 인해 새로운 삶이 시작되었다.

아인슈타인의 얼굴을 힐끔 살핀 노바디는 아인슈타인을 닮은 저 노인이 어떤 생각을 하는지 알 것 같았다. 얼굴에 걸린 희미한 미소를 보면 가슴이 따뜻해지는 동시에 조금은 쓰리고 아팠다.

'나보다 더 좁은 곳에 갇혀 있었어. 이용만 당하다가 죽을 수도 있었어.'

답답한 감옥을 함께 탈출한 동료 같은 느낌에 노바디는 속으로 웃었다.

"자네에 대해 좀 알아봤네. 자넨 어떻게 생각할지 모르겠지만, 난 자네가 친구처럼…… 동료처럼 느껴진다네."

"하하."

웃음이 겉으로 터져 나왔다.

"왜 그러나?"

"저도 같은 생각을 하고 있었거든요."

"고맙네."

"저보단 벨란데르가 들어야 할 말입니다. 고스트 커넥터가 있던 그 폐공장의 위치를 알아낸 건 벨란데르니까요."

"유유상종이라더니. 벨란데르는 자네가 들어야 할 말이라고 하더군."

어깨를 으쓱 올리는 노바디.

"자넨 놀라운 사람이야. 자네로 인해 벨란데르, 바마퉁 그리고 홍길동 그 친구까지 각성했으니까."

"……확실히 저 때문입니까?"

"자네 덕분이지. 누구도 줄 수 없는 선물을 자넨 그들에게 준 거야."

"잘 모르겠습니다."

"어리둥절하겠지. 허나 진실을 외면하진 말게. 많은 사람들에겐 진실을 알아차릴 기회조차 없으니까. 그건 그렇고, 자네에겐 독특한 능력이 있더군. 페플과 현실을 자유롭게 오가는 능력 말일세. 내가 알기론 자네가 유일해. 자네만이 할 수 있는 일이야."

"이사형, 그러니까 현문 소속 각성자인 황철호도 할 수 있는 일입니다."

"자네의 능력을 빌린 거야. 황철호 스스로 페플과 현실을 오갈 수는 없네. 유니온은 페플의 물건을 현실로 옮길 수 있네. 하지만 자네처럼 빠르고 쉽게 옮기진 못해. 특정한 시간과 장소에서만 열리는 문을 통해야 하니 말이야."

"제게 하시고 싶은 말씀, 무엇입니까?"

"그 능력, 최대한 숨기게. 알려져 봐야 좋을 게 없어. 유니온도 혈문도, 자넬 노릴 테니까."

"알겠습니다."

"부탁 하나 해도 될까?"

"말씀하세요."

"방패를 하나 구해 주게."

"방패요?"

노바디는 전혀 예상 밖이라 크게 놀랐다.

"아이기스. 그리스신화에 나오는 방패지. 페플에도 있네. 어떤 공격이든 튕겨 내고 반사하는 방패라네. 그걸 내게 줄 수 있겠나?"

조심스럽게 말하는 아인슈타인의 목소리는 미세하게 떨렸다. 노바디는 퀘스트 창을 볼 수 있었다.

전설의 방패 아이기스

전설적인 대장장이 천야장 퍼브가 만들었다고 알려진 최강의 방패 중 하나인 아이기스는 천도의 능력이 갓들어 있을 뿐 아니라 어떠한 공격도 막아내고 튕겨 내어 반사할 수 있습니다. 제2차 몬스터대전에서 자취를 감춘 아이기스를 소유한다면 누구든 천하를 호령할 수 있을 겁니다.

전설의 방패 아이기스를 찾아서 아인슈타인에게 건네면 퀘스트는 완료됩니다.

보상 : 없음

이런 퀘스트, 처음이었다. 퀘스트가 어려울수록 보상은 커진다. 보상이야말로 퀘스트를 완료하게 만드는 원동력이었다. 전설의 방패를 찾아 달라면서 보상은 전혀 없는 퀘스트라니.

"알겠습니다."

하지만 노바디는 퀘스트를 수락했다. 보상을 바라는 게 아니라, 아인슈타인이 간절하게 원하기 때문에 그 방패를 찾아 낼 생각이었다.

"퀘스트를 받아들인 건가?"

"어떻게 그걸 아십니까?"

"페플은 강렬한 열망을 퀘스트로 바꿔 준다네. 물론 모든 부탁이 퀘스트가 되는 건 아니지만 말이야."

"그렇군요."

"난 아무것도 보상할 수 없네."

"보상을 바라진 않습니다."

"특이하군, 자네는. 퀘스트를 수락한 이유, 물어봐도 되겠나?"

"박사님께 방패가 필요하니까요. 그리고 박사님은 제 동료니까요."

"젊은 친구가 날 울리는군."

활짝 웃는 아인슈타인의 얼굴은 달리 보면 우는 표정이기도 했다. 프로페서 프랑켄슈타인의 도플갱어로 생겨난 이후, 철저하게 도구로 취급당하는 삶에 익숙한 그에게 동료는…… 기적 같은 단어였다.

"다음엔 가능하면, 웃기겠습니다."

장난스럽게 말하는 노바디.

"고맙네."

"그 말씀은 방패를 구한 다음에 듣겠습니다."

노바디는 빙긋 웃었다.

"왜 내가 이따위 작업을 해야 하는 걸까?"

벨라는 왼쪽으로 흘러내린 긴 머리카락을 손으로 쓰다듬
으며 속삭였지만 다른 손으로는 거대한 디스플레이 와이드
월을 작동시키고 있었다. 와이드월에는 수많은 정보가 사진
과 글의 형태로 떠올라 있었다.

손짓으로 정보를 처리하던 벨라는 눈에 익은 사람의 사진
을 본 순간, 깜짝 놀라 할 말을 잃었다.

"이 사람은……."

두 손을 들어 좌우로 벌리자 그 사진이 와이드월을 가득
채웠다.

고집스러운 사각 턱, 관점에 따라서 깡패로도 보일 수 있
는 이목구비, 탄탄한 어깨와 단단한 가슴, 곰 같은 덩치에 비
해 왠지 모르게 재빠를 것 같은 분위기. 바로 현문이 자랑하
는 각성자 황철호였다.

그때, 문을 열고 감시대 서열 2위 동해진이 하품을 하며
들어섰다. 동해진의 입에는 이쑤시개가 물려 있었다.

"지갑 좀 가지고 다니세요. 매번 후배에게 점심을 얻어먹
는 거, 안 부끄러워요?"

조은석이 툴툴거렸다.

"전혁."

씩 웃으며 말한 동해진은 자신이 잘 아는, 누구보다 존경
하는 사람의 얼굴이 떠 있는 와이드월을 보고는 벨라를 향해
시선을 옮겼다.

"뭐야?"

조은석도 벨라를 바라보고 있었다.

어느새 정보분석실로 들어와 와이드월을 들여다보던 김철수가 입을 열었다.

"김현이 황철호의 사제라. 일이 재미있어지네."

"무슨 뜻이지?"

동해진이 김철수를 노려보았다.

"4년이나 방에 처박혀 있던 녀석이 갑자기 그동안 한 번도 만나지 않았던 친구를 찾아가는 게 정상적이지 않은 것처럼, 김현 그 녀석의 사형이 황철호라는 것도 결코 우연일 수 없다는 뜻이지요."

"넌 철혈당주님이 혈문과 관련이 있다고 말하는 건가?"

"그럴 리가요. 전 그저 우연으로 넘길 수 없다는 겁니다."

능글맞게 웃는 김철수.

"저도 우연은 아니라고 생각합니다."

모네타 소속 각성자 벨라가 말했다. 연예인 뺨치는 미모의 소유자는 조은석을 향해 고개를 돌렸다.

"그 녀석에겐 뭔가 있습니다. 제대로 감시해야 합니다."

조은석은 동해진을 보고 있었다.

"한 가지 더요."

벨라가 두 손으로 와이드월을 조작했고, 곧 김현 또래의 남자 사진이 나타났다.

"페플 그룹 회장 안종화의 셋째 아들 안진후입니다. 놀랍게도 안진후는 김현의 친구입니다. 반년 가까이 김현과 함께 페플을 하고 있습니다."

"학교생활이 버거워 방으로 도망쳐 숨은 녀석이 이런 거물과 친구가 되다니, 절대 평범하진 않아 보이네요."

블랙 길드 소속인 김철수가 비아냥거리는 말투로 속삭였다.

동해진은 고민을 거듭했지만 결론은 이미 나와 있었다. 감시대의 2인자로서 내릴 수 있는 명령은 하나뿐이었다.

"감시 레벨을 올린다."

"페플 쪽 데이터도 필요합니다만. 안진후가 관련되어 있어서 좀 문제가 될 수도 있습니다."

벨라였다.

"적당한 게임 매니저를 이용하도록."

"알겠습니다."

동해진은 도저히 그 정보분석실 안에 머물 수 없었다. 답답해서 밖으로 나가는 그의 등을 향해 쏟아지는 시선이 느껴졌다. 김철수의 목소리가 들렸다.

"감시대의 정보를 외부로 유출하면 처벌받습니다."

현문 길드에, 혹은 황철호에게 이 사실을 알리지 말라는 뜻이었다.

"너나 잘해라."

"넵!"

경박한 태도로 경례하는 김철수.

동해진은 이를 갈며 밖으로 나갔다.

교실은 시끄러웠다.

"페플은 가상현실 세계로서…… 헬멧 내려놔! 그거 비싼 거야. 어서 내려놔!"

양현섭은 꼬맹이 하나가 수백만 원에 달하는 헬멧을 던지려 하자 화들짝 놀라며 소리쳤다.

"헤헤."

녀석은 웃더니 헬멧을 뒤집어썼고, 다른 아이들은 기다린 것처럼 웃음을 터트렸다. 페플 교육을 위해 학교로 찾아온 양현섭을 단체로 놀린 것이다.

누군가에겐 귀여운 아들, 딸이겠지만 현재 파견으로 초등학교에 와서 교육 중인 양현섭에겐 조그만 악마 같은 아이들이었다. 아무리 조용히 하라고 해도 소용이 없는 아이들.

양현섭은 영혼 없이 설명했다. 그리고 영혼 없이 교육을 끝냈다. 아무런 보람도, 만족도 없는 교육은 드디어 끝이 났다.

장비를 챙겨 차로 옮겼다. 아이들은 물론 교사들도 도와주지 않았다. 기대조차 하지 않았지만 쓸쓸한 마음을 억누를 길이 없었다.

바람이 꽤 서늘했다. 옛날이 그리웠다. 게임 매니저로 지낸 시간이 문득문득 떠올랐다. 라마간을 책임지고 있을 때, 아주 좋았었다.

운전석에 올라탔다. 한숨이 터져 나왔다. 다음 장소는 대학교 체육교육학과였다.

그때, 핸드폰 벨이 울렸다. 스팸이라 생각한 양현섭은 건조한 어조로 말했다.

"대출 필요 없어요. 그딴 거 필, 요, 없, 어, 요."

－곧 전화가 올 거예요. 당신은 게임 매니저로 복귀할 겁니다.

매혹적인 여성의 목소리였다.

양현섭은 핸드폰 번호를 확인했다. 발신 번호 표시 제한, 즉 누가 걸었는지 알 수가 없었다.

"뭐야, 당신?"

전화가 끊겼다.

바로 전화가 걸려 와 양현섭은 핸드폰을 떨어뜨렸다. 발 사이에서 핸드폰을 집어 든 그는 번호를 확인하고는 가슴이 두근거렸다.

"여보세요. 네, 맞습니다. 제가 양현섭입니다. 네? 정말요? 당장 가겠습니다."

양현섭은 시동을 걸고 차를 출발시켰다. 목적지는 대학교가 아니라 페플 경영지원부 빌딩이었다.

또 전화가 왔다. 이번에도 발신 번호가 없었다. 양현섭은 긴장한 마음으로 전화를 받았다.

─부탁을 들어준다면 수석 매니저가 될 수도 있습니다. 그게 부담스러우면 체육교육과로 차를 돌리는 게 좋을 거예요.

그 여자였다.

양현섭은 고민을 거듭했다. 그런 다음, 대답했다.

"말씀해 보세요."

─노바디, 기억하시나요?

"노바디? 설마 그 노바디 말입니까?"

양현섭은 왠지 모를 불안으로 가슴이 차가워졌다.

노바디와 엮이면 어떤 일이 벌어지는지 잘 안다. 그럼에도 단호하게 전화를 끊을 수 없었다. 그만큼 지금 하는 일이 싫었다. 그만큼 게임 매니저로 돌아가고 싶었다.

"자세히 말씀하세요."

양현섭이 말했다.

따뜻한 저녁 햇살이 골목에 깔린 수많은 돌에 비치며 산산이 부서지고 있었다. 사람들은 황금빛으로 둘러싸인 채 길게 그림자를 늘어뜨리며 좌판에 놓인 물건들을 구경했고, 장사치는 날이 저물기 전에 어떻게든 하나라도 더 팔기 위해 기세 좋게 흥정을 하고 있었다.

주로 파는 사람은 현지인이고 사는 쪽은 이방인, 즉 게이머였지만 모두가 그런 건 아니었다. 대장장이나 무기공, 조약사, 약초사, 세공사 등 비전투 직업을 택한 게이머들 중 일부는 직접 만든 물품을 시장으로 가져와 팔아서 필요한 돈을 얻기도 했다. 가끔은 판매 자체가 퀘스트로 주어졌다.

노바디는 사람들로 가득한 골목을 빠르게 지나가며 주위를 살폈다.

'이 근처에 있을 것 같은데.'

그때, 개 한 마리가 눈에 띄었다. 발걸음이 빨라졌다.

갑자기 열 살 남짓한 소녀가 튀어나왔다.

개를 향해 달려가던 노바디는 즉시 중결과 흡결로 속도를 줄였다. 브레이크를 급히 밟은 자동차처럼 소녀 바로 앞에서 멈출 수 있었다. 붉은 용이 새겨진 빨간 핀을 머리에 꽂은 소녀는 노바디를 올려다보며 환한 미소를 지은 후, 엄마가 있는 곳으로 향했다.

'휴우, 큰일 날 뻔했네.'

고개를 돌린 노바디는 눈살을 찌푸렸다. 그 개가 보이지 않았다. 소녀에게 잠시 집중한 사이, 어디론가 가 버린 모양이었다.

마음 같아서는 '파르소겐!'이라고 소리치고 싶었다.

벌써 사흘째 대현자가 변신했을 늙은 개를 찾느라 롭시스

국숫집 주위를 헤매고 있었다. 노심초사 우과의 위치를 알아
내기 원하는 고형덕을 위한 일이었다.

벽으로 물러선 노바디는 두세 번의 도약으로 건물 옥상까
지 올라갔다. 현지인 몇 명이 노바디를 힐끔거렸을 뿐, 대다
수는 눈길조차 주지 않았다. 전사나 헌터, 도둑 같은 직업을
택하여 꾸준히 레벨을 올리고 스킬을 익힌 이방인에게는 쉬
운 일이었던 것이다.

옥상 난간에 서서 커다란 뱀처럼 뻗어 있는 골목길을 살폈
지만 그 개는 온데간데없었다. 대신 어리고 귀여운 강아지들
은 네댓 마리쯤 보였다. 주로 아이들이 데리고 나온 애완용
개였다.

한숨을 내쉬며 골목으로 내려가자, 가슴골을 드러낸 엘프
유저가 앞으로 다가오며 물었다.

"혹시 노바디 님이세요?"

노바디는 고개를 흔들었다.

"그런 이야기 자주 듣지만, 아닙니다."

"아, 노바디 님 외모를 흉내 낸 거네요. 입고 있는 옷까
지…… 뭐, 꽤나 비슷하네요."

비꼬듯 말한 예쁜 여자 엘프는 한 번 더 노바디를 살피고
는 걷던 방향으로 가 버렸다.

롭시스 국숫집에서 유명한 마법사, 무인 그리고 세븐 길드
의 유저를 이겨 버린 사건 이후, 노바디를 알아보는 사람들

이 부쩍 늘었다. 다행스럽게도, 인형 탈을 뒤집어쓴 것 같은 외모로 돌아다니는 게이머들이 적지 않았기에 노바디는 난감한 상황을 쉽게 넘길 수 있었다.

아무리 찾아도 그 개를 다시 볼 수는 없었다. 어느새 날은 저물었고 오가는 사람들이 줄어들자 좌판 상인들도 철수하기 시작했다.

노바디는 짜증을 누르며 롭시스 국숫집으로 향했다. 매일 한 번은 들르는 곳이었다.

담벼락을 넘어 뒤뜰로 가서 기다리니 점원 베론이 다가왔다. 베론에겐 신기한 능력이 있었다. 아무리 은밀히 와도 짧으면 5분, 길면 15분 안에 뒤뜰로 와서 주문을 받았던 것이다.

"사부님이 더 이상 공짜로 롭시스 국수를 내놓을 수 없다고 하시네요. 노바디 님도 아시다시피 롭시스 향신료는 엄청나게 비싸거든요."

"한 그릇에 얼마죠?"

"천 골드."

"두 그릇 주십시오."

노바디는 2천 골드를 지급했다.

"……전 노바디 님을 영원히 이해하지 못할 것 같아요."

그렇게 말한 베론은 투덜거리며 국숫집으로 돌아갔다.

롭시스 국수를 기다리던 노바디는 인벤토리에서 사라겐의 비월을 꺼냈다. 현재 내구력은 7%로, 수리가 시급했다. 대현

싱크

자를 만나서 우과가 어디 있는지 알아내는 것도 중요하지만 사라겐의 비월 수리 역시 더 이상 방치할 수 없는 일이었다.

문제는 사라겐의 비월을 고칠 대장장이를 찾을 수 없다는 점이었다. 수소문을 해서 찾아가도 사라겐의 비월을 보는 순간 고개를 저었다. 노바디의 고민을 들은 대사형 겔란드는 시간을 내어 드워프 일족을 찾아가는 수밖에 없다고 결론을 내렸다.

'그래, 나중에 시간이 나면 고치자. 그때까진 비월을 인벤토리에 둘 수밖에 없어.'

롭시스 국수 두 그릇이 나왔다.

노바디는 분신을 만들었다. 입에서 단내가 날 만큼 격렬하게 대련하자 곧 빈사 상태에 이르렀다. 분신을 돌려보낸 후, 조심스럽게 국수를 먹기 시작했다. 이젠 두 그릇 먹는 데 한 시간도 걸리지 않았다.

빈사 상태에서 발휘되는 소화력은 엄청나게 강해서 롭시스 국수의 파괴력을 상쇄시키기에 충분했다. 롭시스 향신료가 듬뿍 밴 면을 먹고 국물을 마시면 몸 전체에 거침없이 흐르는 급류 같은 것이 느껴진다.

두 그릇을 완전히 비운 후에야 노바디는 무극심법 축현의 자세를 취한 채 소주천을 행했다. 몸 내부로 돌아다니는 롭시스의 기운은 소주천에 의해 단전으로 스며들었고, 그 과정에 의해 생명력이 차올랐다.

1%였던 생명력이 2%로 올라가자 자연스럽게 빈사 상태가 깨졌다.

시각과 더불어 후각과 미각까지 회복된 순간, 노바디는 인벤토리를 열어 녹색 회복약을 꺼내 마셨다. 빠르게 차오른 생명력과 내공으로 분신을 만들었고, 분신에게 대주천을 맡겼다. 또 다른 분신은 이 과정에서 흩어지는 롭시스의 기운을 좌각으로 끌어당겼다.

두 그릇의 롭시스 국수가 품었던 막대한 양의 기운을 몸 내부로 받아들이는 작업이 마무리될 무렵, 노바디는 기다렸던 메시지 창을 볼 수 있었다.

－내공이 3갑자에 이르렀습니다.

노바디는 빙긋 웃었다.

내공에 대해서도 조사를 해 봤다.

현재 전사 계열 직업을 택한 유저의 평균 내공은 0.4갑자였다. 초보자나 다를 바 없는 유저가 많기 때문에 평균은 낮지만, 500레벨을 넘긴 초고렙 게이머의 경우는 10갑자에 이르렀으며 일부는 10갑자를 돌파했다는 소문도 있었다.

내공도 레벨처럼 늘어날수록 한 단계 올리기가 어려워진다. 때로는 특정한 퀘스트를 완료해야 내공이 증가하는 시기도 있었다.

'이제 겨우 3갑자 주제에 절대자라고 떠들어 댔으니 고렙은 날 비웃고 있겠지. 뭐, 상관없어. 천천히 꾸준히, 그렇게

하면 언젠가는 올라갈 수 있으니까.'

담장을 넘어 이웃집 지붕으로 올라간 노바디는 은은한 달빛에 파도치는 듯한 엘루마를 볼 수 있었다. 아무리 봐도 지겹지 않은 야경이었다.

그때, 고함과 비명이 들렸다.

노바디는 그쪽으로 달리기 시작했다.

낡은 건물로 몽둥이를 든 사내들이 몰려들었다.

너울거리는 양탄자 위에 앉은 채 건물 옥상과 그 아래의 개미처럼 작은 깡패들을 내려다보던 샤일록은 수정구로 명령을 내렸다.

명령을 받은 깡패들은 즉시 건물로 들어가 눈에 보이는 물건과 사람을 패기 시작했다. 고함과 비명이 섞이며 건물 밖으로 흘러나왔다.

샤일록은 고급 포도주를 홀짝거리며 그 소리를 감상했다. 확실히 현실과는 다른 음악이었다.

"여기가 훨씬 쉬워. 끈질기게 따라붙는 기자도 거의 없고, 뇌물 먹이기도 쉽고, 건물도 싸고."

한 사람이 3층 창문을 뚫고 아래로 떨어졌다.

샤일록이 비싼 값을 치르고 데려온 바람의 마탑 페르제피의 마법사들이 일을 제대로 해냈고, 그 결과 추락한 사람은 지면 근처에서 속도가 급격히 줄어들어 약간의 찰과상과 타박상을 입었을 뿐이었다.

"굿!"

샤일록은 엄지를 세웠다.

겨우 짐을 챙긴 사람들이 건물 밖으로 달아나 흩어졌다.

샤일록은 돈도 없이 건물에서 이제까지 버틴 저 버러지 같은 놈들을 쫓아서 하나도 남기지 않고 죽여 버리고 싶었지만, 감정에 이끌려 결정을 내리진 않았다. 그런 결정은 손해라는 사실을 잘 알았던 것이다.

조그만 소녀의 손을 잡은 엄마가 건물 밖으로 나오다 계단에서 굴렀다. 소녀가 울음을 터트렸다.

"어휴, 마음이 아프네. 그렇다고 도와줄 순 없지. 스스로 살아남아야 하니까. 저런 엄마를 만난 것도 타고난 복이지 뭐. 어느 정도 마무리가 됐군. 좋아."

샤일록은 반쯤 남은 포도주병을 아래로 던졌다. 며칠 내로 죽을 게 분명한 그 엄마를 겨누고 던졌지만, 안타깝게도 엄마 바로 옆 바닥에서 펑, 병이 터졌다.

엄마와 소녀는 함께 넘어졌지만 엄마가 소녀를 꽉 잡아 자신의 몸 위로 받았다. 찢어진 엄마의 피부에서 피가 흘러내렸다.

일을 끝낸 샤일록은 양탄자를 움직였다. 아래에 보이는 블록 전체가 샤일록이 이끄는 상단의 소유였다. 문제는 그 너머의 블록이었다.

양탄자는 그 위로 날아갔다.

불빛 하나 없이 시꺼먼 구역.

한때는 이 근처 중심이었지만 단 몇 개월 만에 죽음과 어둠으로 뒤덮인 구역.

샤일록은 한숨을 내쉬었다.

방법을 다 동원해도 저 구역에서 어둠을 걷어 낼 수 없었다. 마법사들이 달려들었다가 망량을 쫓아내기는커녕 불과 사흘 만에 철수했다. 몇 명은 미쳐서 자살했고, 몇 명은 미쳐서 어디론가 사라졌다.

현자 집단 호지센에 거액으로 의뢰했지만 결과는 마찬가지였다. 대신전 놈들은 이야기를 듣자마자 아예 난색을 표했다.

희귀한 아이템을 걸고 유저들을 동원했지만 누구도 저 블록을 차지한 어둠의 세력, 죽음의 망량을 쫓아낼 수 없었다. 오히려 잇따른 죽음으로 불평불만이 터져 나왔다.

호지센을 이끄는 스노빈은 오직 시간만이 망량의 힘을 약화시킬 수 있다고 알려 왔다.

"젠장."

저 블록을 확보할 수 없다면 아레스가 지랄을 떨 것이다. 아레스에겐 어떠한 변명도 통하지 않는다.

그때, 메시지 창이 떴다.

—당분간 세븐 길드의 활동은 중지해. 아레스의 명령이야.

공명이 보낸 메시지였다.

"다행이야, 시간을 벌었으니까. 어떻게든 저 빌어먹을 구역에서 망량을 없애야 돼."

그 순간, 뒤통수가 서늘해졌다.

천천히 고개를 돌린 샤일록은 눈알이 뽑힌 남자를 볼 수 있었다.

'마, 망량이야.'

공포에 짓눌려 목소리조차 나오지 않았다.

그 남자가 다가오자 눈구멍 안에서 파리 몇 마리가 빠져나와 샤일록 주위를 맴돌았고, 곧 눈썹 아래에 내려앉았다. 그 끔찍한 감촉에 마비가 풀렸다.

"도, 도망쳐!"

양탄자는 급히 움직였다.

그 속도를 예상 못 한 샤일록은 아래로 떨어졌다. 바닥에 닿는 순간까지 샤일록은 자기 바로 앞에 있는 그 남자의 존재를 느낄 수 있었다.

바닥에 닿는 순간 샤일록은 죽었다. 참으로 다행이었다. 사망으로 인한 레벨 하락과 스킬이나 아이템의 상실보다 그 공포가 더 컸던 것이다.

탁탁 어지러운 발소리가 어두운 골목으로 울려 퍼졌다. 소녀의 손을 꽉 잡은 엄마가 비틀거리며 달렸고, 각목을 든 깡패들이 그 뒤를 쫓았다.

소녀가 넘어졌다. 엄마는 그 위를 자신의 몸으로 덮었다.

씩씩거리며 달려온 깡패들이 몽둥이로 엄마를 때리기 시작했다. 비명을 지르던 소녀는 정신을 잃고 축 늘어졌고, 엄마는 고통으로 신음을 흘릴 뿐이었다.

건물 옥상 난간에서 아래로 몸을 날린 노바디는 착지하자마자 주먹을 뻗었다. 내리치기 위해 들어 올리던 몽둥이를 반으로 부러뜨린 주먹은 깡패의 턱까지 부쉈다. 뒤로 날아간 깡패는 벽에 부딪혀 기절했다.

"당신, 뭐야?"

"맞혀 봐."

노바디는 정확히 깡패들을 향해 타각을 펼쳤다. 공중으로 떠오른 깡패들의 명치와 사타구니로 노바디의 발이 날아들었다. 그들은 비명을 남기며 어둠 너머로 처박혔다.

주위를 살핀 노바디는 소녀와 엄마를 데리고 건물 옥상으로 올라갔다.

"사, 살려 주세요. 제발 살려 주세요."

엄마는 반쯤 정신이 나간 채로 중얼거렸다.

인벤토리에서 초록색 회복약을 꺼낸 노바디는 아낌없이 엄마에게 먹였고, 소녀의 몸에 난 상처에 발랐다. 회복약은 두 사람에게도 효과가 있었다. 특히 소녀는 새근새근 잠이 들었다.

엄마가 깨어났다.

"베키! 베키!"

엄마는 딸 옆으로 향했다.

"괜찮을 겁니다."

노바디가 말했다.

딸의 상태를 확인한 엄마는 노바디를 보고는 그 인형 탈 같은 얼굴에 놀랐지만 곧 허리까지 굽혀서 인사했다.

"도와주셨군요. 감사합니다. 정말 감사드려요."

"어떻게 된 건가요?"

엄마의 눈에서 눈물이 흘러내렸다.

엄마의 입에서 흘러나온 설명에 노바디는 가슴 깊은 곳이 뜨거워졌다. 이방인이 운영하는 상단이 건물을 구입한 지 몇 달 만에 월세가 세 배로 올랐다니. 게다가 갑자기 집을 비우라는 명령까지. 이 사람들은 버티다가 깡패에게 쫓겨 짐도 제대로 챙기지 못하고 달아나야 했던 것이다.

"경비대에 데려다 드리겠습니다."

"수십 번이나 찾아갔지요. 시청에도요. 그들은…… 사악한 이방인과 같은 편이에요. 아, 죄송해요. 당신은 좋은 이방인이라고 생각해요."

억지로 웃는 엄마의 모습에 노바디는 마음이 아렸다.

"가족이나 친척, 있습니까?"

"갈 곳은 있지요."

"제가 모셔다 드리겠습니다."

"감사합니다."

엄마는 힘겹게 고개를 끄덕이며 딸을 바라보았다. 달빛 아래 딸은 편안해 보였지만, 현실은 저 아이를 편안하게 두지 않을 터였다.

악취로 얼굴이 일그러지는 곳이었다. 달빛은 거의 모든 장소를 아름답게 보이도록 도와주지만, 이곳에서만은 그 힘을 발휘하지 못했다.

천천히 흐르는 새까만 오수로는 쥐, 고양이, 개 그리고 사람으로 보이는 시체가 떠다녔다. 그 새까만 강 옆에는 크고 작은 낡은 천막들이 촘촘하게 몰려 있었고, 천막들 사이로는 유령 같은 이들이 웅크린 채 검붉은 불을 응시하고 있었다.

"빈민굴이에요. 저기 있는 사람들은 모두 살던 곳에서 쫓겨나 어쩔 수 없이 여기로 왔지요."

엄마가 말했다.

엄마 대신 소녀를 두 팔로 안은 노바디는 할 말을 잃었다.

이곳은 지옥이었다.

엄마가 먼저 빈민굴로 내려갔다. 가까이 가자 천막으로 보였던 구조물의 실체가 드러났다. 썩어 가는 막대기를 땅에 박고 반쯤 썩은 헝겊을 그 위에 덮은…… 천막이라고 하기에도 조악한 것이었다.

거기에 사람들이 옹기종기 몰려 있었다. 그들의 눈엔 절망이 가득 들어 있었다.

노바디는 하수도로 뛰어들어 떠내려가는 나무와 벌레 먹은 담요를 꺼내어 적당한 곳에 모녀가 지낼 만한 천막을 지었다. 그리고 그 안쪽에 소녀를 눕혔다. 엄마와 소녀를 여관으로 데려가고 싶었지만, 왠지 모르게 그럴 수 없었다.

만약 데려간다면 여기 있는 사람들 모두를 한 사람도 빼놓지 말아야 할 것이다.

어느새 건장한 사내들이 노바디를 에워쌌다. 그들의 손에는 반쯤 부러진 칼, 이가 빠진 도끼, 툭 치면 부러질 것 같은 몽둥이가 들려 있었다.

"가진 거 다 내놔!"

앞으로 나선 남자가 소리쳤다.

"안 돼요. 이분은 착한 이방인이에요."

엄마가 앞을 막았다.

그 남자가 엄마를 향해 칼을 내밀자 노바디가 나서며 엄마

싱크

를 붙잡고 현섬을 펼쳤다. 충격으로 잠시 몸이 마비된 엄마를 이제 막 만든 천막에 눕힌 노바디는 다시 현섬으로 이방인을 찾는 사내들 가운데 나타났다.

"날 찾는 건가?"

"빌어먹을."

놀란 사내가 칼을 휘둘렀지만 노바디가 보기엔 엉성한 춤이었다. 가까이 다가가 사내의 명치를 가볍게 치는 순간, 노바디는 사내의 입에서 뿜어져 나온 단내를 맡았다. 꽤 오랫동안 굶은 듯했다.

쓰러진 사내의 갈비뼈가 피부를 뚫고 튀어나올 것처럼 드러나 있었다.

노바디는 공격하는 사람들을 살폈다. 흐느적거리는 듯한 동작은 그들의 몸 상태가 정상이 아님을 알려 주었다. 다치지 않게 하려고 애를 쓰다 보니 몇 대 맞았지만 그리 아프진 않았다.

사내들이 쓰러지자 수염을 가슴까지 늘어뜨린 노인이 앞으로 나왔다.

"무례를 범했군요. 너그럽게 용서해 주시지요."

"얼마나 굶었습니까?"

"짧게는 하루, 길게는 보름 정도 물만 먹은 사람도 있습니다만."

노인은 뒤쪽에 서 있는 작대기 같은 사람들을 가리켰다.

"따라오십시오."

노바디는 빈민굴에 모인 사람들 대표를 데리고 야시장으로 향했다.

허기와 고통으로 얼룩진 빈민굴과 달리 야시장엔 여유와 즐거운 웃음이 흘러넘쳤다. 산더미처럼 쌓인 야채와 과일, 걸어 놓고 파는 고기들, 내장이 제거된 채 팔리기를 기다리는 생선까지.

노바디는 꽤 큰 가게로 가서 이것저것 필요한 식재료를 구입했다. 거기에 들어간 돈은 줄잡아 10만 골드였다. 노바디가 빈민굴로 배달해 달라고 말하자, 가게 주인도 빈민굴 대표인 노인도 깜짝 놀랐다.

식재료가 가득 쌓인 수레가 빈민굴로 출발하자, 노바디는 노인 곁으로 다가섰다.

"제대로 먹이십시오. 나중에 확인할 겁니다. 만약 엉뚱한 짓을 하면, 장담하건대, 당신은 빈민굴보다 더 지옥 같은 곳으로 떨어질 겁니다."

"난 포르자요."

노인이 이름을 밝혔다.

노바디는 잠시 머뭇거렸지만 노인에게서 느껴지는 진실을 무시할 수 없었다.

"노바디입니다."

"설마?"

눈이 동그랗게 커진 포르자.

"내가 누군지는 비밀로 해 주십시오."

노바디의 부탁을 듣고 천천히 고개를 끄덕이는 포르자의 눈가에 눈물이 맺혔다.

> 악취 나는 동굴로 내려와
> 죽어 가는 모녀에게 숨결을 불어 넣고
> 수레 가득 먹을거리를 가져와
> 동굴에 가득한 해골들을 먹였으며

힘이 들 때마다, 무너지려는 순간마다 입으로 되뇌고 마음으로 곱씹었던 서사시 〈명왕기〉의 일부가 떠올랐다. 방대한 분량을 자랑하는 서사시 중에서도 왜 그 부분이 생각났는지는 포르자도 알 수 없었다.

넌 내 적이냐?

벨란데르는 테페오 광장이 한눈에 들어오는 높은 건물 옥상 난간에 서서 아래를 내려다보았다. 파란 하늘 아래 붉은 천막이 곳곳에 세워진 광장은 사람들로 붐볐다. 광장 입구 근처는 마차와 수레로 가득 차 있었다. 연인들은 주로 분수대 쪽에서 시간을 보내는 듯했다.

"커플 지옥."

충동적으로 튀어나온 말에 벨란데르는 웃음을 터트렸다.

고개를 흔든 그는 즉시 노바디에게 메시지를 보냈다.

-난 도착했어. 어디야?

-거기.

노바디에게서 메시지가 왔다.

–뭐?

그때, 노바디가 벨란데르 바로 뒤에 나타났다. 현섬으로 이동한 것이다.

"그거 부럽다. 나도 배워야겠어."

"아무나 배울 순 없을걸."

거들먹거리는 노바디.

벨란데르는 피식 웃었다. 평소 진지하고 말수가 적은 노바디가 저런 행동을 할 때면 왠지 모르게 기분이 좋아진다. 짙은 구름을 뚫고 내려온 한 줄기 밝은 햇살 같달까.

"바마퉁은?"

벨란데르가 물었다.

"요즘 바쁜 모양이야. 여관에도 거의 없고."

"바쁜 건 좋은 거지. 아저씨는 어디 있어?"

"저기. 보여?"

노바디가 손가락으로 광장 쪽으로 난 골목길 입구를 가리켰다. 거기엔 안절부절못하는 홍길동이 주위를 두리번거리며 서 있었다.

"떠는 것도 보인다. 오늘, 성공할 수 있을까?"

"아저씬 잘할 거야."

"체리는?"

"과일 판매대 근처에 있어."

"경비대는 어쩔 생각이야?"

"따돌려야지."

"아!"

벨란데르는 노바디가 홍길동을 돕기로 했다는 사실을 깨달았다. 노바디가 나선다면 경비대도 홍길동을 잡을 순 없을 것이다.

"뭔가 할 말이 있는 눈친데."

"유니온 소속 감시대가 널 주시하고 있어. 현실에서."

"그래?"

"감시대에 누가 있는지 너도 알아 두면 좋을 거야. 보여 줄게."

벨란데르는 메시지로 감시대 대원들의 사진, 간략한 설명을 함께 보냈다.

감시대를 이끄는 리더 황영은 40대 중반의 남자로 평범한 얼굴이라서 스치고 지나가도 알아보기 힘들 외모의 소유자였다. 코와 턱에는 수염이 올라와 있고, 머리카락은 헝클어져 있으며, 몸에 걸친 옷도 몇 년은 입었는지 허름했다. 프리벨리지 길드 소속으로, 특기는 세뇌와 기억 조작이었다.

리더 황영 바로 아래에 있는 사람은 현문의 동해진으로, 여자들이 좋아할 만한 훈남이었다. 훤칠한 키에 하얀 피부가 눈에 띄는 동해진은 체술 타케노프의 대가로 알려져 있었다.

다음은 모네타 길드의 벨라였다. 연예인 뺨치는 외모와 패션 스타일을 갖춘 여성 각성자 벨라는 이름과 달리 서울에서 태어난 100% 한국인으로, 치료술과 방어술 그리고 정보 분석에 일가견이 있었다.

블랙 길드에서 감시대로 차출된 김철수는 오블랑이 특기였고 변신 능력도 있다고 알려졌는데, 구체적인 정보는 닥터 프로메테우스에게도 없었다.

마지막은 로고스 길드의 바람 마법사 조은석이었다. 깔끔한 성격인 조은석은 바람의 정령 실프를 소환할 수 있었다.

'그 밴 안에 조은석이 있었어.'

밴에서 느껴진 바람의 기운을 고려한다면 거기 조은석이 있었을 가능성은 꽤 높았다.

"각 길드에서 뽑힌 사람들인 만큼 능력이 뛰어나. 무슨 짓을 할지 모르니까 긴장해."

벨란데르가 말했다.

"알았어."

"음, 한 가지 더 알아 둬야 할 게 있어."

"뭔데?"

노바디는 불안을 감추려 했지만 쉽지 않았다.

"유니온은 황철호, 그 아저씨도 감시하고 있어."

"뭐? 말도 안 돼. 이사형은 백정현과 아무런 관계도 없어!"

흥분한 노바디.

"내가 감시대원이라면 널 의심할 거야. 넌 천무관 계승자의 마지막 제자가 될 테니까. 저들은 너에 대해 자세히 조사

했을 거야. 4년 동안 방에서 혼자 지낸 아이가 갑자기 천무관 계승자의 눈에 들어 제자가 된다는 건 상식적으론 있을 수 없는 일이니까."

"……그래서 이사형까지 의심한다는 건가?"

"맞아. 그래서 말인데……."

"알았어. 당분간 이사형을 개인적으로 찾아가진 않을게."

"잘 생각했어."

"구체적인 계획이 세워지면 알려 줘."

노바디는 어떻게든 지금 상황을 해결하고 싶었다.

"네가 제일 먼저 알게 될 거야."

벨란데르는 활짝 웃었다.

테페오 광장은 과일, 가축, 수공품 등을 팔기 위해 몰려온 상인들과 원하는 물건을 구입하려는 손님들로 인해, 그리고 구경거리를 보려고 온 사람들로 인해 북적거렸다.

체리는 마음에 들지 않는 바구니를 들고 과일이 가득 쌓인 좌판 사이를 거닐고 있었다. 여기서 사과 하나, 저기서 또 다른 과일 하나를 바구니에 집어넣었지만 시선은 주변을 날카롭게 살피는 중이었다.

그런 체리를 관찰하는 사람이 있었다. 광장에 면한 골목 입구 쪽 벽에 서서 체리의 일거수일투족을 확인하는 사람은 바로 홍길동, 저쪽 세계의 이름으로는 고형덕이었다.

"휴우."

해야 하는 일이라는 사실은 잘 안다. 이곳이 가상현실이라는 것도. 그럼에도 왠지 모르게 손이 떨린다. 겨드랑이에선 땀이 솟아나 이미 축축해진 상태였다.

단검 자루를 억지로 쥐었다. 오늘따라 단검이 평소보다 훨씬 차갑고 훨씬 무겁게 느껴졌다. 이 단검을 저 예쁜 아가씨의 가슴에 찔러야 한다니.

다시 한숨이 흘러나온다.

메시지 창이 떴다.

—이제 슬슬 준비하세요.

벨란데르가 보낸 메시지였다. 어디선가 광장을, 평화롭게 과일을 고르는 체리를 지켜보고 있을 것이다.

—긴장하지 마세요. 체리는 금방 되살아나니까요. 죽인 후에 여기 사람들에게 잡히면 곤란하니까, 서둘러 달아나야 해요. 아셨죠?

홍길동은 손가락으로 원을 그려 보였다. 메시지를 따로 보내고 싶지 않아서였다.

다시 한숨을 내쉰 그는 긴 소매로 쥐고 있는 단검을 숨기며 광장으로 들어섰다. 엄마 손을 붙잡은 어린 소녀가 햇빛이 반짝이는 단검 끝부분을 보고는 까르르 웃었다.

홍길동은 그 소녀가 광장에서 곧 벌어질 살인 사건을 직접 봐선 안 된다는 생각에 체리를 향해 직진하지 않고, 광대로 인해 사람들이 몰려 있는 곳으로 우회했다.

바구니를 든 체리가 시야에 들어왔다. 자연스럽게 곱슬머리가 섞인 머리카락이 바람에 나부꼈다. 빠져들 것 같은 커다란 눈과 매혹적인 입술이 점점 다가오고 있었다.

한국 최고의 미인으로 알려진 영화배우 송혜수를 직접 보면 이런 느낌이 들까?

갑자기 길드 모임에서 들었던 갖가지 이야기가 기억났다. 유니온의 감시대가 백정현으로 인해 움직이기 시작했다는 내용이 왜 지금 생각날까?

어느새 체리는 3미터 앞까지 다가와 있었다. 체리가 고형덕을 보며 가볍게 고개를 끄덕였다.

홍길동은 내몰리듯 단검을 들어 올렸다. 자루의 감촉이 오늘따라 차갑게 느껴졌다. 길게 숨을 내쉰 그는 방향을 살짝 틀어 체리를 향해 다가섰다.

푹.

가슴 안쪽으로 파고드는 단검의 날.

'이런! 얕아.'

그때, 체리가 단검 자루를 잡고는 스스로 강하게 찔렀다. 체리는 눈을 감으며 뒤로 쓰러졌다.

"사람이 죽었다!"

"여자가 죽었어!"

"자객이야!"

그 소리를 뒤로한 홍길동은 광장을 벗어나 달렸다.

골목으로 접어든 순간 능보를 펼쳐 건물 벽을 타고 올라갔지만, 경비대원들은 빠르게 그를 포위하고 있었다. 광장에는 상인들의 요청으로 적지 않은 경비대원들이 나와 있었던 것이다.

"저쪽이다!"

아래에서 들리는 고함 소리.

핑. 핑.

작은 화살이 날아왔다. 그냥 달렸다면 어깨에 깊이 박혔을 것이다. 화살을 피하느라 속도가 줄자 쫓아오는 경비대원들과의 거리도 줄어들었다.

좁고 장애물이 많은 골목이 능보에 유리하다고 판단한 홍길동은 건물 벽을 지그재그로 디디며 아래로 내려왔다. 모퉁이를 도는 순간, 손이 뻗어 나와 홍길동의 어깨를 꽉 잡았다.

그 손길을 뿌리치려던 홍길동은 뒤늦게 누군지 알아봤다.

"노바디!"

"갑니다."

"아, 그래."

눈앞이 새까맣게 변했다가 휘황찬란한 빛이 강렬하게 뿜어져 나오는 터널 비슷한 것이 뒤로 지나간 후, 홍길동은 스코덴 산맥의 바위 지대에 서 있는 자신을 발견했다. 옆에는 노바디가 서 있었다.

거센 파도가 바위 형태로 굳어진 듯한 이곳에 있으면 사람들 사이의 문제는 아무것도 아닌 것처럼 느껴진다. 홍길동은 길게 한숨을 내쉬며 주저앉았다.

"성공했어요, 아저씨. 고생하셨어요."

"고생은 무슨."

"천천히 엘루마로 돌아가시면 될 거예요."

"……다시 살아나겠지?"

"물론이죠. 그리고, 우과에 대해서는 지금 찾고 있으니까 조금 더 기다려야 할 거예요."

"신경 써 줘서 고맙다."

"나중에 봐요."

그 말을 남긴 노바디는 현섬을 펼쳐 사라졌다. 그가 있던 공간이 묘하게 출렁거렸다.

잠시 휴식을 취한 홍길동은 전종환 경사에게 메시지를 보냈다. 원하는 대로, 체리를 죽였다는 내용이었다. 당장 답장이 오기를 기대했으나 좀 더 기다려야 할 것 같았다.

몸을 일으킨 홍길동은 가파른 바위 지대를 미끄러지듯 내려와 골짜기로 접어들었다. 골짜기로 흐르는 급류를 따라가면 평원으로 이어질 테고, 거기서 역마차를 타면 엘루마로 돌아갈 수 있을 터였다.

날개를 펼친 잿빛 와이번 그레위시는 스코덴 산맥 상공을 천천히 날고 있었다. 높은 곳에서 내려다보는 스코덴 산맥은 거대한 손이 빚어낸 장엄한 예술 작품이었다. 그러나 와이번 목덜미 근처에 서 있는 덴토마 기사단장은 세월이 빚어낸 풍경에 눈길조차 주지 않았다.

"조치를 취해야 합니다."

"어떤 조치 말인가?"

와이번의 돌기를 어루만지던 셀레스카르가 고개를 돌려 덴토마를 바라보았다. 바람에 휘날리는 셀레스카르의 머리카락은 굉장히 길었고, 그 때문인지 자유로운 영혼 특유의 여유가 느껴졌다.

"노바디와 벨란데르를 파문시키면 혈문이 사실을 알게 된다고 해도 문제 삼지 않을 겁니다, 어르신."

"그 아이들이 잘못을 저질렀나?"

"노바디는 각성자입니다."

"그래서?"

"혈문의 적입니다. 잘 아시잖습니까? 혈문과 노바디 중 하나를 선택해야 할 때가 곧 올 겁니다."

"노바디 문제는 내게 맡기게. 다른 문제들만으로도 자넨 눈코 뜰 새 없이 바쁠 테니 말이야."

"이방인들을 파문하시면 누구도 어르신을 막지 못합니다. 혈문 최고의 자리에 오르실 수도 있습니다."

"바쁘지 않나? 가 보게. 고맙네."

덴토마를 향해 손을 흔든 셀레스카르는 가볍게 아래로 뛰어내렸다.

빠르게 추락하던 늙은 엘프는 바람의 정령을 소환했다. 낙하 속도가 줄어들었다. 방향은 한때 죽음의 장소였던 몬즈 마을 쪽이었다.

멀어지는 셀레스카르에게서 눈을 떼지 못하며 덴토마가 중얼거렸다.

"어르신, 부디 현명한 판단을 내리시길."

덴토마는 와이번의 기수를 돌려 북서쪽으로 날아갔다. 목적지는 수도 마르세르였다.

여관 뒤뜰, 어느새 성큼 가을이 다가온 느낌이었다. 바람엔 서늘한 기운이 감돌고, 햇살은 약해져서 여름 특유의 따가운 기운과는 거리가 멀었다.

아로간타르는 애검 토포레를 앞으로 찌르며 발을 굴렀다. 쿵, 타각이 펼쳐졌지만 제대로 된 위력은 아니었다. 바닥의 흙과 부서진 잎 조각이 떠올랐을 뿐, 적의 균형을 무너뜨릴

만큼 강력하진 않았다.

"음, 부족해."

녹색의 검 토포레를 땅바닥에 박아 넣고 타각만 펼치자 기운이 앞으로 퍼져 나가며 나무를 흔들었고, 겨우 붙어 있던 잎들이 우수수 떨어졌다.

확실히 타각만 펼칠 경우엔 실전에서도 사용할 만했다. 문제는 검술과의 접목이었다.

엘프 특유의 쾌검과 타각, 좌각을 어떻게 결합할 수 있을까? 아무리 고민을 해도 답답하기만 할 뿐, 답이 나오진 않았다.

왁자지껄 소리가 들렸다. 노바디가 벨란데르와 함께 여관으로 들어오고 있었다.

그때, 노바디 바로 앞에서 체리가 나타났다. 희미한 빛을 흘리며 체리의 몸이 생겨나는 모습에 아로간타르는 깜짝 놀랐다. 죽었다가 부활했다는 사실을 깨달은 것이다.

"어떻게 된 겁니까?"

아로간타르가 노바디 쪽으로 달려가며 물었다.

"신경 쓸 일 아니야."

그렇게 말한 노바디는 체리를 보며 빙긋 웃었다.

"수고했어."

"아니에요. 가문을 위한 일이었으니까요."

"용기 있는 행동이었어. 감탄할 만큼이나."

싱크

벨란데르였다.

아로간타르는 왠지 모르게 자신만 따돌림을 당한 기분이었다. 안 그래도 무술 수련이 벽에 부딪혀 답답했는데 그런 마음까지 들자, 생각도 하지 않았던 말이 튀어나왔다.

"대사형께 비무를 청합니다!"

"비무?"

천천히 시선을 옮긴 노바디는 아로간타르의 얼굴을 뜯어보았다.

"그, 그동안의 수련 성과를 보여 드리고 싶습니다."

말이 헛나왔다는 이야기는 할 수 없었다.

"재미있겠다. 해 봐."

벨란데르였다.

"저도 보고 싶어요."

체리였다.

"좋아. 뒤뜰로."

노바디는 먼저 여관 뒤뜰로 걸어갔다. 아로간타르는 고개를 푹 숙인 채 그 뒤를 따랐다. 체리가 조심스럽게 따라붙었다.

"진심이었어?"

"……응."

"행운을 빌어."

체리의 속삭임이 아로간타르에겐 마치 '어떻게든 살아남도록 해.'처럼 들렸다.

소식을 들은 겔란드, 가쿨라, 콜마까지 복도로 나와 난간 아래 뒤뜰을 내려다보았다. 벨란데르는 체리와 함께 나무 기둥에 기댄 채 구경하고 있었다.

가만히 서 있을 뿐인데도 아로간타르는 노바디에게서 아무런 허점도 찾아낼 수 없었다. 괜히 먼저 공격했다가는 호되게 당할 것 같았다.

"간다."

"……네, 대사형."

노바디가 발로 땅을 구르자 흙먼지가 30센티미터가량 일제히 떠올랐다. 그걸 본 아로간타르는 훌쩍 위로 몸을 날렸다.

피식 웃은 노바디는 거리를 줄이며 천무삼권을 펼쳤다. 선천적으로 민첩한 엘프답게 아로간타르는 주먹을 피하며 뒤로 물러섰다.

"괜찮은데."

한 번 더 천무삼권의 중위경근을 펼친 노바디.

그 순간, 아로간타르는 혼신의 힘을 다해 타각을 펼쳤다. 쿵 소리와 함께 일어난 위력이 노바디를 향해 뻗어 나갔다. 깜짝 놀란 노바디가 뒤로 피했지만 발을 타고 올라간 타각의 기운이 무릎까지 마비시킨 후였다.

단 한 번의 기회라고 생각한 아로간타르는 애검 토포레를 앞으로 찔렀다. 검이 급소에 닿으려는 순간, 대사형의 몸이 허깨비처럼 사라졌다.

'헌섬!'

아로간타르는 검으로 몸을 보호하며 뒤를 살폈지만 어디에도 노바디는 없었다.

"위야, 위!"

2층에서 지켜보던 젤란드였다.

고개를 든 순간, 대사형의 발이 아로간타르의 얼굴을 밟았다. 검을 놓친 아로간타르는 그대로 쓰러졌다. 발에 깃든 힘은 상상 이상이었다.

"언제 타각을 익힌 거냐?"

사제를 향해 손을 내미는 노바디.

"……얼마 전에 사부님께서 알려 주셨습니다, 대사형."

아로간타르는 대사형의 손을 잡고 비틀거리며 일어섰다.

"곧 날 추월하겠다. 방심하면 안 되겠어."

노바디는 진심이었다.

"아닙니다."

아로간타르는 압도적으로 패했음에도 대사형이 자신의 체면을 세워 주자 가슴이 뜨거워졌다.

비무라고 할 것도 없었다. 그래서인지 구경꾼은 이미 사라지고 없었다. 뒤뜰에는 그와 대사형 둘뿐이었다.

"비무를 청한 이유가 뭐야?"

"……실은, 타각과 좌각을 다른 무공과 연결하고 싶은데 어떻게 해야 할지 모르겠습니다."

"검술에 응용하려는 거지? 시도는 해 봤겠지?"

"네, 대사형."

"해 봐, 여기서."

"알겠습니다."

대사형의 안목이라면 자신에게 돌파구가 될 수도 있기에 아로간타르는 정성을 들여 검술을 펼쳤다.

오른손, 오른발 그리고 왼발이 유기적으로 맞물리며 화려하면서도 빠른 움직임을 보였다. 녹색의 검 토포레는 공간의 한 점을 정확히 찌르고 자르고 베었다.

그러나 타각을 접목한 순간, 검술 특유의 리듬이 무너졌다. 타각 자체의 위력이 검술의 호흡을 붕괴시킨 것이다. 그 충격으로 아로간타르는 검을 놓치고 말았다.

빙글빙글 날아간 검은 노바디의 발 앞에 꽂혔다. 노바디는 검을 뽑은 후 아로간타르 쪽으로 걸어왔다.

"왜 타각을 펼친 거지?"

"검에 위력을 더하고 싶었습니다."

아로간타르는 던전에서 경험한 무력감에 더 이상 휘둘리고 싶지 않았다.

"좌각으로 해 봐."

검을 내미는 노바디.

"네?"

"타각 대신 좌각을 펼쳐 보라고."

"아, 네."

이유는 모르지만 대사형에게 생각이 있기 때문이라고 확신한 아로간타르는 같은 방식으로 검을 휘둘렀고, 타각을 펼친 바로 그 순간 좌각으로 대치했다.

검을 놓치지 않으려고 애를 썼던 아로간타르는 몸이 깃털처럼 가벼워지며 검이 앞으로 번개처럼 뻗어 나가자 그 속도에 깜짝 놀라 균형을 유지하지 못하고 넘어지고 말았다.

"대사형?"

"훨씬 낫지?"

"어떻게 된 겁니까?"

"녹색날개 엘프 일족의 검술은 기본적으로 빠르잖아. 속도를 추구하려면 당연히 몸도, 검도 가벼워야 하는데…… 타각은 그 반대야. 속도보다는 힘을 중시하니까. 속도 쪽은 좌각이 훨씬 나아, 내 경험상으론."

"아!"

"앞으론 타각과 좌각을 자유롭게 펼칠 수 있도록 노력해봐. 이런 식으로."

노바디는 왼발을 앞으로 내밀며 땅을 구르면서 타각을 펼친 후, 몸을 틀며 오른발로 좌각을 펼쳤다. 몸이 팽이처럼 빠르게 돌자 그저 팔을 들어 올렸을 뿐인데도 팔꿈치가 허공을 엄청난 속도로 갈랐다. 누구든 거기에 있었다면 단 한 번의 공격으로 죽고 말았을 것이다.

아로간타르는 입을 쩍 벌린 채 노바디를 바라보았다. 타각, 좌각의 무궁무진한 가능성을 엿본 것이다. 한 걸음 내디딜 때마다 좌각, 타각을 자유자재로 펼칠 수 있다면 몸놀림의 차원이 달라질 터였다.

"하나 더 보여 줄게."

노바디는 파위로 분신을 만들어 냈다. 아로간타르를 중앙에 두고 네 명의 노바디가 동시에, 서로 다른 방식으로 타각과 좌각을 펼쳤다.

네 명의 노바디는 상식을 초월하는 속도와 위력으로 주먹, 팔꿈치, 발, 무릎을 날려 아로간타르의 급소를 노렸다. 그러나 마지막 순간 공격은 멈췄다.

"이, 이게 파위입니까?"

"그래, 파위야."

"무극심법은…… 정말 무섭네요."

아로간타르는 '대사형도 무섭습니다.'라는 말을 생략했다.

"넌 나보다 훨씬 빨리 무극심법을 익히고 있어. 날 추월해도 대사형 대접은 해 줘야 돼."

"그럴 일은 없겠지만, 그런 일이 생긴다고 해도 제게 대사형은 한 사람뿐입니다."

"고마워. 그럼, 수고."

노바디가 현섬을 펼쳐 그 자리에서 사라지자, 아로간타르는 조금 전 배운 가르침을 몸으로 익히기 위해 뒤뜰 중앙으로 자리를 옮겼다.

목표는 대사형 노바디였다. 대사형이 보여 준 그 경이로운 몸놀림이었다.

"해 보자."

아로간타르는 토포레를 쥐고 앞으로 찔렀다.

저 아래 황갈색 바위 계곡 사이로 흘러가는 급류에서 검붉은 곰 한 마리가 물길을 거슬러 올라가는 연어를 잡고 있었다. 튀어 오르는 연어를 앞발로 내리치는 곰을 보고 있으니, 라마간에서 길들인 곰 라드가 떠올랐다.

뒤쪽에서 인기척이 느껴졌다.

노바디는 몸을 일으키며 돌아섰다.

아로간타르와의 비무 중간에 사부님의 목소리가 귀로 들리는 바람에 깜짝 놀랐었다. 그 때문에 집중력이 흩어졌고, 하마터면 귀여운 사제에게 당할 뻔했다.

"사부님을 뵙습니다."

"잘 있었느냐?"

셀레스카르는 주름진 얼굴로 빙긋 웃었다.

"잘 지낸 것 같기도 하고, 아닌 것 같기도 합니다."

"덴토마에게서 이야기 들었다."

"……네."

노바디는 반사적으로 주먹을 꽉 쥐었다.

사부님을 만나고 싶으면서도 그 순간을 뒤로 미루고 싶은 이유는 바로 사부님 역시 각성자이며 혈문과 관련이 있을 가능성이 매우 높다는 사실 때문이었다. 유니온과 혈문 사이의 관계를 고려한다면, 사부님은 그 누구보다 무서운 적이 될지도 몰랐다.

"난 네가 각성할 줄은 상상도 못 했구나."

"저 역시 사부님이 각성자라는 사실을 전혀 몰랐습니다."

잠시 침묵이 흘렀다.

노바디는 이 늙은 엘프에 대해 아는 바가 극히 적다는 사실을 떠올렸다. 수백 년을 살아와 숱한 경험과 지혜를 갖춘 셀레스카르는 왜 잘 모르는 이방인을 제자로 삼았을까?

그땐 몰랐지만 지금은 그 선택이 어떤 의미를 지니는지 노바디도 잘 알았다. 셀레스카르의 제자라는 이유만으로 시장과 귀족 등 상류층 사람들이 노바디에게 수도 없이 초대장을 보냈던 것이다.

"내게 물어볼 게 많다고 생각한다."

"……이방인은 이곳을 가상현실, 그러니까 가짜 세계라고 생각합니다."

"나는 어떻게 생각하는지 궁금한 게로구나."

"네, 사부님."

"진짜와 가짜를 나누려면 기준이 필요하지. 기준이 바뀌면 진짜는 가짜가 되고, 가짜는 진짜가 될 수도 있단다. 중요한 건, 기준이다."

"사부님의 기준은 무엇입니까?"

"내가 세상에 존재하게 된 이후 보고 듣고 경험한 모든 것, 그리고 그 경험에 대한 해석이 나의 기준을 형성해 왔지. 나의 존재 자체가 바로 나의 기준이란다. 같은 이유로 너의 존재가 너의 기준이다."

"사람의 수만큼 기준이 다르다는 뜻인가요?"

"내 기준에 따르면, 그렇다."

'기준'은 좀 더 깊이 생각해 볼 만한 주제라고 노바디는 생각했다. 지금은 좀 더 중요한 문제에 집중해야 한다. 노바디는 마음으로 준비한 질문을 입으로 겨우 내뱉었다.

"사부님은…… 혈문의 일원이십니까?"

"맞다."

"……."

노바디는 할 말을 잃었다.

"꽤 많은 이들이 내가 널 파문하기를 바라더구나. 날 여기로 데려다준 덴토마 역시 같은 말을 했다."

노바디의 얼굴이 일그러졌지만, 눈만은 커지며 맑게 빛났다. 서서히 이해의 빛이 얼굴을 가득 채웠다.

노바디는 셀레스카르의 입장, 셀레스카르에게 이방인 제

자를 내쫓으라 하는 사람들의 입장까지 이해할 수 있었다.

"적을 제자로 삼을 수는 없지요."

"왜 네가 내 적이냐?"

"그건……."

"이방인이라서?"

"아닌가요?"

노바디는 셀레스카르의 시선을 피하지 않고 되물었다.

"널 부른 이유는 한 가지 질문을 던지기 위해서다. 그 질문의 대답에 따라, 너와 나의 관계가 결정될 게다."

"말씀하십시오."

노바디는 긴장으로 입술이 바짝 탔다.

"처음 본 순간부터 지금까지 넌 수련을 쉬지 않았다. 오히려 어떻게든 수련 시간을 늘리려 애를 썼지. 왜 그렇게까지 강해지려는 거냐? 대체 누구와 싸우기 위해서 강해지려는 것이냐?"

예상 못 한 질문에 노바디는 잠시 생각에 집중했다. 두려움을 직면하기 위해서, 더 이상 갇히기 싫어서 수련을 거듭했다는 대답을 사부님은 어떻게 받아들일까?

마음을 정리한 노바디는 과거의 아픔을 가감 없이 털어놓았다.

중학교 1학년 때 겪었던 고통, 친구의 자살, 세상을 피해 좁은 방으로 도망쳤던 일, 4년이나 지난 후에야 겨우 페플을 통해 방에서 벗어난 과정, 두 번 다시 갇히지 않기 위해 오늘도 수련을 한다는 담담한 고백이 부드럽게 이어졌다.

"이제야 널 좀 더 깊이 이해할 수 있겠구나. 넌 자유를 지키기 위해 싸우는 전사였어."

"사부님."

'자유'라는 말에 노바디는 뜨거워진 가슴을 느낄 수 있었다.

"그 의지가 꺾이지 않도록 잘 살펴라."

"알겠습니다."

"내가 혈문이라고 해서 너와 당장 적이 된다고 생각하진 마라. 혈문은 이 땅에 존재하는 각성자들 대부분이 모여서 만든 조직이니, 아주 다양한 사람들이 거기 속해 있다. 구제 불능인 살인마에서부터 법 없이도 살 수 있는 사람까지 말이야. 난 유니온도 비슷하다고 생각한다. 문제는 조직을 이기적으로 이용하는 자들이야."

"이용한다니요?"

노바디의 눈썹이 출렁거렸다.

셀레스카르는 인자하게 웃으며 대답했다.

"사람은 혼자일 때 자유롭지. 그러나 혼자보다는 여럿일 때 더 큰일을 해낼 수 있어. 혼자서는 할 수 없는 일도 해낼 수 있으니까. 여럿일 때는 분위기를 주도하는 사람이 나올 수밖에 없는데, 수가 많아지면 소수가 다수를 이끌게 된다. 그게 힘이고 권력이야. 소수에겐 다수의 뜻을 달성할 의무가 주어지지만, 역사는 소수의 횡포를 증명해 왔단다. 자신을 위해 다수의 힘을 사용하는 거지. 말도 안 되는 전쟁, 세상을 어지럽히는 어리석은 결정의 대부분이 그런 이유에서 시작된다."

"그런 말씀을 왜 제게 하시는지요?"

노바디는 셀레스카르의 설명에 단단한 뼈가 있음을 본능적으로 느낄 수 있었다.

"누구든 자신의 이익과 힘을 추구하느라 타인을 희생시키려 하는 자는 내 적이다. 이방인이든 이곳 토박이든 상관없이."

셀레스카르가 무시무시한 안광을 뿌리며 응시하자, 노바디는 떨리는 몸과 마음을 진정시키느라 애를 먹었다.

"넌 내 적이냐?"

잘못 대답하면 이 자리에서 죽을 것 같은 예감이 노바디를 당황하게 만들었다.

"아닙니다. 절대 아닙니다."

그 압도적인 기운은 곧 사라졌다. 인자한 노인 특유의 부드러운 미소가 돌아온 것이다.

"항상 주위를 살펴라. 누구도 널 이용하지 못하도록 말이다. 누구도 널 가두지 못하도록 해야 한다."

"알겠습니다."

안도의 한숨을 내쉬는 노바디.

"순수한 의도로 시작된 혈문은 현재 혼란에 빠져 있다. 그 문제를 해결하기 위해 난 중명 제국으로 떠난다. 넌 옳다고 생각하는 바를 밀고 나가거라. 그러면 된다. 그러면 너와 나는 비록 소속이 달라도 적대시하지 않고, 같은 목적지로 나아갈 수 있단다."

셀레스카르의 설명에 귀 기울이면 복잡하게만 느껴졌던 문제가 부드럽게 녹아내리는 기분이었다. 개인적 신념과 주장을 강요하지 않기에 노바디는 사부님의 이야기를 마음으로 받아들일 수 있었다.

"저도 한 가지 여쭈어도 될까요?"

"얼마든지."

셀레스카르는 아이처럼 순수하게 웃고 있었다.

"왜 저를 제자로 받아 주셨습니까?"

"세 가지 이유가 있었다. 첫 번째, 겔란드는 날 찾아와 진심으로 널 염려하며 부탁했다. 겔란드가 어떤 인물인지 잘 알기 때문에 너에 대해 관심이 생겼지. 이방인이라면 치를 떨던 전직 용병의 마음을 바꿔 버린 이방인에 대해 제대로 알고 싶었으니 말이다. 두 번째는 네 눈빛 때문이었다. 절박하면서도 맑아서 꽤 놀랐었다. 마지막은 너의 몸이다. 무극지체라는 체질이 널 받아들이게 만든 것이야. 이방인도 무극지체를 타고날 수 있다는 게 처음엔 믿기지 않았단다. 그중 꼭 하나만 꼽으라 하면 단연 겔란드 때문이다. 네가 겔란드의 마음을 얻지 못했다면 무극지체라는 사실을 알았다 해도 널 제자로 삼지는 않았을 게다."

노바디는 셀레스카르의 눈빛과 목소리, 몸짓을 통해 진실임을 직감했다. 대사형이 자신을 전설적인 엘프의 제자가 되게 만든 것이다.

"앞으로 무엇을 할 것이냐?"

"사부님께 가르침을 청합니다."

"후후, 제법 말을 잘하는구나."

"……전 사실 제가 태어난 곳에 대해서도, 이곳에 대해서도 잘 몰라서요."

"난 널 강요할 생각은 조금도 없다. 네가 옳다고 생각하는 바를 꾸준히 밀고 나가길 바랄 뿐이야. 뭐, 사부로서 한마디한다면, 난 네가 혈문의 문주가 되었으면 좋겠구나."

"네?"

노바디는 귀를 의심했다.

"혈문이 생겨난 이유는 바로 이 세계를 지키기 위해서였다. 그 목적을 이룰 수만 있다면 문주가 이방인이라도 난 아무 문제 없다고 생각한다."

"……농담이시죠?"

"농담 같으냐?"

"아니군요."

가슴이 덜컥 내려앉은 노바디.

"강렬한 열망이란다."

입가에 주름이 지며 셀레스카르가 미소 짓는 순간, 노바디는 무슨 일이 벌어질지 알아차렸다. 예상대로 퀘스트 창이 눈앞에 나타났다.

혈문의 문주

혈문의 문주는 이 세계의 수호자입니다. 드래곤보다 강하고 신선보다 지혜로워야 오를 수 있는 자리입니다. 현재 혈문은 만들어진 목적을 잃어버린 채 혼란에 빠져 있습니다. 이방인에게 적대적인 혈문으로 들어가 문주의 자리에 올라 혼란을 끝내고 새로운 혈문을 만드십시오.

보상 : 비고를 열 수 있는 문주의 인장 반지

"제가 할 수 있는 일이 아닌 것 같습니다."

노바디는 퀘스트를 거절했다.

"내가 도와주마."

"……사부님."

"계속 못 하겠다고 버틴다면, 난 널 파문시키겠다."

유치한 으름장도 셀레스카르의 입에서 흘러나오자 무시무시한 협박처럼 들렸다.

"전 이방인입니다. 이방인을 상대하기 위해 만들어진 혈문의 사람들이 어떻게 절 인정할 수 있을까요? 이건, 이건 말도 안 되는 억지예요."

"혈문은 몬스터대전에서 승리하기 위해 만들어졌다. 이방인 때문이 아니야. 그리고 넌 겔란드의 인정을 받지 않았느냐? 겔란드의 마음을 얻었을 뿐 아니라 나 셀레스카르의 진심까지 받았으니, 혈문 사람들의 마음도 훔칠 수 있다고 난 생각한다."

노바디는 한숨을 내쉬었다. 지혜로운 하이엘프? 꼬장꼬장한 늙은이였다.

"내게 꿈이 하나 있다. 이방인이 혈문을 이끄는 문주가 되는 것, 그와 동시에 이곳 출신이 경계를 넘어가 유니온의 지도자가 되는 것이다. 그런 일이 벌어진다면 혈문과 유니온의 충돌은 의미가 없어질 테니 말이다."

마치 그 꿈이 이루어진 순간을 보고 있는 것처럼 셀레스카르의 얼굴에서 만족스러운 광채가 흘러나왔다.

셀레스카르의 꿈이 가진 깊이와 광활함에 노바디는 매료되었다. 이런 꿈이라면 함께 꾸어도 되지 않을까.

"어떠냐?"

"……자신은 없지만, 한번 해 보겠습니다."

"그런 마음 자세론 안 돼. 너 자신의 꿈을 꿔야 한다. 타인의 꿈을 좇아서는 안 돼."

"아직은 제가 뭘 원하는지 잘 모르겠습니다."

"혈문의 꼭대기로 올라가면서 천천히 생각해 보면 되겠구나."

포기하지 않는 셀레스카르.

다시 한 번 퀘스트 창이 떴다.

노바디는 퀘스트를 수락했다. 셀레스카르는 현실로 따지면 평범한 사람은 얼굴 한번 보기 힘든, 텔레비전으로나 볼 수 있는 유명 인사였다. 그런 사람이 깊은 속내까지 드러내며 부탁하는데 매몰차게 거부할 수는 없었다.

　"증명 제국으로 가시면 꽤 오랫동안 거기 머무시겠네요?"

　"아마도."

　"제게 천맥을 알려 주십시오."

　무극심법 제4문이 바로 천맥이었다.

　"제3문 파위는?"

　"돌파했습니다."

　노바디는 분신을 만들어 냈다. 네 명의 노바디는 저마다 다른 방식으로 자유롭게 움직였다.

　그때, 셀레스카르의 몸이 흐릿해졌다. 현섬 같은 공간 이동술이 아니었다. 셀레스카르의 가느다란 몸이 안개처럼 흩어지는 것처럼 보였지 완전히 사라지진 않았다.

　"분신은 파위의 일부에 지나지 않는다."

　왼쪽에서 들리는 속삭임.

　"분신마저 없애야 진정한 파위라고 할 수 있지."

　오른쪽에서 셀레스카르의 목소리가 들렸다.

　"파위의 극에 이르면 천맥으로 향하는 길이 자연스럽게 보인다. 그 길을 찾지 못했다는 건, 아직 파위를 돌파하지 못했다는 뜻이야."

이 목소리는 사방에서 동시에 들렸다. 셀레스카르 수십 명이 노바디 주위로 몰려들어 속삭이는 것 같았다.

정신을 차린 노바디는 원래 자리에 서 있는 셀레스카르를 볼 수 있었다. 셀레스카르의 얼굴은 창백했지만 서서히 붉은 기가 돌아왔다.

"내가 너로 인해 비난을 받는 것처럼 너도 나로 인해 어려움을 겪을 것이다."

셀레스카르는 진심을 담아서 말했다. 제자의 앞날에 드리운 먹구름을 누구보다 잘 알기에 괜한 짐을 맡긴 게 아닌가 싶기도 했다.

"감수하겠습니다."

"쉽지 않을 게다."

"전 사부님의 제자니까, 쉽지 않아야 재미있지 않을까요."

"녀석."

그때, 꼬르륵 소리가 엘프와 이방인의 배에서 동시에 흘러나왔다. 웃음이 터졌다.

노바디가 잡아 온 연어를 꼬치에 꿰어 셀레스카르가 피운 불에 구웠다. 사부와 제자는 거기서 밤이 늦도록, 새벽이 다 가오도록 먹고 마시며 갖가지 이야기를 나누었다.

마침내 동쪽으로 해가 떠오르자, 두 사람은 이별을 아쉬워하며 헤어졌다.

아침은 세계의 가면을 벗긴다. 어둠을 몰아내고 진실을 드러낸다.

빈민굴의 아침은…… 밤보다 비참했다.

밝은 햇살은 빈민굴로 모여든 사람들이 얼마나 절망했는지, 그들의 현실이 얼마나 비관적인지 남김없이 보여 주고 있었다.

노바디는 고여 있는 듯한 하수도로 들어가 둥실 떠 있는 동물 사체를 건져 내어 땅에 파묻었다. 조그만 쥐나 고양이는 물론 처음 보는 몬스터의 사체를 끄집어내는데, 서너 명의 남자들이 다가와 그 작업을 도왔다.

그 일을 마친 노바디는 모녀가 있는 곳으로 향했다. 딸은 새근새근 자고 있었다.

"모진 목숨을 구해 주셨습니다. 미천한 목숨이라도 필요하시면 언제든 드리겠습니다."

엄마가 진심을 담아서 말했다.

"그 목숨, 딸을 위해서 아끼세요."

노바디 역시 마음으로 답했다.

"고맙습니다. 정말 고맙습니다."

허리까지 굽히는 엄마.

어느새 사람들이 몰려들었다. 그들의 눈에는 고마움과 의심이 뒤섞여 있었다.

속셈이 뭐냐고 묻는 사람들은 주로 뒤쪽에 서서 노바디가 자신을 알아보지 못하게 했다. 앞쪽 사람들은 그들을 나무라며 은인에게 무슨 말버릇이냐고 외쳤다.

그들 사이로 늙은 사내 포르자가 걸어왔다.

"오셨군요. 굶다가 갑자기 기름진 음식을 먹으면 탈이 나기 때문에 일단 죽을 쒀서 먹고 있습니다. 은인께서 주신 식재료라면 족히 보름 정도는 먹을 수 있으리라 생각합니다."

"여기는 사람이 살 만한 곳이 아니군요."

노바디는 선명한 햇살 속으로 날아다니는 벌레들을 볼 수 있었다.

벌레들이 앉는 곳은 사람들의 피부에 난 상처였다. 그 상처에서 진물이 흘러내렸고, 벌레들은 윙윙거리며 진물에 내려앉았다가 다른 곳으로 날아갔다. 어른도 문제였지만 아이들의 피부 상태는 심각해 보였다.

"집값이 몇 배나 올라 버려 이들에겐 갈 곳이 없습니다만, 다행스럽게도 아직 싼 곳이 있긴 합니다."

"어딥니까?"

"망량에게 먹혀 버린 곳입니다. 따라오십시오."

포르자가 앞장섰다.

부적과 마법진이 설치된 목책 너머에는 버려진 건물이 줄지어 서 있었다. 세상을 밝히는 아침 햇살도 무슨 일인지 그 건물에 닿는 순간 힘을 잃는 듯했다. 색깔이 빠져 흑백사진처럼 보이는 지역을 에워싼 목책 곳곳에는 명령을 받고 문을 지키는 경비대원들이 서 있었다.

"망량이 밖으로 나오지 못하도록 마법사, 현자, 신관까지 동원되었습니다만, 조금씩 범위가 늘어나고 있습니다."

포르자가 말했다.

그때, 100미터 남짓 떨어진 건물 옥상에 한 사람이 나타났다. 난간 위로 올라선 그 사람은 크게 고함을 지르더니 아래로 떨어졌다.

"쯧쯧, 또 실패했어. 이방인에게도 방법은 없는 모양이야."

"내로라하는 마법사, 신관, 현자까지 덤벼도 소용이 없었잖아."

"하긴, 망량이니까."

경비대원들의 대화였다.

"들어가 살면 미치거나 정신을 잃고 조금 전 본 것처럼 자살하는 곳입니다. 그래서 아주 헐값으로 나왔는데도 아무도 사지 않는 곳이기도 합니다. 만약 누군가 이 지역을 구입하여 망량을 몰아내고 불쌍한 사람들이 들어와 살게 해 준다면, 이번 겨울 빈민굴에선 아무도 죽지 않을 겁니다."

포르자는 덤덤한 눈빛으로 노바디를 응시하며 말했지만, 목소리엔 간절한 감정이 묻어났다.

노바디는 반투명한 퀘스트 창 너머로 포르자를 바라보았다. 깊은 주름이 얼굴을 뒤덮고 있지만 그 맑은 눈만은 별처럼 빛나고 있었다. 왜 빈민굴에 모인 사람들이 포르자를 그들의 대표로 삼았는지 알 것 같았다.

'저 눈, 사부님을 닮았어.'

셀레스카르는 옳다고 생각하는 바를 밀고 나가라고 충고했다. 노바디는 혈문의 문주 같은 거창한 꿈보다 당장 도움이 필요한 사람이 더 중요하다고 생각했다.

"해 봅시다."

퀘스트를 수락한 노바디의 말에 포르자는 아이처럼 순수하게 웃었다.

두 사람은 시장의 명령으로 봉쇄된 망량 구역의 건물주를 찾아다니며 싸게 구입했다. 건물 매매 과정에 대한 노바디의 지식 부족은 포르자가 메웠다. 포르자의 충고로 훨씬 더 저렴하게 건물을 매입할 수 있었다.

하루가 지나기 전, 노바디는 수십만 골드를 들여 망량 지역 전체를 사들일 수 있었다. 적지 않은 사람들이 미친 짓이라고 했지만 개의치 않았다.

길어지는 햇살을 뒤로한 노바디는 목책 사이로 난 문을 바

라보았다. 그 너머는 이미 어둑어둑했다. 땅거미 위로 솟아
오른 건물은 거대한 무덤의 비석처럼 보였다.

"혼자 들어가시게요?"

포르자가 물었다.

"일단은요."

노바디는 스스로 내린 결정에 다른 사람들을 끌어들이고
싶지 않았다.

"무거운 짐을 맡긴 것 같습니다."

"제가 좋아서 하는 일인걸요. 그럼."

노바디는 문을 통과해 봉쇄 구역으로 들어섰다.

공기의 질부터 달랐다. 여름 기운이 남아 있는 가을이 순
식간에 초겨울로 바뀐 느낌이었다.

오전에 사람이 떨어져 죽었던 건물로 향하는 동안, 바람이
불지 않는데도 창문이 삐걱거리며 흔들렸고 때로는 쾅 소리
를 내며 닫혔다. 건물 벽면 곳곳에는 마치 피를 흘린 것처럼
갈라진 곳에서부터 붉은 이끼가 퍼져 나가고 있었다.

"공포 영화 찍으면 딱이겠다."

건물 안으로 들어서자 어둠은 더 짙어졌다.

다행히 아직 완전한 밤은 아니어서 어둠에 익숙해지자 계
단, 가구 등 윤곽이 드러났다. 급히 집을 떠난 흔적이 곳곳에
남아 있었다. 초록색의 곰팡이가 슨 빵 한 덩어리가 커다란
접시에 담겨 식탁 위에 놓여 있었다. 짓밟혀 한쪽 팔이 부러

진 인형이 그 아래에 뒹굴고 있었다.

노바디는 낮에 잠시 들른 도구점에서 구입한 횃불을 인벤토리에서 꺼냈다. 부싯돌로 불을 붙이자 횃불에서 뿜어져 나온 빛이 어둠을 밀어냈다.

1층을 살핀 후 2층으로 올라가는데 계단을 디딜 때마다 건물 전체가 신음을 토했다. 천장과 벽, 기둥 그리고 바닥이 기괴한 방식으로 합창을 부르는 느낌에 등골이 오싹해졌지만 무섭다고 돌아서서 나갈 순 없었다.

3층의 계단참을 지나 4층으로 올라간 순간, 희끗희끗한 것이 시야에 들어왔다. 둥실 날아다니는 것은 믿기 힘들 정도로 빠르게 다가왔다.

얼굴 한쪽이 뭉개진 망량이었다.

깜짝 놀란 노바디는 건물이 울부짖든 말든 개의치 않고 천무삼권을 펼쳐 망량을 공격했다. 중위경근의 위력이 깃든 주먹은 그 망량을 통과해 버렸다. 주먹부터 시작된 한기는 순식간에 팔로 올라왔다.

노바디가 뒤로 물러서자 망량은 머리카락이 곤두설 만큼 날카로운 비명을 토한 후 벽 너머로 사라졌다.

숨을 몰아쉬는 소리가 들렸다. 뒤늦게 자신이 헐떡이고 있음을 깨달은 노바디는 호흡의 속도를 늦추었다. 다행히도, 마음이 조금씩 진정되었다.

계단이 눈에 들어왔다. 내려갈 수도 있고, 힘을 내어 올라갈 수도 있다. 갈등으로 마음이 쪼개졌다.

솔직히 여기서 빠져나가고 싶었다. 두 번 다시 빈민굴 근처도 가고 싶지 않았다. 이런 짐을 왜 스스로 맡았을까?

"달아날 순 없어."

이를 악물고 5층으로 올라간 노바디는 손님을 기다린 것처럼 몰려든 한 무리의 망량을 발견했다. 하나, 둘, 셋…… 족히 서른은 될 것 같았다.

노바디는 눈을 감았다. 그리고 손가락을 튀겨 소리를 냈다. 청명으로 감지한 그 공간은 텅 비어 있었다. 공포가 조금 물러나는 듯했다.

'왜 진작 이 생각을 못 했지? 보이지 않으면 무섭지도 않을 거야.'

그 생각은 곧 무너졌다.

세 번째로 손가락을 튀기는 순간, 노바디는 코앞에 다가와 있는 형체를 느낄 수 있었다. 찢어진 뺨의 상처로 구더기 두 마리가 기어 다녔고, 눈알이 뽑힌 구멍 안쪽에서는 차가운 바람이 흘러나왔다.

구더기 한 마리가 노바디의 뺨으로 건너왔다. 상상을 초월하는 악취가 코로 스며들었다.

눈을 감은 채 손으로 구더기를 쳐 내고 발길질로 그 형체를 걷어찼지만…… 아무것도 닿지 않았다. 그런데도 여전히 뺨에서는 꿈틀거리는 감촉이 느껴졌고, 악취로 머리가 아팠다.

달아나야 한다는 생각뿐이었다.

네 번째로 손가락을 튀기는 순간, 노바디는 시체들에게 둘러싸인 자신을 발견했다. 어떠한 좀비 영화도 지금 이 순간의 공포를 관객에게 주진 못하리라 확신했다.

망량들이 노바디 내부로 달려들었다.

노바디는 정신을 잃었다.

악몽이 끝났을까?

눈을 뜬 노바디는 세찬 바람에 균형을 잃고 난간 아래로 떨어질 뻔했다. 주위를 살핀 그는 자신이 어디 서 있는지 깨달았다. 건물 옥상의 모서리였다. 낮에 본 사람이 떨어졌던 바로 그곳이었다.

"김현."

어딘지 모르게 귀에 익은 목소리.

고개를 돌린 노바디는 허공에 떠 있는 사람을 발견하고 신음을 흘렸다. 이기용이었다. 중학교 1학년 때 같은 반이었던, 스스로 목숨을 끊었던 친구가 옥상 모서리에서 3미터 떨어진 곳에 서 있었다.

"……이기용?"

"넌 내 친구지?"

"어떻게 네가……?"

"이리로 와. 넌 내 친구니까."

싱크

"나는……."

몸이 저절로 움직였다. 앞으로 한 걸음 내디딘 순간, 아래로 추락하는 노바디. 위쪽을 올려다본 노바디는 무심한 눈으로 내려다보는 이기용을 볼 수 있었다.

바닥에 처박히는 순간, 노바디는 죽었다.

목책에 난 문 앞에서 되살아난 노바디는 돈을 주고받는 경비대원들을 발견했다. 노바디의 성공 여부를 놓고 내기를 한 것이다.

길게 숨을 내쉰 노바디는 이미 어두워진 망량의 구역으로 다시 걸어갔다.

미친개

벽을 가득 채운 와이드월에는 서울 지도가 떠 있었다. 붉은 점과 푸른 점이 지도 위에 표시되어 있는데, 일부는 길을 따라서 움직이는 중이었다.

"우리 예뽕이들이 오늘은 뭘 할까?"

활짝 웃은 안진후는 손짓으로 푸른 점을 와이드월에서 제거했다.

푸른 점은 복용자, 즉 약을 통해 기억을 유지하는 사람들의 위치였다. 붉은 점은 닥터 프로메테우스의 정보와 감시 활동으로 찾아낸 각성자를 뜻했다.

"자넨 로고스 길드에 어울리겠어."

닥터 프로메테우스였다.

"똑똑해서요?"

"로고스 사람들은 자기가 얼마나 똑똑한지 잘 알거든. 지나치게 알아서 문제가 될 때가 좀 있지."

그렇게 말한 닥터 프로메테우스는 심하게 기침을 했다. 사실, 기계와 결합되어 있는 그에겐 기침이라기보다는 불연속적인, 이유를 알 수 없는 진동에 가까운 현상이었다.

"괜찮습니까?"

"몸을 잃었으니 이 정도 후유증은 자연스럽지. 그보다 유니온 해킹은 포기하게. 거긴 물리적으로 네트워크가 분리되어 있다네."

"확실한 방어법이네요."

안진후는 일부러 모른 척하려 했으나 시간이 흐를수록 빠르게 악화되는 닥터 프로메테우스의 상태를 염려하지 않을 수 없었다.

김현이 페플에서 가져올 수 있는 성질석은 더 이상 도움이 안 된다. 좀 더 근본적인 방식으로 문제를 해결해야 할 텐데, 닥터 프로메테우스는 득도한 고승처럼 다가오는 죽음에 초연할 뿐 아니라 구체적인 방법에 대해서는 아무런 말도 하지 않고 있었다.

그때, 사이렌 소리가 요란하게 울렸다.

—위험 경고—레벨 5. 비정상적 접근 시도를 감지했습니다. 동시다발

적인 접속 장애를 유발함과 동시에 시스템의 허점을 찾는 스캐닝이 이루어지고 있습니다. 네크워크는 그대로 유지되며, 내부 시스템에 대한 검사 스케줄 역시 유지됩니다.

레벨 5, 외부 침입이었다!

안진후는 조금도 당황하지 않았다. 오히려 이런 순간을 기다린 사람처럼 와이드월에 창을 하나 띄워 작업을 시작했다. 옆에서 지켜보던 닥터 프로메테우스는 적잖이 놀랐다.

"문을 열어 주는 건가?"

"자물쇠를 풀고 자기 힘으로 문을 열었다고 착각하게 만드는 거죠."

안진후는 장난스럽게 웃으면서도 작업을 빠르게 진행시켰다. 그런 다음 말을 이었다.

"성공했다고 확신하는 순간 방심하게 되죠. 그러면 그쪽으로 파고들기가 훨씬 쉬워집니다. 제가 이런 방식엔 일가견이 있거든요."

"로고스가 자네 같은 인재를 놓치다니, 의외로군."

"아마도, 멘탈에 문제가 있어서 배제했을 겁니다. 제가 지금은 얌전해도 한때는 아무도 못 말리는 악동이었으니까요. 지금의 저도 그때의 안진후는 감당 못할 겁니다."

안진후는 악동답게 사악한 미소를 지었다.

새하얀 방 중앙에 눈처럼 하얀 책상이 놓여 있고, 그 위에 50인치 고해상도 모니터가 놓여 있었다. 티끌 하나 없이 깨끗한 흰색 면 티에 반바지를 입은 소년이 높은 의자에 앉아 모니터를 들여다보며 포동포동한 손가락으로 키보드를 두드리고 있었다.

"들어갔습니다."

소년이 말했다.

"잘했어, 토니."

공지우는 로고스 길드 최연소 각성자인 토니의 어깨에 손을 올렸다.

"왜 이 사람에 대해 알고 싶은 건가요?"

원래 이름 춘섭이 싫어서 토니라는 이름을 스스로 택한 소년은 공지우의 손을 밀어내며 물었다.

"넌 왜 내 부탁을 들어주는 거지?"

그 반문에 토니는 진실을 깨달았다.

"진후 형과 나의 관계를 알고 찾아오셨네요."

"맞아. 난 도움이 필요하거든. 실은, 내가 추천한 교육생 때문이야."

"백정현 교육생에게 문제가 생겼다는 이야기, 들었습니다만, 진후 형과 어떻게 관련이 있다는 거죠?"

공지우는 토니의 질문을 가볍게 무시했다. 여기에서까지 질문 공세에 시달리고 싶지 않았다.

"윤태희로 검색해 봐."

조급해하는 공지우의 태도가 의아한 토니였으나 군소리 없이 키워드 윤태희로 검색했다.

"없는데요."

"그래?"

조금 안도하면서도, 공지우는 긴장을 풀지 않으려 애썼다.

"윤태희도 교육생이잖아요. 그렇죠?"

"김현으로 해 봐."

"없어요. 김현은 누구예요?"

"아무것도 아니야. 고마워. 오늘 신세는 꼭 갚을게."

공지우는 뒤도 돌아보지 않고 제3랩을 빠져나갔다.

뒷모습을 물끄러미 쳐다보던 토니는 키보드 옆에 있는 버튼을 눌렀다. 책상과 모니터가 소리도 없이 아래로 내려갔고, 방 전체는 텅 비었다.

"궁금한 건 참을 수 없어."

오케스트라 지휘자처럼 토니가 두 손을 들자 3차원 홀로그램 장비가 수십 개의 화면을 허공에 띄웠다. 토니가 참여하는 프로젝트 관련 데이터는 물론 심심풀이로 해킹한 각 길드 내부의 상황이 그 화면을 가득 채웠다.

"아, 감시대가 윤태희에 대해서도 조사 중이었어. 그래서 저 여자가 급히 날 찾아온 거야. 김현은 대체 누구지? 여기 있구나. 백정현과 관련된 사람이었어. 천무관 계승자 후보라고? 와우, 대단한 사람이네."

한참 윤태희, 김현에 대해 알아보던 토니는 무언가를 잊었다는 생각에 작업을 멈췄다. 1분 남짓 눈을 감고 곰곰이 생각한 후에야 무엇을 놓쳤는지 알아차렸다.

"맞아. 그냥 나올 수는 없어."

토니는 안진후의 시스템으로 들어가 도저히 회복할 수 없도록 내부 구조를 파괴했다. 한때 천재라고 불렸으나 성장통을 이기지 못하고 범재로 전락한 안진후는 누가 자신의 컴퓨터에 손을 댔는지 결코 알아내지 못할 것이다.

며칠 동안 속이 더부룩했는데 왠지 오늘은 마음껏 초밥을 즐길 수 있을 것 같았다. 휘파람이 절로 흘러나왔다.

"왠지 감정이 느껴지는군."

닥터 프로메테우스는 엉망진창이 된 시스템을 살핀 후에 입을 열었다.

"천재를 향한 유치한 질투라고 생각하시면 됩니다."

안진후는 망가진 시스템을 몇 번의 명령으로 삭제했다. 일종의 가상 시스템이라서 기존 시스템에는 조금도 피해를 입지 않았던 것이다.

"아는 사람이군."

"영재학교에 몇 달 있을 때 알게 됐죠. 제멋대로 날 이기 겠다고 소리쳤던 녀석이에요."

"결과는?"

"짓밟아 줬죠. 두 번 다시 덤비지 못하도록. 아마 회복하 는 데 꽤 시간이 걸렸을 겁니다."

"아무래도 자넨 적을 쉽게 만드는 타입 같구먼."

"절 인정하는 사람을 저도 인정하니까, 뭐 그럴지도 모르 죠. 사실, 토니는 적이라고 할 수도 없어요."

토니의 시스템에 여러 개의 백도어를 설치한 안진후는 본 격적으로 로고스 길드 내부의 데이터를 와이드월에 띄웠다. 토니가 관련된 프로젝트, 토니가 해킹한 다른 길드의 상황까 지 한꺼번에 볼 수 있었다.

"유레카!"

안진후가 외쳤다.

오랜만에 들어온 페플은 익숙하면서도 새로웠다. 양현섭 은 숨을 깊이 들이마셨다. 진짜 호흡이 아니라는 사실을 알 면서도 왠지 모르게 기분이 상쾌해진 느낌에 절로 웃음이 나왔다.

그러나 지금부터 해야 할 일을 떠올린 그의 얼굴은 딱딱하게 굳어 버렸다.

고민에 고민을 거듭했다. 누군지도 모르는 사람으로부터 지시를 받으면서까지 게임 매니저 자리로 돌아오고 싶었을까? 아니라고 할 수 없었다.

지금부터 하는 일은 내부 규정에 저촉된다. 들키는 순간 그동안 쌓은 모든 것이 허물어질 것이다. 두 번 다시 페플에서 일하지 못할 것이다.

게임 매니저 모드를 열었다. 현실에서는 불가능한 일이 가능해지는 순간이었다.

양현섭은 하늘로 날아올랐다. 저 아래 원형의 광장이 있고, 광장 주위로 시청과 마탑이 우뚝 솟아 있었다.

양현섭은 '노바디'로 검색했다.

잠시 후, 푸른 기둥이 하늘로 솟구쳤다. 지난 48시간 동안 노바디가 머문 곳이었다. 양현섭은 정체를 알 수 없는 그 여자가 왜 노바디의 행적을 알고 싶어 하는지 몹시 궁금했지만, 현재로선 알아낼 수가 없었다.

"시작하자."

양현섭은 가장 짙은 기둥 쪽으로 날아갔다.

안진후의 눈이 반짝거렸다.

'세계의 의지'는 페플에서도 작동하고 있었다.

아버지로부터 받은 최고 권한 프리벨리지 제로를 이용하면 페플 내부를 무제한적으로 파고들 수 있었다. 프리벨리지 제로 덕분에 과거 영상을 볼 수 있었지만 안진후는 닥터 프로메테우스의 접속 기록은 물론 스코텐 산맥에서의 모임에서도 닥터 프로메테우스를 찾을 수 없었다. 그뿐 아니라 대화 내용도 왜곡되어 은밀한 내용은 지워져 있었다.

고스트 커넥터 덕분이었다.

또한 세계의 의지가 진실을 삭제했기 때문이다.

짧으면 몇 초, 길어도 수십 초 만에 진실은 사라진다. 현실에서도, 페플에서도. 따라서 실시간으로 직접 보지 않는 이상, 저장된 영상을 통해서는 진실을 알아낼 수가 없다.

좋은 소식이다. 유니온이 아무리 애를 써도 페플 영상으로 이쪽의 움직임이나 비밀을 들여다볼 수 없다.

또한 나쁜 소식이다. 이쪽 역시 유니온 소속 각성자들이 페플에서 무슨 짓을 하고 있는지 확인할 수 없다.

그때, 커다란 디스플레이 와이드월의 구석에 손바닥만 한 창이 알람과 함께 떠올라 깜박거렸다. 손짓으로 그 창을 가까이 가져온 안진후는 메시지를 읽고 빙긋 웃었다.

"노바디가 페플에서 무엇을 하고 있는지 궁금하다는 거지? 뭐, 그럴 수도 있지. 나도 그걸 예상해서 감지 프로그램을 만들었으니까."

손바닥을 비빈 안진후는 누가 노바디에게 관심을 기울이고 있는지 찾기 시작했다.

지루해 보이는 남자의 사진과 정보가 와이드월 중앙에 떠올랐다.

그를 본 순간 안진후는 즉시 알아봤다. 노바디를 처음 찾아갔던 라마간의 담당 게임 매니저 양현섭이었다. 그가 왜 노바디의 뒤를 캐고 있을까?

노바디와 관련된 문의, 신고, 고발이 있는지 확인했지만 아무것도 나오지 않았다.

게임 매니저가 이유도 없이 유저의 과거 영상에 접근하는 것은 월권행위였다. 들키면 직장을 잃을 뿐 아니라 운이 나쁘면 소송에 휘말릴 수도 있는, 위험천만한 행동이었다.

"양현섭, 당신이 궁금해지는걸."

안진후는 양현섭의 과거와 현재를 찾기 시작했다. 놀라운 사실이 드러났다. 양현섭이 징계로 게임 매니저가 아닌, 한직이라 할 수 있는 외부 강사 일을 하고 있었던 것이다. 그 이유는…… 세와타트 산맥을 맡고 있을 때 생긴 폭우, 산사태, 그로 인한 재앙 때문이었다.

"이런."

싱크

안진후는 큰형 안형준이 노바디에게 선녀를 붙여 계속 비를 내리게 했음을 알고 있었다. 안형준의 장난질로 엉뚱한 사람이 피해를 본 것이다. 그 일만 아니었다면 양현섭이 초등학교로 찾아가 페플 교육을 할 필요는 없었을 것이다.

양현섭의 복귀는 갑자기 결정되었다. 거기에 개입한 부서는 페플 전략기획부였다. 이리저리 따라가 보니 익숙한 이름이 튀어나왔다.

"공지우, 당신이었어. 그렇다면 유니온이 양현섭을 통해 노바디의 행적을 알고 싶어 한다는 뜻이야."

안진후가 뭘 해야 할지 고민하는 데에는 딱 5초 걸렸다.

양현섭은 노바디의 영상을 확인할수록 대체 그가 무엇을 원하는지 알 수가 없었다. 망량에 의해 먹힌 구역은 게임 매니저조차 웬만해서는 들어가기 싫어하는 장소였다. 노바디가 빈민굴에 모여 있는 사람들을 위해 봉쇄 구역으로 들어간다고는 믿을 수 없었다.

"이 녀석은 옛날부터 이상했어. NPC를 사형으로 삼는 바람에 그 사달이 났으니까."

NPC가 유저를 찾기 위해 귀중한 아이템을 보상으로 내걸었다. 그 때문에 수만 명이 작은 도시 라마간으로 몰려들어

서버가 터질 뻔했다.

양현섭은 권한만 있다면 노바디를 페플에서, 적어도 엘루마에서 추방하고 싶었다.

필요한 영상을 추출해 낸 양현섭은 이메일에 첨부했다. 전송 버튼을 누르려는데, 손이 떨렸다.

한숨이 나왔다.

"진짜 이렇게까지 해야 할까? 난 페플을 좋아해. 그래서 게임 매니저를 직업으로 택한 거고. 차라리 그만둘까?"

가슴이 무거워졌다.

그때, 전송 버튼을 누르지도 않았는데 메일이 발송되었다. 놀란 양현섭이 취소하려 했지만 불가능했다.

"이런!"

양현섭은 머리를 쥐어뜯었다.

고형덕은 육중하게 서 있는 백화점을 올려다보았다. 한 번도 저 건물을 좋아한 적이 없었다. 들어갈 때마다 가슴이 답답해졌고, 어떻게든 빨리 빠져나가야 한다는 생각을 입으로 내뱉지 않으려고 애를 썼다.

"빨리 오셨네요."

손을 흔드는 안진후.

학생이라기보다는 아이돌 가수처럼 차려입은 안진후 앞으로 걸어간 고형덕.

"왜 여기서 만나자고 한 거냐?"

"따라오세요."

안진후는 웃으며 백화점 안으로 들어갔다. 고개를 흔든 고형덕은 한숨을 내쉬며 안진후 뒤를 따랐다.

1층의 냄새에 속이 뒤집힐 것 같았다. 구두와 화장품 그리고 명품 가방을 파는 코너를 보느니, 생선이 팔딱거리는 수산 시장이 훨씬 나았다.

에스컬레이터를 타고 올라가는 고형덕. 힐끔거리는 시선이 느껴졌다. 열등감일지 몰라도 자신은 백화점에 어울리지 않는다는 생각이 들었다.

안진후는 신사 정장 코너로 고형덕을 데려갔다.

"뭐냐?"

"섬바디 길드 일이에요."

안진후는 돈보다는 스타일에 관심이 기울였다. 친절한 점원에게 고형덕에게 딱 맞는 옷이 필요하다고 말하자, 5분 만에 다섯 벌이 펼쳐졌다.

구두, 벨트, 시계 그리고 선글라스까지 결정하는 데 무려 세 시간이나 걸렸다. 고형덕은 파김치 상태였으나 안진후는 힘이 넘쳤다.

추레한 경찰은 세련된 제임스 본드로 변신했다. 거울을 보고 고형덕은 깜짝 놀랐지만 180만 원짜리 구두, 550만 원짜리 정장, 112만 원짜리 선글라스 등 몸에 걸친 것들이 얼마나 비싼지 잊지 않았다.

"참을 만큼 참았다. 무슨 일이냐?"

"한 사람을 만나 주세요."

"이유는?"

"배고프죠? 천천히 먹으면서 이야기하고 싶어요. 난 죽을 것처럼 배가 고프거든요."

안진후는 패밀리 레스토랑으로 들어갔다.

고형덕은 주먹을 쥐고 부르르 떨었다.

술을 마셔도 취하지 않았다. 이메일이 저절로 발송됐다고 생각했지만, 거듭 떠올릴수록 이 빌어먹을 손가락이 욕망을 이기지 못하고 버튼을 눌러 버린 것만 같았다.

비틀거리며 집으로 돌아갔다. 혼자 사는 집은 어두컴컴했다.

불을 켠 순간 양현섭은 눈을 끔벅거렸다.

한 사람이 침대 옆에 서서 팔짱을 낀 채 이쪽을 바라보고 있었다. 균형 잡힌 몸매에 어울리는 고급 양복을 입고 짙은 선글라스를 쓴 그 남자는…… 왠지 모르게 위험한 분위기를 풍기고 있었다.

'도, 도둑은 아니야.'

"……뭡니까?"

"페플 감찰부의 홍형덕이다."

고형덕은 안진후가 정교하게 위조한 명함을 두 손가락 사이에 끼워 앞으로 날렸다. 홍형덕은 고형덕과 홍길동을 합친 이름이었다.

명함을 주워 든 양현섭은 가슴이 덜컥 내려앉았다. 감찰부의 명성은 모두가 알고 있었다. 피도 눈물도 없는 감찰부 직원이 뜨면 여기저기서 곡소리가 난다.

"나, 나는……."

"당신이 이메일을 보낸 게 아니야."

"네?"

"우리가 보낸 거지. 당신에게 연락을 하고, 당신에게 내부 규정을 어기고 영상을 보내라고 요구한 사람을 잡기 위해서야. 그러니까 넌 지금부터 나를 도와야 한다. 잘못을 바로잡고 싶지 않아?"

"……알겠습니다."

"굿."

고형덕은 최대한 천천히 걸어서 양현섭 곁을 스쳤다. 그리고 뒤도 돌아보지 않고 밖으로 나왔다.

어두운 골목을 걷는데 구두 소리가 꽤 경쾌하게 들렸다.

입고 있는 옷에도 적응이 됐는지, 꽤 편했다. 영화에서 보면 스파이가 이런 스타일을 고수하는데, 왜 그런지 알 것 같았다. 왠지 모르게 품격이 올라간 느낌이랄까.

골목을 빠져나오자 붉은 스포츠카가 한 대 서 있었다. 창문이 열렸다.

"타요."

"너?"

"그 차림으로 택시를 타긴 좀 그렇잖아요."

운전석에서 내린 안진후는 조수석으로 옮겨 탔다.

웃음을 터트린 고형덕은 운전석에 올라타 핸들을 어루만졌다. 한때 이런 스포츠카를 모는 꿈을 꿨다. 현실을 알게 된 후로는 포기해 버린 꿈이었다.

접촉 사고라도 날까 싶어 속도를 낼 수 없었다. 그래도 스포츠카 특유의 힘을 느낄 수 있었다.

"앞으론 아저씨가 타고 다니세요."

안진후는 작은형의 애마라고 말하진 않았다. 당분간 둘째 형은 미국에 있을 것이다.

"마, 말도 안 돼."

"웃고 있네요."

"내가? 그런데 언제 운전면허증을 딴 거냐?"

"만 18세 이상만 딸 수 있어요."

"설마……."

"이게 뭐예요, 소심하게? 버스보다 느리잖아요."

"꽉 잡아라."

"넵!"

안진후는 튕겨 나가듯 질주하는 속도에 환호했다.

홍길동은 약속 장소에 도착했다. 좁은 골목이 셋으로 갈라 지는 길목이었다. 어둠이 내려앉은 골목 안쪽에서 고양이 우 는 소리가 들렸다. 쥐가 달아나다가 고양이에게 잡혔는지 단 말마 신음이 흐릿하게 퍼져 나갔다.

"여길세."

그늘진 건물 구석에서 한 사람이 걸어 나왔다. 달빛이 얼 굴에 닿자 홍길동은 그를 알아보았다. 그와 동시에 곰팡이가 핀 듯 상한 피부에 깜짝 놀랐다.

"내가 자네라면 돌아서서 저 밖으로 가 버릴 걸세."

전종환은 관절이 툭 튀어나온 손으로 낡은 책을 쥐고 있 었다.

"암살 퀘스트. 완료했습니다만."

홍길동이 말했다.

"후회하지 말게."

전종환은 서글픈 표정으로 책을 건넸다.

책을 받은 순간, 홍길동은 창을 볼 수 있었다.

오블랑의 살서

천살성 헤론이 직접 썼다고 알려진 오블랑의 살서에는 암살에 필수적인 기본 스킬이 기록되어 있습니다. 오블랑의 살서를 익히면 그림자처럼 움직일 수 있으며, 조그만 바늘로도 치명타를 입힐 수 있고, 사람들의 시야에서 사라질 수 있습니다.

"마지막 기회라네."

전종환이 말했다.

"후회 안 합니다."

홍길동은 책을 열어서 스킬을 등록했다.

–오블랑 하이드가 등록되었습니다.

–오블랑 니들이 등록되었습니다.

–오블랑 루시드가 등록되었습니다.

그때, 또 다른 사람이 나타났다.

홍길동은 덩치 큰 사내의 인기척을 미리 감지하지 못했다는 사실에 깜짝 놀랐다.

"고 형사님! 오랜만입니다."

"……누구?"

"접니다, 불곰."

"불곰?"

"이 최상진을 잊어버리신 건 아니죠?"

"설마."

김현이 쓰러뜨린 사채업계의 건달 셋을 거느렸던 보스 불곰 최상진을 여기서 만나리라곤 상상도 못 했다.

"헤헤, 앞으로 고 형사님과 함께 일을 하게 돼서 얼마나 기쁜지 모릅니다. 이거 한 대 피우시죠. 기분이 끝내줍니다."

불곰은 갈색으로 속이 채워진 담배를 꺼내어 홍길동에게 건넸다. 그 담배에 정신을 흐리게 만드는 마약 갈분이 섞여 있음을 잘 아는 전종환의 표정이 험악해졌다.

"아직 이야기 안 끝났네."

"죄송합니다. 제가 그것도 모르고 끼어들었네요. 고 형사님, 또 봐요. 옛날부터 형사님이 좋았는데 다 이렇게 함께 일하려고 그랬나 봅니다."

홍길동을 향해 손을 흔든 불곰은 오블랑 하이드를 펼쳐 어둠 너머로 사라졌다.

"저 새끼는 뭡니까?"

홍길동이 물었다.

"앞으로 자네와 함께 일할 파트너라네."

"……농담이시죠?"

"오블랑은 자네가 명령을 받고 내부로 잠입하는 경찰이라는 사실을 잘 알고 있네. 오히려 그걸 이용할 속셈이지. 내게도 그랬으니 말이야."

그 말을 들은 홍길동은 사태의 심각성을 깨달았다.

"그만두겠습니다."

"늦었네. 자넨 오블랑의 일원이니까. 경찰을 그만두면 저 거머리 같은 새끼들이 자넬 내버려 두지 않을 거야. 경찰 조직 안에 있으려면 명령을 따라야 할 테고."

"누가 그런 명령을 내린 겁니까?"

"꽤 위로 올라가야 한다네."

"어디까지 말입니까?"

"청장보다 위야."

"……설마요."

"난 지쳤네. 자네라면 나보다 낫겠지."

전종환은 씁쓸하게 웃었다.

가랑비에 옷이 젖듯 사악한 세계에 젖어들었다. 몇 번이나 거기서 빠져나오려 했지만 혼자 힘으론 불가능했다. 범죄자를 잡아 처넣어야 할 경찰이 오히려 범죄를 비호하게 되다니.

"잘 있게나."

전종환은 서서히 투명해졌고, 곧 자취를 감추었다. 오블랑 루시드였다.

스킬 창을 열어서 새로 추가된 목록을 확인한 홍길동은 이 이야기를 안진후가 들으면 어떤 반응을 보일지 생각해 봤다. 그 녀석이 놀랄까? 어쩌면 예상했다는 듯 천천히, 재수 없게 고개를 끄덕일지도 모른다.

"확실히 세상이 달라졌어. 그건 분명하구나."

홍길동은 접속을 끊었다.

스코덴 산맥의 장엄한 광경은 아무리 봐도 지겹지 않았다. 바마퉁은 잘 알아듣기도 힘든 회의보다는 추억을 펼쳐 그랜드캐니언을 떠올리게 만드는 스코덴 산맥 상공을 날아다니고 싶었다.

물과 바람이 시간을 들여 만들어 낸 거대한 작품인 바위기둥과 협곡 사이로 아슬아슬하게 비행하면 그 기분은 상상을 초월할 터였다.

"넌 할 말 없어?"

벨란데르가 물었다.

"……뭘?"

"집중 좀 하자. 특별히 할 이야기 없냐고?"

"없어. 미안해."

바마퉁은 드래곤과 케르베로스 사이에서 태어난 전설적인 존재 겐소에 대해 말하고 싶었지만, 약속을 어기면 그 늙은 개는 떠나 버릴 것이다.

"미안할 필요는 없어."

씩 웃은 벨란데르는 고개를 돌려 노바디, 홍길동 그리고 아인슈타인을 보며 이야기를 이어 나갔다.

오블랑, 사채업자, 경찰 조직, 로고스 길드 해킹, 감시대 등 다양한 내용이 벨란데르의 입에서 흘러나왔지만 오랫동안 정신병원에 갇혀 수동적인 상황에 익숙했던 바마퉁에겐 전혀 흥미롭지 않았다.

회의는 끝이 났다.

기지개를 켠 바마퉁은 눈치를 보다가 노바디 옆으로 다가 갔다.

"저, 할 말이 있는데."

"뭔데?"

위에서 내려다보는 듯한 벨란데르의 눈빛, 태도와 달리 노 바디와 이야기를 나누면 왠지 모르게 대접을 받고 있다는 느 낌을 받게 된다.

"언제쯤 던전에 내려갈 거야? 아로간타르와 체리가 은근 히 기다리는 눈치 같던데."

사실, 아로간타르와 체리가 무슨 생각을 하고 있는지 바마 퉁은 잘 몰랐다. 두 사람을 핑계로 삼아 하루라도 빨리 던전 으로 내려가 젠소 덕분에 얻은 아이템의 능력을 제대로 발휘 하고 싶었을 뿐이다.

누구도 치료의 반지 디레블링과 바람의 부츠 트론게를 알 아보지 못했다. 바마퉁은 조금도 섭섭하지 않았다. 사실, 던 전에서 실력을 드러내어 모두를 놀라게 하고 싶었던 것이다.

"안 그래도 그 이야기를 하려고 했어. 난 당분간 던전에 들어갈 수 없어. 그래서 말인데, 네가 나 대신 아로간타르, 체리를 데리고 던전으로 내려갔으면 하는데, 어때?"

"내, 내가?"

바마퉁은 의외의 제안에 당황했다.

"벨란데르는 밖에서 할 일이 많고, 난 나대로 일이 좀 있어서. 부담스러우면 안 해도 돼."

"아니, 내가 할게."

바마퉁은 급히 말했다. 이 기회를 다른 사람에게 넘겨주고 싶지 않았다.

"두 사람에겐 내가 말해 둘게."

"응."

바마퉁은 기분이 좋았다. 파티를 만들어 던전으로 내려가도 될 만큼 노바디가 자신을 인정했기 때문이다.

조금은 두렵기도 했다. 바마퉁은 겐소에게 이 소식을 알리고 싶었다. 겐소가 없었다면 그 제안을 거절했을 것이다.

노바디와 함께 엘루마의 여관에 도착한 바마퉁은 망설이지 않고 밖으로 나갔다. 겐소를 찾기 위해서였다. 그는 겐소가 그 유명한 대현자 파르소겐이라고는 상상도 못 했다.

겐소와 헤어진 곳 근처를 두리번거리는데 왈왈, 개 짖는 소리가 들렸다. 고개를 돌린 바마퉁은 골목 입구에 쭈그리고 앉아 있는 겐소를 발견했다.

바마퉁이 달려오는 동안, 겐소는 자신도 모르게 꼬리를 흔들고 있었다. 뒤늦게 그 사실을 깨달은 대현자는 속으로 웃었다.

'저 녀석이 반가워 꼬리를 흔들어? 내가? 이 대현자 파르소겐이? 이러다가 완전히 개가 되는 거 아닐까? 뭐, 똑똑한 개도 나쁠 건 없지.'

"거기 있었구나."

"좋은 일이지?"

"어떻게 알았어?"

"얼굴에 쓰여 있다."

"헤헤."

배시시 웃는 드워프.

"말해 봐."

겐소는 무뚝뚝한 태도를 취했으나 마음은 이미 바마퉁에게 일어난 일에 푹 빠져 있었다.

바마퉁이 이곳 현지인을 대동하고 던전으로 내려간다는 말에 겐소는 묘한 감정을 느꼈다. 물가에 내놓은 아이를 보는 것처럼 불안하면서도 바마퉁의 활약이 기대가 되는…… 기이한 상태였다.

"노바디가 날 인정한 거야. 내가 처음으로 리더가 되는 거야! 노바디에 대해선 내가 말했었지? 노바디가 아니었다면 지금의 난 있을 수 없어. 그럼, 너도 못 만났을 거야."

어느새 눈가가 촉촉한 바마퉁.

겐소는 옆에 앉은 바마퉁에게로 가서 손을 핥았다. 사람은 할 수 없는 위로법이었다.

'이 순진한 녀석에겐 도움이 필요해. 아무래도 내가 던전까지 따라가야겠어.'

"나도 간다."

"어딜? 던전? 정말? 진짜?"

고개를 끄덕이는 겐소.

"고마워, 정말 고마워. 사실 좀 무섭긴 해. 던전에 있는 몬스터도 두렵지만, 같이 내려갈 사람들이 더 무서워. 난 노바디가 아니니까."

"난 미친개야. 누구든 널 무시하는 놈은 내가 물어 버릴 테니까, 전혀 겁낼 거 없어."

겐소는 송곳니를 드러내며 허공을 향해 으르렁거렸다.

박수를 치며 기뻐하는 바마퉁.

"하하, 그럼 난 미친 드워프야."

일부러 얼굴을 일그러뜨렸지만 무섭기는커녕 웃음이 피식피식 나올 만큼 귀여운 드워프가 되고 말았다.

겐소가 폭소를 터트렸다.

바마퉁이 함께 웃었다.

매캐한 화약 냄새가 기름 냄새와 섞인 채 공기 중을 떠돌고 있는 지하 실험실 한쪽 구석 의자에 앉아 있던 체리는 한숨을 내쉬었다. 마음 같아서는 선반에 차곡차곡 쌓아 놓은 각종 약물, 금속 재료 따위를 모조리 때려 부수고 싶었다.

　　충동적으로 일어난 체리는 석궁을 들고 화살을 쏘았다. 핑, 공간을 가로지른 화살은 저 멀리 서 있는 화강암 석상에 박혔지만 치명타는 아니었다.

　　던전에 출몰하는 스톤 골렘이 떠올랐다. 타격력을 높인 석궁 트리플로는 답이 나오지 않는 몬스터였다.

　　광장에서의 일도 기억났다. 정교한 연극이었지만, 누군가 자신을 노리고 청부 집단 오블랑에 암살을 의뢰했다는 점은 분명한 사실이었다.

　　대체 누가 그런 짓을 했을까?

　　실오라기 하나 걸치지 않은 상태로 노출된 기분이었다. 언제 어디서 화살이 날아올지 모르는 채 죽음을 기다려야 할 때처럼 가슴이 타들어 가는 느낌이었다. 살아오면서 이 같은 무력감은 처음이었다.

　　만약 노바디와 계약을 맺지 않았다면 암살로 삶을 마감했을지도 모른다.

　　노바디는 경이로운 이방인이었다. 그는 체리가 오랫동안

관찰하고 확인한 다른 이방인들과는 살아가는 방식 자체가 달랐다. 무엇보다 강해지는 속도가 타의 추종을 불허했다.

처음 봤을 때도 전투력은 압도적이었다. 꼬챙이에 걸려 있던 수십 마리의 닭이 공중으로 떠오르며 조각나는 광경은 도저히 잊을 수 없었다. 그러나 지금은…… 상상을 초월하는 지점까지 올라가 있었다.

"분신……."

네 명의 노바디가 서로 다른 무공을 펼치며 합공하는 모습은 아무리 봐도 질리지 않는다. 근접전에서 노바디를 이길 사람은 없을 것 같았다.

게다가 노바디는 공간 이동술 현섬까지 자유자재로 펼친다. 분신과 현섬의 결합은 전투법을 근본적으로 바꿔 놓았다. 지금의 노바디를 꺾으려면 독이나 마법, 치명적인 함정이 필요할 거라고 체리는 확신했다.

아로간타르도 성장하고 있었다.

바보처럼 마보 자세만 취하던 그가 어느새 노바디와 같은 방식의 전투 기술을 사용하기 시작했다. 노바디가 얼마나 강한지 알면서도 비무까지 요청했다. 비록 일방적으로 깨지긴 했지만, 아로간타르는 노바디를 순간이나마 당황하게 만들었다.

바마퉁도 어딘지 모르게 달라졌다. 대화할 때 눈을 마주 보기 시작했을 뿐 아니라, 기본적으로 여유가 생긴 느낌이었다.

"나만 그대로야. 애를 쓰고 있지만 말이야."

한숨을 내쉰 체리는 새로운 형태의 화살 견본을 들어 올려 살폈다. 개조 석궁 트리플이 보통 석궁보다 월등히 강력하게 화살을 발사할 수 있었지만 스톤 골렘의 단단한 피부를 뚫기는 역부족이기 때문에 화살 쪽으로 연구 방향을 바꾼 결과였다.

정교한 금속 틀에 화약을 집어넣고 충격을 받으면 두 번으로 나누어 폭발하도록 설계한 화살촉을 들어 올린 체리는 옆방 발사 시험장으로 걸어갔다. 그 화살촉을 철제 화살대에 꽂고 트리플에 장착한 그녀는 50미터 떨어진 석상을 향해 조준했다.

방아쇠를 당긴 순간, 화살은 석궁에서 튀어나와 공간을 갈랐다. 화살은 타이탄 모양의 석상에 부딪치자 불꽃을 튀기며 안으로 파고들었고, 잠시 후 쾅! 폭발을 일으켰다. 석상의 상체는 박살이 났다. 돌 조각들이 벽과 천장으로 날아가 일부는 박혔다.

"위력적이구나."

그 목소리에 체리는 몸을 돌렸다.

아버지 뮤카멘 백작이 뒷짐을 진 채 발사장 입구에 서 있었다.

"……아직은 부족해요."

"스톤 골렘 때문이냐?"

"네, 아버지."

체리는 숨겨야 하는 이유를 찾지 못했다. 캉트 던전에 어떤 종류의 몬스터가 출몰하는지는 이미 알려져 있었다.

"넌 이방인을 돕고 있다."

"알아요."

"그만한 가치가 있는 인물이냐?"

"현재로선 그렇다고 생각해요."

"던전은 어떻더냐?"

그 질문을 듣는 순간, 체리는 아버지가 몸소 이곳까지 찾아온 이유를 깨달았다.

죽었다가 되살아나는 그 경험 때문이었다. 이방인이 가진 불사의 능력에 대한 호기심과 궁금증 때문에 찾아온 것이다.

"처음엔 이상했어요. 꿈을 꾸다가 깬 느낌인데, 그 꿈이 지나치게 생생한 것과 비슷했어요. 몇 번 죽었다가 살아나니 왜 이방인이 강할 수밖에 없는지 알 수 있었어요. 우리는…… 이방인을 이길 수 없어요."

씁쓸해하는 목소리로 담담하게 말하는 체리.

"노바디는 언제든지 널…… 죽일 수 있다."

"잘 알아요."

"원한다면 이 아비가 나서마. 노바디를 찾아가서 어떤 요구를 들어주더라도 널 빼내 올 수도 있다."

백작의 입술이 떨렸다.

그는 체리가 투르카 던전에 들어갔다는 소식을 들은 후에야 딸이 어떤 상황에 처했는지 깨달았다. 하지만 노바디의 위치를 고려할 때 일방적으로 찾아가서 따질 수는 없었다.

"그럴 필요 없어요, 아빠."

생글생글 웃는 딸.

"필요한 건 무엇이든 말하거라."

"그럴게요."

돌아서서 걸어 나가는 아버지의 뒷모습이 오늘따라 외롭게 보였다.

한숨을 내쉬며 감정의 찌꺼기를 떨쳐 낸 체리는 연구실로 돌아가 화살촉 개량 작업에 돌입했다. 아직 원하는 파괴력에 이르지 못했다. 촉과 살대의 균형에도 문제가 있는지 조준이 약간 빗나간 점도 수정의 대상이었다.

쇳덩이를 깎아 내던 체리는 천천히 몸을 돌렸다. 연구실 입구에 낯익은 사람이 서 있었다.

"오랜만이다."

"바빠."

다시 작업에 열중하는 체리.

그 사람이 쇳덩이가 굴러다니는 테이블 쪽으로 다가와 체리를 쳐다봤다.

"어땠어? 짜릿했어?"

데프 상단의 후계자 트로만에게서는 술 냄새가 났다. 체리는 눈살을 찌푸렸다.

"꺼지라고 했어."

"나도 던전에 들어가고 싶다."

"……뭐?"

체리는 작업을 중단하고 트로만을 바라보았다. 술김에 한 소리가 아님을 눈치챈 것이다. 어릴 때부터 친하게 지낸 터라 장난과 진심을 쉽게 구별할 수 있었다.

"소개 좀 시켜 줘. 나도 캉트 던전 지하에 우글대는 스톤 골렘을 직접 보고 싶어."

"소개? 설마, 계약을 맺으려고?"

"너도 맺었잖아."

"그 계약 내용, 알고 있지? 이방인이 원하면 죽을 수도 있어."

"넌 안 죽었잖아."

트로만의 눈이 빛났다.

"던전에 내려가려는 목적이 뭐야?"

체리는 팔짱을 꼈다. 일단 이유를 들어 본 후에 결정할 생각이었다.

"성질석."

트로만은 조금도 망설이지 않고 대답했다.

"돈 때문이군."

성질석은 일부 몬스터의 몸속에 숨겨진 특이한 금속 덩어리다. 뇌석, 영석, 염화석, 풍음석, 빙한석, 환각석, 토규석, 명광석, 암혼석, 사혈석, 혼마석, 재생석 등 그 종류가 다양한데, 같은 무게의 금보다 몇 배, 때로는 수십 배나 더 비싼 값에 팔린다.

"난 상인이니까."

히히 웃은 트로만은 체리가 고개를 흔들며 몸을 돌리자 맞은편으로 이동했다.

"넌 마스터를 모르잖아. 정말 괜찮겠어?"

"난 네 안목을 믿어."

진지한 트로만.

"이야기는 해 볼게."

"그럼, 나도 끼워 줘."

또 다른 목소리.

체리는 보기도 전에 누가 찾아왔는지 알아차렸다. 도크 남작가의 셋째 아들이자 암연 용병대의 일원인 핀토였다. 핀토역시 트로만처럼 체리와 어린 시절을 함께 보낸 친구로 현재 암연 용병대의 백부장이었다.

"용병대는 어쩌고?"

"장기 휴가를 받았어. 내년 초에 복귀하면 돼. 그동안 한 번도 쉬지 않았거든."

"알았어. 마스터께 여쭤 보기는 할게."

"체리, 저기 한 명 더 와."

핀토가 복도 쪽을 가리켰다.

나타난 사람은 체리의 요청으로 이미 파티에 참가했었던 신관 테르툰이었다. 체리와 함께 신성 마법을 익히기도 했던 테르툰은 트로만과 핀토를 향해 살짝 고개를 숙인 후, 체리 앞으로 다가왔다.

"알았어."

체리는 한숨을 내쉬었다. 마스터가 어떻게 받아들일지 알 수가 없었다.

그렇다고 이들의 요청을 묵살할 수는 없다.

상단, 용병대 그리고 대신전에서 저마다 자리를 잡아 가는 젊은 기대주들이 늦은 밤 자신을 찾아온 이유는 단 하나, 불사의 능력을 직접 경험하기 위해서였다. 이미 죽음과 부활의 순간을 겪었던 테르툰도, 불사의 힘을 좀 더 깊이 알고 싶은 욕망을 이길 수 없었다.

과묵하고 지혜로운 아버지까지도 지하 연구실로 내려오게 만든 호기심이 이들을 사로잡았다.

단순한 호기심 때문이라면 저들의 진지한 눈빛을 완전히 설명할 수는 없다. 저들은 그 경험을 통해 답답한 현실을 바꾸고 싶은 것이다. 실마리라도 찾고 싶은 것이다.

마스터는 이들의 의도를 간파할까? 알아차린다면 이방인을 향해 공격적인 이들을 받아들이지 않을지도 모른다.

'내가 고민해 봐야 달라질 건 없어.'

염려를 날려 버린 체리는 아름다운 여신관 테르툰에게 추파를 던지며 말을 거는 트로만을 본 순간, 좋은 생각을 떠올렸다.

　"그 눈빛, 불길해."

　트로만의 눈이 가늘어졌다.

　"미스릴 있지?"

　"······미스릴?"

　"데프 상단은 레나르카 왕국과 거래를 하잖아. 레나르카는 미스릴 생산국으로 유명하고. 미스릴 좀 줘. 많이는 필요 없어. 내 주먹만큼만."

　"뭐, 뭐?"

　눈이 튀어나올 것처럼 커진 트로만이 몸을 부들부들 떨었다. 주먹만큼만? 미스릴이 얼마나 비싼 금속인데. 순간적으로 이번 일에서 빠져야 하지 않을까 진지하게 고민할 만큼 주먹 크기의 미스릴은 어마어마하게 귀했다.

　"싫음 말고."

　강하게 나가는 체리.

　"15만 골드."

　"좋아."

　체리는 돈 걱정은 하지 않았다. 마스터 노바디의 재정 상황 때문이었다.

　오히려 트로만이 몸을 움찔거리며 놀랐다. 체리가 아무리

싱크

백작가의 일원이라고 해도 15만 골드는 쉽게 쓸 수 있는 액수가 아니었다.

"……알았어. 대신, 그 이방인에게 잘 말해 줘야 해. 너도 날 도와야 하고."

"좋아."

씩 웃은 체리는 불안한 표정으로 두어 걸음 물러서는 용병과 신관을 바라보았다. 곧 좋은 생각이 떠오를 것 같았다.

찾아오는 손님들로 북적거렸던 여관 입구는 휑뎅그렁했다. 안으로 들어선 노바디는 호지센 소속 현자들 중 다수가 엘루마를 떠났다는 사실을 여관 주인으로부터 전해 들었다. 대현자 파르소겐이 모습을 드러내지 않는 바람에 호지센의 입지가 흔들린 것이다.

"또 오셨군요."

호지센의 심보각주 붕효가 다가왔다. 거대한 체구는 시야를 다 가릴 듯했다. 적의까진 아니지만 환대하는 분위기는 아니었다.

노바디는 조금도 화가 나지 않았다. 스노빈의 장난질을 이용하여 대현자 파르소겐을 만난 게 바로 자신이었으니 호지센 사람들에겐 미움을 살 만도 했다.

"임시 회주님을 찾아왔습니다."

"무슨 일이신지요?"

"의뢰할 게 있어서요."

"잠시만 기다리십시오."

오래 기다릴 필요는 없었다. 붕효의 안내를 받아서 간 곳은 지난번에 스노빈을 만난 그 방이었다. 스노빈 뒤에는 제자로 보이는 소년이 서 있었다.

"위대한 하이엘프의 잘나신 제자분께서 무슨 일로 이 누추한 곳까지 왕림하셨는지요?"

잔뜩 비꼬는 스노빈.

"호지센에 맡기고 싶은 일이 있어서요."

"천하가 인정하는 노바디 님도 아쉬운 게 있는 모양입니다."

눈에 띄게 좋아하는 스노빈의 뒤틀린 마음을 노바디는 눈빛과 목소리로 느낄 수 있었다.

"망량을 쫓아내고 싶습니다."

"하하, 무극심법으로는 망량을 다룰 수 없지요. 바로 그 때문에 우리 호지센이 필요한 거니까요. 그 망량 어디 있습니까? 제가 깔끔하게 해결해 드리지요."

스노빈은 자신만만했다. 롭시스 국숫집에서의 일로 짓밟혔던 자존심을 회복할 수 있다는 생각 때문이었다.

그러나 그 태도는 노바디가 망량이 있는 위치를 알리는

순간, 산산조각이 났다. 표정이 굳어 버린 스노빈이 입을 열었다.

"아쉽군요. 거기는 드래곤이 와도 소용이 없습니다. 망량에게 먹힌 곳이니까요. 천도의 신선이 떼를 지어 내려온다면 뭐, 가능성이 있을지도 모릅니다."

"방법이 없습니까?"

"시간이 흐르면 자연스럽게 망량의 한이 옅어지고, 그러면 힘도 약해집니다. 그때가 되어야 손을 쓸 수 있을 겁니다."

"얼마나 기다려야 할까요?"

"지난번에 가서 느낀 망량의 힘이라면, 족히 100년은 기다려야 할 겁니다."

"100년이나요?"

천천히 고개를 흔드는 노바디.

고민하는 노바디의 모습에 스노빈은 자연스럽게 미소를 지었다. 노바디의 고통이 자신에겐 즐거움이었다.

'좀 더 즐겨도 되겠지? 후후, 고생 좀 해 봐라.'

스노빈은 콘센치오를 펼쳐 지하에 가둬 놓은 망량 한 마리를 불러냈다.

노련한 현자일수록 특별한 순간을 위해 망량을 준비한다. 상인이 은행에 저축하는 것과 비슷한 행동이었다. 도깨비를 닮은 그 망량은 치명적이진 않지만 사소한 장난질로 괴롭히는 데 능숙했다.

턱을 어루만지며 고민에 잠긴 노바디 뒤쪽으로 떠오른 망량에게 눈길을 준 스노빈은 자신의 뜻을 마음으로 전했다. 일을 제대로 해내면 피를 주겠다는 내용의 계약이었다.

망량은 즉시 반응했고, 노바디의 어깨에 내려앉았다. 무게도 없고 눈에 보이지도 않기 때문에 노바디의 표정에도 변화가 없었다.

스노빈은 노바디를 좀 더 깊은 구렁텅이로 밀어 넣고 싶었다. 좀 더 큰 고통을 주고 싶어서였다.

"음, 옛 문헌에 따르면 망량의 요구를 들어주는 방식으로 문제를 해결한 경우도 있습니다."

"그런가요?"

"문제는 망량이 너무 큰 것을 요구할 가능성이 높다는 겁니다. 그리고 망량과의 대화는 무척 위험해서 보통은 무시합니다. 그러나 이방인은 부활하기 때문에 어쩌면 가능할지도 모르겠습니다만, 반복된 죽음을 피하긴 힘들 겁니다."

"조언, 감사드립니다."

노바디는 진심이었다. 망량과 대화가 가능하다면 시도는 해 봐야 할 것이다.

"그런데 왜 그 망량을 쫓아내려는 겁니까?"

"실은……."

노바디는 빈민굴에 모인 사람들 이야기를 솔직하게 털어놓았다.

"그 사람들에게 집을 마련해 주기 위해서라고요?"

"도와주십시오."

"음, 그처럼 고귀한 뜻이라니 가만히 있을 수는 없네요. 사부님이 정리한 망량집을 드리겠습니다."

스노빈은 제자 타렌을 보고 눈짓했다. 타렌은 즉시 일어나 밖으로 나갔다가 두툼한 책을 가지고 돌아왔다.

스노빈이 그 책을 건네는 순간, 노바디는 메시지 창을 볼 수 있었다.

대현자 파르소겐의 망량집

망량집은 대현자 파르소겐이 직접 상대한 망량뿐 아니라 선배, 동료 현자들이 경험한 망량에 대한 정보를 모아서 만든 백과사전 같은 책입니다. 파르소겐이 걸어 놓은 주술 덕분에 책의 소유자는 언제 어디서든 책에 기록된 망량과 조우하면 그 망량의 정보를 알 수 있게 됩니다. 또한 책에 없는 망량을 만나면 직접 추가할 수도 있습니다.

파르소겐은 세상에 존재하는 모든 망량의 정보가 망량집에 기록되기를 바라며 책을 만들었습니다.

"정말 고맙습니다."

노바디가 나가자, 스노빈은 깔깔 웃기 시작했다.

"바보 같으니라고. 그런 쓰레기들을 도와 봐야 아무것도 없는데. 미친 거 아니야?"

웃음이 뚝 끊겼다.

갑자기 시무룩해진 스노빈은 제자 타렌을 노려보았다.

타렌은 겁에 질렸다. 곧 구타가 시작될 것 같았다. 그러나 주먹도, 발도 날아오지 않았다.

이방인 주제에 왜 이곳 사람들을 도우려는 것일까? 거기 뭔가 중요한 보물이 숨겨져 있을까? 아니다. 호지센뿐 아니라 마법사들이 잔뜩 들어가 확인을 했다. 망량 외에는 아무 것도 없는, 버려진 구획이었다.

'젠장, 기분 나빠.'

스노빈은 고개를 흔들어 우울한 기분을 떨치며 붕효를 불렀다.

망량집을 가슴에 품고 여관 밖으로 나온 노바디는 생각을 정리하기 위해 걷고 있었다. 차근차근 생각하려면 현섭보다는 천천히 걷는 게 훨씬 나았다.

물이 쏟아졌다. 역한 냄새도 났다.

"아이구, 미안해요. 아무도 없는 줄 알았어요."

2층 난간에서 할머니가 말했다.

"괜찮습니다."

잠시 후, 화분이 떨어져 눈앞에서 박살이 났다. 조금만 빨랐다면 저 화분이 정수리를 때렸을 것이다. 갑작스러운 바람에 흔들린 화분이 공교롭게도 노바디가 지나갈 때 떨어진 것이다.

위를 올려다봤지만 노바디는 이상한 점을 발견하지 못했

다. 그러나 사실은 스노빈이 노바디에게 붙인 조그만 망량이 화분이 있던 곳에 앉아 다리를 흔들며 아래를 내려다보고 있었다.

"그냥 가야겠다."

노바디는 현섬을 펼쳤다.

노바디와 연결된 망량도 사라졌다.

천무관 습격 사건

아래로 떨어진 물줄기가 거대한 소환진을 감싸고 흐르다가 깊은 어둠 너머로 사라졌다.

황갈색으로 빛나는 종유석 아래에 선 타크란은 흐뭇한 눈으로 완성 직전에 이른 소환 마법진을 살폈다. 복잡한 기하학적 문양을 합쳐 놓은 듯한 소환진 가장자리가 꿈틀거렸다.

"이런."

타크란은 소환진이 품은 마력에 이끌려 몰려든 벌레 역충을 향해 손을 뻗었다. 뿜어져 나온 검은 안개가 대형 바퀴벌레 같은 역충을 감싸자, 곤충은 녹아내렸다.

"잠깐만 방심해도 이런 일이 벌어진다니까."

타크란은 손상된 마법진을 공들여 보완했다. 끊긴 마력선

이 회복되자 소환진은 번쩍 섬광을 터트린 뒤 가볍게 진동
했다.

"다행이군."

타크란은 옆에 쓰러져 있는 여자를 안아다 동굴 석벽을 파
내어 만든 감옥으로 다가갔다.

희생물로 선택된 여자들 중 대부분은 무서워 벌벌 떨었다.
한 사람만 철창 앞에까지 나와 타크란을 노려보았다.

"죽여 버리겠어."

"얼마든지."

타크란이 잡아 온 여자를 안으로 던져 넣기 위해 문을 연
순간, 그 여자가 달려들었다.

여자가 손에 쥐고 있던 흙먼지가 타크란의 시야를 가렸다.
귀족 가문의 하녀로 일하면서 키운 체력 덕분에 가능한 공격
이었다.

퍽.

벽을 타고 위로 올라간 여자가 타크란의 가슴을 무릎으로
쳤다.

뒤로 한 걸음 물러선 타크란은 손을 뻗어 이제 막 착지한
여자의 목을 움켜잡았다. 여자는 몸을 버둥거릴 뿐 그 악력
에서 벗어날 수는 없었다.

"이름이 뭐지?"

타크란이 물었다.

싱크

여자는 대답 대신 침을 뱉었다.

얼굴에 침이 묻었는데도 타크란은 오히려 웃었다.

"난 타크란이다."

"예살란."

여자는 독기를 품은 눈으로 타크란을 노려보며 말했다.

"독특한 이름이군."

"반드시, 반드시 죽여 버리겠어."

"아주아주 운이 좋아야 할 거야."

타크란은 예살란을 안으로 던지고 문을 닫았다.

천천히 몸을 돌린 그는 귀면 사내를 발견했다. 이번에도 아무런 인기척도 느껴지지 않았다. 저 사내가 마음만 먹으면 언제든 자신을 죽일 수 있다는 뜻이다.

"오셨군요."

"멋지군."

귀면 사내는 소환진을 보면서 빙긋 웃었다.

"완성 직전입니다."

자부심 넘치는 목소리.

귀면 사내는 모래시계와 유리병을 던졌다. 한쪽에 몰려 있던 모래는 타크란의 손이 닿는 순간, 떨어져 내리기 시작했다. 유리병 안에는 세 가닥의 머리카락이 들어 있었다.

"뭡니까?"

"작동되는지 확인해야 하니까."

"작동합니다."

"모래시계에 맞춰서 카람, 안투크 몇 마리 이동시켜. 기대한다. 실망시키지 말도록."

그렇게 말한 귀면 사내를 테네파르 인스푸모, 즉 죽음의 안개가 뒤덮었다. 안개가 흩어지자 귀면 사내도 사라졌다.

타크란은 귀면 사내가 얼마나 강한지 알고 전율을 느꼈다. 시체가 필요한 데스 워킹과는 차원이 다른 이동술인 '다크 워킹'을 직접 두 눈으로 볼 수 있다니. 두려우면서도 한편으로 가슴이 벅찼다. 저런 능력의 소유자라면 자신을 각성자로 끌어올릴 수도 있을 터였다.

유리병 뚜껑을 연 타크란은 소환진 중앙으로 가서 둥글게 파 놓은 곳에 머리카락을 조심스럽게 내려놓았다. 천천히 뒤로 물러선 그는 철창 너머에 갇힌 여자들 중 일곱 명을 선택해 필요한 자리로 옮겨서 고정시켰다.

타크란은 앞으로 나와 마치 자신을 데려가라고 시위하는 듯한 예살란을 일부러 택하지 않았다. 그 이유는 자신도 몰랐다.

"뭘 하려는 거지?"

예살란이 물었다.

"보지 않는 게 좋을 거야."

타크란은 소환진의 발동 지점으로 걸어갔다.

잠시 후, 소환진이 진동하며 빛을 뿌렸다. 그와 동시에 일곱 명의 겁에 질린 여자들이 비명을 지르기 시작했다.

"멈춰! 멈춰!"

예살란이 소리쳤으나 타크란은 꿈쩍도 하지 않았다.

차가운 물줄기가 머리카락으로 파고든 후, 얼굴을 타고 내려와 바닥으로 떨어졌다.

찬물로 샤워를 하면 머릿속이 새하얗게 변하며 잡생각이 사라지는 것 같아서 좋다. 망량과 봉쇄 구역, 국정원이 가세한 유니온의 감시대에 대한 염려는 차가운 물과 함께 떠내려갔다.

욕실 밖으로 나온 김현은 김치찌개 냄새에 코를 벌름거렸다. 배에서 꼬르륵 소리가 났다. 고소한 계란찜 냄새에 절로 침이 고였다.

"내일부터 시작이야."

엄마는 보글보글 찌개가 끓는 냄비를 식탁에 내려놓으며 말했다.

"집에서 일하는 거지?"

"좋지?"

"하루 종일 엄마랑 같이 있겠다."

"재택근무여도 일하는 시간은 비슷하니까 크게 달라질 건 없을 거야."

"응."

김현은 평소처럼 신나게 밥을 먹었지만 마음속 걱정은 사라지지 않았다. 닥터 프로메테우스에게 들은 이야기 때문이었다.

시더, 씨를 뿌리는 사람.

닥터 프로메테우스에 따르면 안진후, 박용준 그리고 고형덕의 각성은 시더인 자신에 의해서 시작되었다. 그게 사실이라면 누구보다 함께 있는 시간이 많은 엄마에게도 비슷한 변화가 일어나지 않을까?

엄마가 위험에 노출될 수도 있다는 생각만으로 몸에서 힘이 빠진다.

여러 가지 방법을 생각해 봤다. 그중 하나가 천무거였다. 천무관이 운영하는 기숙사로, 이근상이 지내는 곳이기도 했다. 병원에서 퇴원한 이근상은 맹렬하게 천무삼권을 수련하고 있었다.

'엄마가 허락할까? 내가 천무거로 가면 엄마 혼자 여기서 지내게 될 텐데.'

김현은 웃고 떠들면서도 속으로는 이런저런 생각을 계속 이어 나갔다.

식사가 끝나자 엄마는 외출 준비를 했다.

"어디 나가?"

싱크

"약속."

"남자?"

"어머, 어떻게 알았니?"

"정말?"

"갔다 와서 알려 줄게. 참고로 너도 아는 사람이야."

빙긋 웃은 엄마는 평소보다 차려입고서 밖으로 나갔다.

엄마를 따라갈까 생각했던 김현은 고개를 흔들었다. 누군지 몰라도 엄마를 행복하게만 해 준다면 아들로서 재혼을 막지 않을 생각이었다. 반대로 엄마를 울린다면 세상에 태어난 것 자체를 후회하게 만들어 줄 생각이었다.

시계를 본 김현은 서둘렀다. 한동안 수련을 게을리했더니 몸이 찌뿌드드했다. 현섭을 펼치면 즉시 이동할 수 있지만 지금은 걸어가야 했기 때문에 시간이 부족했다.

10분 후, 김현은 운동복 차림으로 집을 나섰다.

현기명은 두꺼운 원목 테이블 주위로 등받이 없는 동그란 의자들이 놓여 있는 전통찻집 창가 쪽으로 걸어가서 앉았다. 약속 시간은 아직 15분 남아 있었다.

오랜만에 천무관 밖으로 나와서 그런지 햇살이 눈부셨고 모든 것이 신기하면서도 흥미롭게 느껴졌다.

'다 늙어서 이런 기분이라니, 회춘이라고 해도 과언이 아니겠군.'

현기명은 페플이 자신의 삶을, 얼마 남지 않은 여생을 바꿔 버렸다는 사실을 인정하지 않을 수 없었다. 페플 없는 하루는 이제 상상조차 하기 힘들다.

이곳 현실에서 현기명은 아무리 괴팍해도 지켜야 할 선이 있고, 천무관의 계승자로서 따라야 할 법도가 있었다. 그러나 그곳 페플에서 처용은 자유로웠다. 얼마든지 바보짓을 할 수 있고, 얼마든지 나이를 초월하여 행동할 수 있었다.

몇 명 남지 않은 친구들에게도 페플을 권했다. 은퇴 후 시간이 남아도는 친구들은 현기명의 이야기를 반신반의했지만, 머뭇거리며 페플 접속을 시도한 후에는 하나같이 환하게 웃으며 고맙다고 전화를 걸어왔다.

손녀의 도움을 받아 길드도 만들었다. 길드 마스터를 맡았지만 그래 봐야 소속된 멤버들은 모두 은퇴한 기업가, 정년을 넘긴 노교수 등 늙다리뿐이었다.

벨이 울렸다. 핸드폰을 들어 올린 현기명은 누가 전화를 걸었는지 확인했다.

"무슨 일이냐?"

- 할아버지, 밖이세요?

"날씨가 좋아서 나왔다."

- 엄마가 놀랐어요.

"왜?"

— 할아버지께서 커넥터 안에 갇힌 줄 알고 절 부르셨어요. 하마터면 AS 기사에게 전화할 뻔했어요.

하품을 한 현기명은 단아한 차림의 중년 여자가 찻집 안으로 걸어오는 것을 발견했다.

"나중에."

급히 전화를 끊은 그는 손을 들었다.

중년 여자가 다가와 맞은편에 앉았다.

"김 군이 어머니를 많이 닮아서 아주 잘생긴 거였구먼."

"절 닮아서 모르는 게 많은 아이랍니다."

"염려하지 않아도 되네. 좋은 일로 자넬 만나고 싶은 거니 말일세."

"아, 다행이네요."

현기명은 향이 좋은 차를 주문했다. 김현의 어머니 조윤자도 같은 차를 시켰다.

차가 나올 때까지 날씨 관련 대화가 간간이 이어졌다.

따뜻한 차를 한 모금 마신 현기명이 입을 열었다.

"천무관에 대해서 얼마나 알고 계시는가?"

"최근에 자세히 알게 됐습니다. 사실, 현이가 천무관에 들어간 이후 찾아봤습니다. 솔직히 깜짝 놀랐습니다."

조윤자는 흥분하지 않으려고 애를 썼지만 쉽지 않았다. 천무관이 세계적인 무술 조직이며, 정계와 재계에 이르기까지 영향력이 막강하다는 점을 생각하면 그 조직의 정점에 서 있는 사람을 자신이 만나서 대면하고 있다는 사실이 꿈처럼, 기적처럼 느껴졌다.

"난 자네 아들을 정식 제자로 삼고 싶네."

"……네?"

조윤자는 귀로 들은 이야기를 이해하지 못했다. 처음 현기명을 만났을 때와 달리 지금은 '정식 제자'가 어떤 의미인지 알았던 것이다.

"그 녀석에겐 재능이 있어. 무엇보다 무술을 순수하게 좋아한다는 점이 마음에 든다네."

"현이의 과거, 아시는지요?"

"조금은 알고 있네."

"전 현이가 그 일 때문에 강해지려고 무술을 배우는 게 아닌가 생각합니다. 그리고 힘으로 문제를 해결하려고 하지는 않을까 염려스럽습니다."

"그 마음 충분히 이해하네. 잠시 시간 괜찮으면 나와 같이 가 줬으면 하는데."

"어디로요?"

"자네 아들을 보러 가세나."

현기명은 활짝 웃으며 몸을 일으켰다.

창 너머 계관의 수련실에서 때로는 무겁게, 때로는 빠르게 몸을 움직이며 땀을 흘리는 아들이 보였다.

조윤자는 흘러나오는 신음을 손으로 겨우 막았다. 하나에 집중하여 완전히 몰입한 모습, 처음이었다. 어리다고만 생각했던 아들이 어느새 성장하여 독립 직전에 이르렀음을 그 순간 조윤자는 깨달았다.

강해지기 위해서, 두 번 다시 갇히지 않으려고, 누군가를 이기기 위해서 수련하는 모습이 아니었다. 탁월한 재능, 깊이 있는 진지함, 뜨거운 열정이 아들에게서 흘러나와 엄마의 가슴을 적셨다.

"길을 제대로 찾은 것 같지 않나?"

"감사합니다. 정말 감사합니다."

조윤자는 눈물을 흘리며 현기명을 향해 고개를 숙였다.

현기명은 김현의 엄마를 다독여 천무관 정문 앞으로 데려가 택시에 태웠다.

"김현이 엄마의 장점을 많이 물려받았구먼. 그나저나 왜 쥐새끼 같은 것들이 날 따라다닐까?"

현기명은 천천히 고개를 돌려 천무관을 감싸는 담벼락에서 서성거리는 남자를 바라보았다. 당황한 남자는 방향을 바꿔 빠르게 걸었지만, 어느새 현기명이 앞에서 뒷짐을 지고 기다리고 있었다.

"왜 날 따라다녔지?"

"저는 국정……."

신분증이 든 지갑을 꺼내려던 남자는 어깨와 가슴, 복부에 고통을 느끼며 뒤로 넘어갔다. 왜 자신이 쓰러지는지 이해할 수 없었다. 저 노인은 3미터 앞에 서 있는데.

현기명이 걸어와 기절한 요원의 신분증을 확인한 후 혀를 찼다.

"손들어!"

동료 요원이 권총을 들고 다가오며 소리쳤다.

현기명이 손을 드는 순간, 몸이 흐릿해졌다. 깜짝 놀란 국정원 요원이 주위를 두리번거렸다. 현기명은 코앞에 나타나 그 요원의 어깨를 손바닥으로 가볍게 두드렸다. 놀란 개구리처럼 엎어진 요원.

"위험한 물건을 가지고 다니는군."

현기명이 손을 뻗자 권총이 날아왔다. 늙은 계승자는 순식간에 권총을 분해하여 흩어 버렸다. 총알은 손바닥 안에서 일그러졌다.

한숨을 내쉰 현기명은 핸드폰을 꺼내어 관장에게 전화를 걸었다.

"국정원 원장에게 연락해서 천무관으로 오라고 해."

오랜만에 명령을 내리고 전화를 끊자, 인기척도 없이 나타난 젊은 남자를 볼 수 있었다.

"오호. 제법이구먼. 자네 같은 젊은이가 있다니. 역시 세상은 넓어."

현기명을 직접 본 조은석은 그 존재감에 적잖이 놀랐다. 왜 천무관의 계승자 현기명에게 접근하지 말라는 지시가 내려왔는지 알 것 같았다. 저 노인이 각성자가 아님을 잘 아는데도, 조은석은 몸이 덜덜 떨렸다. 본능적으로 상대가 얼마나 강한지 알아차린 것이다.

"오해가 생긴 것 같습니다."

"그런가?"

"누구든 실수할 수 있지 않습니까?"

"실수라. 재미있군."

현기명이 빙긋 웃는 순간, 조은석은 재빨리 바람의 정령을 소환했다. 보통 사람치곤 상상을 초월할 만큼 강한 저 늙은이의 기억을 조작하기 위해서였다.

각성자, 약을 먹는 복용자를 제외하면 이계의 현상에 노출되는 순간, 기억이 왜곡된다.

공간이 흔들리며 바람의 정령 실프가 모습을 드러내려는 순간, 조은석은 시야를 가득 채운 손바닥을 볼 수 있었다. 손바닥에서 흘러나온, 설명할 수 없는 힘에 정신이…… 어딘가 깊은 곳으로 처박혔다.

조은석이 마지막으로 기억하는 건, 소환되기도 전에 취소

된 바람의 정령이 남긴 서늘한 바람이었다.

"젊은 녀석이 교활하군. 틀려먹었어. 그런데 대체 무슨 짓을 하려고 했지? 음, 조금 기다릴 걸 그랬나?"

현기명은 국정원 요원 둘과 조은석을 허리띠로 묶은 후, 질질 끌어 천무관 안으로 걸어갔다.

페플에서의 수련과 이곳 계관에서의 수련은 비슷하면서도 달랐다. 자유롭기는 페플이 한 수 위지만, 현실에서의 수련이 훨씬 힘들고 그래서 효과가 뛰어난 것 같았다.

김현은 무극심법의 축현, 쌍각을 차례대로 펼치며 몸을 풀었고, 수라부월공과 천무삼권으로 땀을 뺐다. 분신은 생략했다. 천무선공으로도 분신이 가능하지만 감시하는 사람들의 눈에 이상하게 보일 만한 행동은 삼가는 게 낫다는 판단이었다.

"열심이네."

황철호가 계관으로 들어서며 말했다.

"이사형!"

소매로 이마의 땀을 훔친 노바디.

"오랜만에 대련 좀 해 볼까?"

"네?"

"간다."

황철호는 한 걸음 앞으로 내디디며 주먹을 내밀었다. 천무삼권의 일초 중위경근이었다. 묵직하게 뻗어 나온 주먹이 흔들리며 복잡한 변화가 일어났다. 찰나간에 일곱 종류의 변식이 펼쳐져, 김현은 뒤로 물러섰다.

그 순간, 소리가 뚝 끊겼다. 삐걱대는 마룻바닥 외에 다른 소리가 차단된 것이다.

"듣는 귀가 있어서 잠시 막았다. 널 따라다니는 이들이 있는데, 알고 있느냐?"

"국정원 요원이었어요."

김현은 수라부월공의 맹부단월의 방식으로 손날을 내리쳤다.

"역시. 이유는 알고 있느냐?"

"중학교 때 같은 반이었던 백정현을 찾아간 이후 국정원 요원들이 절 미행하기 시작했어요."

"백정현이 각성자라는 사실도 알고 있느냐?"

"……네."

김현은 뒤늦게 대답하며 황철호의 발길질을 피했다.

팽이처럼 빙그르르 몸을 돌려 사형을 본 순간, 김현은 한동안 계관에 오지 않았던 진짜 이유를 깨달았다. 사형과의 대화를 최대한 늦추고 싶었던 것이다.

"너와 백정현 사이에 있었던 일, 내게 알려 줄 수 있겠느냐?"

황철호는 평소와 달리 진지했다.

황철호의 매서운 공격을 피해 간간이 반격하면서 김현은 설명을 시작했다. 백정현, 즉 드라쿤이 데스 매치를 걸어왔고, 거기서 몇 번 이겼으며, 화가 난 백정현이 현실에서 친구인 이근상을 미끼로 자신을 찾았다는 이야기가 김현의 입에서 흘러나왔다.

"백정현은 칼을 자유자재로 움직일 수 있었어요. 무협 영화에나 나올 법한 어검술처럼 칼이 저절로 날아다녔거든요. 묵사발이 된 친구를 본 순간, 전 백정현을 데리고 페플로…… 스코덴 산맥의 바위 절벽으로 이동했고, 겁을 준 후에 풀어줬어요. 그게 전부예요."

정신적 충격으로 능력을 잃고 망각 상태에 빠질 수 있을까? 황철호는 그게 전부가 아니라고 직감했다.

"백정현은 유니온, 그러니까 길드 연합체 소속의 교육생이었다. 너와의 충돌로 백정현에게 문제가 생겼고, 그 때문에 감시대가 국정원을 움직여 널 미행하고 있었던 거야. 아무래도 의혹이 해소되기 전까지는 꽤 끈질기게 널 따라다닐 것 같다. 그러니까 당분간 조심해야 돼. 현섬 같은 건 사용하지 말고."

"그럴게요."

김현은 고개를 끄덕이며 팔꿈치 공격을 피하느라 옆으로

몸을 날렸다.

자신도 봐주고 있지만 김현 역시 전력을 다한 게 아님을 알아차린 황철호는 김현을 압박하여 진실을 끌어내고 싶은 충동을 겨우 억눌렀다.

무언가 숨기고 있음은 분명하지만 그걸 털어놓으라고 강요할 권리가 자신에게 있는지는 의문이었다. 현문에 대해서, 유니온에 대해서 황철호는 지금까지 김현에게 알려 준 적이 없었던 것이다.

진실을 요구하려면 이쪽도 진실을 보여야 한다. 아직은 그럴 수가 없기에, 황철호는 김현이 숨기는 비밀을 꼬치꼬치 캐묻지 않았다.

무형의 막이 사라지자, 소리가 되돌아왔다.

"밖에서 기다릴 테니까 씻고 나와라. 갈 데가 있다."

"어딘데요?"

"인사하러."

유니온 소속 현문 길드의 각성자가 아니라 천무관 계승자의 둘째 제자로서 황철호는 활짝 웃을 수 있었다.

둥근 테이블 주위로 푹신한 방석이 일곱 개 놓여 있고, 테이블 위에는 놋쇠 수저가 가지런히 손님을 기다리는 중이었다. 원로회를 이끄는 조갑석은 호텔 식당 국화실로 들어와 텅 빈 테이블을 보고 빙긋 웃었다.

일찍 와서 기다리면 어떤 이야기를 나누어도 시간에 맞춰 오거나 늦은 사람을 심리적으로 누를 수 있다.

오늘은 중요한 안건을 결정하는 날이다. 조갑석은 아직 성인도 안 된 어린아이가 후보자 중 하나가 되어서는 안 된다고 굳게 믿었다.

"홍씨 할망구가 문제야."

전통, 격식, 틀 같은 눈에는 보이지 않지만 무엇보다 중요한 무형적 가치를 아예 인정조차 하지 않는 홍진희가 문제가 생겨 참석하지 않는다면 얼마나 좋을까.

"먼저 오셨네요."

누가 봐도 곱게 늙어 오히려 더 깊고 맑은 인상을 지니고 있는 홍진희가 들어와 조갑석 맞은편에 앉았다.

"자네는 왜 강 관장을 그리 싫어하는가? 언제 한번 묻고 싶었어."

조갑석은 새하얀 머리카락을 쓸어 넘겼다.

"무슨 말씀이에요? 제가 강 관장을 얼마나 좋아하는데요."

"그러면 오늘 안건, 반대한다고 봐도 되겠지?"

"열여덟 살은 너무 어리잖아요."

"하하, 자네와 내가 같은 의견이라니…… 세상 참 오래 살고 볼 일이야."

조갑석은 호탕하게 웃었다. 원로회가 만장일치로 김현의 수문례를 반대한다면 계승자인 현기명도 막무가내로 밀고 나갈 수는 없을 것이다.

　원로들이 도착했다.

　일곱 명 모두 참석하자 곧 소화하기도 좋고 맛도 있는 전통 음식이 차례차례 나왔다.

　식사가 끝날 무렵, 조갑석이 숟가락으로 물이 든 컵을 살짝 건드렸다. 은은한 소리에 다들 조갑석을 바라보았다.

　"다들 알고 있을 거라 생각합니다. 계승자는 네 번째 제자를 받아들이겠다고 밝혔는데, 열여덟 살 소년입니다. 태어난 순간부터 천무선공을 익혔다고 해도 17~18년입니다. 보통 일고여덟 살부터 기초 수련이 시작되니 길어야 10년의 공부입니다. 게다가 천무관에 정식으로 들어와 무술을 배운 적은 없는 모양입니다. 떠도는 소문에 의하면 현기명 계승자의 둘째 사형인 신운섭에게 천무선공을 배운 듯합니다. 이는 결코 있어서는 안 될 역행이라 생각합니다. 따라서 중지를 모아 계승자로 하여금 법도와 전통 안에서 차기 계승자를 택하도록 돕는 게 우리 원로회의 소임이라 생각합니다. 열여덟 살인 김현의 수문례를 반대하는 분은 지금 손을 들어 주……."

　"결정을 내리기 전에 그 아이를 직접 보는 건 어때요?"

　홍진희가 끼어들었다.

　다들 깜짝 놀랐다. 특히 조갑석은 이런 식으로 홍진희가

방해할 줄은 몰랐기에 얼굴이 붉게 물들었다.

문이 열리며 황철호가 김현을 데리고 방으로 들어섰다. 황철호는 정중하게 인사를 한 후, 밖으로 나갔다.

홍진희는 어색해하는 김현에게 말을 걸었다.

"네 기술을 보여 주겠니?"

고개를 끄덕인 김현은 이 방의 하부 구조가 특별히 설계되었다는 황철호의 말을 믿고 힘껏 좌각을 펼쳤다. 그 정확한 기술에, 음식이 놓인 좌식 테이블은 물론 방석에 앉은 원로들의 몸이 10센티미터가량 위로 떠올랐다.

좌각의 힘이 유지되는 동안, 김현은 천무삼권의 세 초식을 다양한 변식으로 쏟아 냈다. 마지막은 황철호에게서 배운 청지풍이었다. 손가락에서 뻗어 나온 서늘한 바람이 원로들 앞에 놓인 물컵을 건드리며 지나가자, 맑고 깨끗한 소리가 하모니를 이루며 울려 퍼졌다.

아무도 움직이지 못했다.

미리 현기명에게 연락하여 이런 자리를 은밀히 만든 홍진희조차 열여덟 살짜리의 몸에서 이토록 탁월한 기술이 펼쳐지리라곤 기대하지 않았다. 그저 몸놀림에서 잠재력이 얼핏 엿보이는 정도이리라 예상했을 뿐이다.

직접 본 김현은…… 이미 사범, 아니 수석 사범의 경지를 넘어선 지 오래였다. 천무선공 제1문 축현, 제2문 쌍각을 뛰어넘어 현재 제3문 파위에 이르렀다는 비공식적 보고는 거짓이 아니었다.

천무관의 단계는 범사에서 시작되어 계승자로 끝난다.

대부분의 무인이 범사의 단계에서 포기한다.

범사를 통과하는 소수는 3년 이상 힘을 쌓는 역사의 단계에 머무른다. 역사 다음은 고사로, 5년 이상 혼자 고민하고 애를 쓰는 단계였다. 고사를 통과해야 사범이 될 수 있는데, 쾌사에서 최소 10년 그리고 중사에서 또 10년을 견뎌야 수석 사범의 자격이 되는 무사에 이를 수 있었다.

무사 위는 계승자였다.

현재 무사의 경지에 이른 사람은 강영준 관장, 황철호 부관장, 박정호 수석 사범 정도였다.

홍진희가 보기에 열여덟 살에 불과한 김현은 무사에 이르렀다고 할 만큼 그 실력이 출중했다. 이 어렵고 불편한 자리에서 저런 능력을 보여 줬으니, 실전에서는 더 강할 터였다.

"넌 나가 있거라."

홍진희가 말했다.

고개를 숙여 예를 갖춘 김현은 터질 듯한 심장박동을 느끼며 밖으로 나갔다.

황철호가 다가왔다.

"잘했느냐?"

"……모르겠습니다."

"저 늙은이들이 얼어붙었지?"

"그런 것 같습니다."

"하하, 아주 잘했다."

황철호는 신이 나서 김현을 꽉 안았다. 비록 유니온 소속 각성자로서는 김현을 대할 때 조심할 수밖에 없지만, 지금의 그는 천무관의 부관장이자 계승자 현기명의 골치 아픈 둘째 제자였던 것이다.

진통제가 든 종이 박스가 날아와 오정목의 이마를 쳤다. 박스 안에 있던 진통제가 우수수 아래로 떨어져 발치 근처에 수북이 쌓였다.

"다시 말해 봐, 이 개새끼야."

권재덕 사범이 말했다. 걸쭉한 목소리는 보건실 약품 창고 안으로 울려 퍼졌다.

"장부와 재고가 다릅니다."

오정목은 권재덕을 정면으로 쳐다보며 같은 말을 반복했다. 그냥 넘어갈 수 없는 문제였다.

"그래서?"

"제가 보건실 약품 재고를 맡게 됐으니 이 사실을 보고하지 않을 수 없습니다."

"뭐?"

눈을 부라리는 권재덕.

오정목은 김현과 함께 있을 때 '바퀴벌레 두 마리'라며 얕잡아 비난했던 권재덕을 떠올렸다. 내심 이런 상황이 재미있고 고소했다. 하는 행동을 보면 천무관을 위해 자기 한 몸 다 바칠 것 같지만, 마약류 진통제를 빼돌려 팔아먹은 개새끼가 바로 권재덕이었다.

"보건실장님께 보고하겠습니다."

"미친 새끼. 보건실장님이 이미 오케이한 사안이야. 니가 뭐라고 그걸 문제 삼아?"

권재덕은 당당했다.

그 태도를 본 오정목은 강영준 관장 라인인 보건실장까지 이 범죄에 가담했다는 사실을 깨달았다. 그렇지 않고서야 권재덕 편을 들어 줄 리가 없다.

대체 어디까지 썩어 있을까?

황철호 사부님이 자신에게 약품 관리 업무를 맡겼을 때 이런 상황은 상상도 못 했다.

"행정국장님께 보고하겠습니다. 거기도 통하지 않으면 관장님을 찾아가겠습니다. 그래도 안 되면 계승자님께 진실을 알리겠……."

퍽.

오정목은 약품이 쌓인 선반에 처박혔다. 옆구리가 욱신거렸다.

"약을 팔아 처먹었으면 처벌을 받아야지."

"이 개새끼가!"

미친 곰처럼 달려들던 권재덕의 눈이 휘둥그레 커졌다.

뒤에서 누군가가 당기는 것처럼 권재덕은 버둥거리며 끌려갔다. 공중으로 1미터나 떠오른 그의 입에서 비명이 터져나오는 순간, 팔과 다리가 찢어져 날아가며 몸통에서 피가분수처럼 흘러나왔다.

바람 부는 호수의 표면처럼 일렁이는 공간.

거기서 빨간 부리가 튀어나왔다. 잔혹해 보이는 눈과 발톱이 예리한 발까지. 타조와 닮았지만 훨씬 크고 흉폭한 거조를 본 오정목은 몸을 날려 창고의 유리창을 깨고 밖으로 달아났다.

칵칵칵.

그 거조는 벽을 뚫고 쫓아왔다.

행무관에서 빠져나온 오정목은 중앙 수련장인 현무장으로내달렸다. 줄지어 구보를 하는 관원들을 본 그는 목청이 터져라 외쳤다.

"도망쳐! 달아나!"

달리기를 멈춘 그들은 이상한 눈으로 오정목을 보다가 행정 건물에 가려졌다가 이제야 튀어나온 거대한 새 카람을 발견하고는 얼어붙었다. 누구도 도망칠 생각을 하지 못했다.몸과 마음이 동시에 마비된 것이다.

"빌어먹을."

오정목은 비록 사범은 아니지만 이들을 두고 달아날 수는 없었다. 돌아선 그는 고개를 까딱거리며 다가오는 카람을 마주 보았다.

"저, 저건…… 페플의 몬스터야."

"그래, 카람이야. 분명해."

관원들 중 페플을 즐기는 사람들이 중얼거렸다.

붉은 부리가 오정목의 가슴을 쪼았다. 엄청나게 빨라서, 대비하지 않았다면 한 번에 심장이 뜯겨 나갔을 것이다. 민첩하게 피했지만 옷은 뜯어졌고, 피부가 찢어져 피가 흘러내렸다.

빨간 피가 뚝뚝 땅바닥에 떨어진 순간, 관원들은 마비에서 풀려 도망치기 시작했다.

오정목이 다행이라고 생각하며 뒤를 살필 때 생긴 빈틈을 카람은 놓치지 않았다. 금속처럼 빛나는 부리가 복부를 노렸다.

배가 뚫리고 내장이 뜯겨 나오기 직전, 뒤쪽에서 날아온 창이 카람의 목에 푹 박혔다. 카람이 괴성을 지르며 버둥거리자, 정신을 차린 오정목은 앞으로 나아가 천무삼권으로 비교적 약해 보이는 다리 관절을 두드렸다. 부러지는 소리와 함께 카람이 무너지자, 이번에는 발에 내공을 모아 녀석의 머리와 부리를 밟았다. 카람은 곧 축 늘어졌다.

그제야 몸을 돌린 오정목은 계단을 딛고 달려오는 홍유정을 발견했다.

"내가 오빠를 살린 거예요."

"······그래."

오정목은 죽다 살아났기 때문인지 쾌활하게 대답할 수 없었다.

"멋진 천무삼권이었어요."

"저거, 카람이지?"

"······맞아요."

홍유정이 고개를 끄덕였다.

"이거 꿈은 아니겠지?"

오정목은 자기 뺨을 후려쳤다. 사실 그럴 필요도 없었다. 가슴 언저리 피부가 찢어져 엄청나게 아팠던 것이다.

"어떻게 된 거예요?"

"권재덕 사범이······ 갑자기······."

설명하려던 오정목은 머뭇거렸다. 분명히 약품 창고에서 일이 터졌는데 기억이 흐릿해져 말을 이을 수가 없었다.

그때, 비명이 들렸다. 수련장 안이었다.

"가요."

홍유정이 먼저 움직였다.

의외로 원로회의 결정에 시간이 걸렸다.

30분 후, 열린 문으로 벌레 씹은 듯한 얼굴의 조갑석이 걸어 나왔다. 황철호를 노려본 그는 아무 말도 하지 않고 가 버렸다.

홍진희가 다가왔다.

"6 대 1로 원로회는 수문례를 통과시켰다."

"역시 홍염의 쾌사다우십니다."

"어디서 이런 괴물이 나온 거냐?"

홍진희는 김현을 힐끔 쳐다보면서 물었다.

"사부님께서 공원에서 주워 오셨습니다."

"현기명 오라버니는…… 역시 기인이야."

홍진희는 김현에게로 눈길을 옮겼다. 김현은 뜨거운 시선을 느낄 수 있었다.

"열심히 하거라."

"네, 할……머니."

"할머니? 하긴, 그럴 만도 하구나. 이왕이면 네가 사고를 쳤으면 좋겠다."

"사고라구요?"

"계승자를 목표로 삼으렴."

홍진희는 김현의 어깨에 손을 올렸다. 왠지 모르게 손에서 열기가 뻗어 나오는 것 같았다.

놀란 김현을 대신하여 황철호가 나섰다.

"이 녀석은 제3문 파위를 수련 중입니다. 어르신들 심장마비에 걸릴까 싶어서 분신은 펼치지 말라고 제가 말렸습니다."

"하긴, 조갑석 그 늙은이는 위험했을 거야."

그 말에 황철호가 웃음을 터트렸다.

그때, 핸드폰 벨이 울렸다. 전화를 받은 홍진희의 얼굴에서 웃음기가 사라졌다.

"천무관에 일이 생긴 모양이다."

"알겠습니다."

황철호는 김현을 데리고 호텔 밖으로 나서며 오정목에게 전화를 걸었다.

세 번 이상 신호가 갈 때까지 오정목이 전화를 받지 않은 적은 이제까지 한 번도 없었다. 낮이든 밤이든 새벽이든, 재깍재깍. 이번엔 달랐다. 음성 메시지로 넘어가는 익숙한 목소리가 들렸다.

"아무래도 일이 터진 모양이다."

황철호와 김현은 즉시 택시를 탔다.

국정원장이 노관장의 불호령에 고개를 들지 못하고 일장

연설을 듣다가 물러간 지 한 시간 남짓 흘렀다.

"음, 끝날 때가 됐는데."

그때, 원로회의 홍진희로부터 문자로 결과가 날아왔다.

계승자 현기명은 빙긋 웃었다. 원로회가 뭐라고 떠들든 김현의 수문례는 밀어붙일 생각이었다. 하지만 원로회가 동의를 해 준다면 훨씬 매끄럽게 일이 진행될 터였다.

"아버지, 밖이 좀 소란하네요."

불안한 표정을 억누르며 딸이 서재로 들어왔다.

"그렇구나."

천천히 몸을 일으킨 현기명의 얼굴에서 평소의 장난기와 유쾌한 표정이 사라졌다.

"넌 지하실로 내려가 있거라."

"아버지는?"

"후후, 난 계승자란다."

딸을 안전한 지하로 내려보낸 현기명은 뒷짐을 지고 무재를 빠져나왔다.

눈에 들어오는 광경을 믿기 힘들었다. 크기가 4미터에 달하는 괴물이 피를 뿌리며 달아나는 관원들을 쫓고 있었다. 그 괴물은 개미를 닮았고, 무척 빨랐다.

20대 중반, 이제 겨우 입관해서 범사의 단계를 밟고 있는 젊은이의 팔이 괴물이 휘두른 새까만 다리에 잘려서 떨어져 나갔다.

뒷짐을 푼 현기명이 한 걸음 앞으로 나서며 타각을 펼쳤다. 발이 푹 박힐 만큼 위력적인 타각의 힘이 앞으로 뻗어 나가 팔 잘린 관원을 노리는 괴물의 배로 솟구쳤다. 흐릿한 햇살에 금속 특유의 윤기를 드러내던 괴물의 배가 터지며 악취나는 체액이 흘러나왔다.

현기명은 운중으로 몸을 가볍게 띄워 괴물들 사이를 누볐다. 그가 멈추면 괴물이 둘로 갈라졌다. 그가 손을 뻗으면 거대 개미의 대가리와 몸이 분리되었다. 그가 발길질을 하면 거조 카람의 몸이 터져 나갔다.

'꼭 페플 같군.'

현기명은 가진 힘을 완전히 개방했다.

계승자로 결정된 순간부터 지금까지 현실에서는 몸에 채워진 힘을 100% 사용한 적이 없었다. 그런 일을 저질렀다간 천무관에서 쫓겨나 교도소에 처박혔을 터였다.

투라를 펼쳐 달아나는 괴물을 붙잡아서 죽였다. 표슬로 카람의 부리와 대가리를 동시에 부수었다. 중타추로 거대 개미 안투크의 몸 내부를 터트렸다. 호연공으로 기를 갑옷처럼 만들어 웬만한 공격은 튕겨 냈을 뿐 아니라, 삼결고의 수법으로 몸통 박치기를 하여 괴물들을 날려 버렸다.

어느 순간, 관원들은 입을 벌린 채 그들이 존경해 왔지만 힘의 실체를 보지는 못했던 계승자의 능력을 바라보았다. 마치 계승자가 추는 춤에 괴물들이 저절로 빨려 들어가 부서지는 듯한 느낌이었다.

앞으로 뻗은 손가락에서 뿜어져 나온 강렬한 기가 비틀거리던 카람과 안투크를 꿰뚫었다. 바로 청지풍이었다.

"끝인가? 아쉽군."

중얼거리던 현기명은 귀에 익은 비명을 듣고 바람처럼 움직였다. 바로 외손녀 홍유정의 목소리였다.

키가 6미터에 달하는 킹카람의 발톱이 홍유정의 등을 할퀴고 지나갔다. 옷이 찢어졌고, 등에는 긴 상처가 남았다. 옆으로 나뒹군 홍유정은 일어설 힘이 없었다.

다리가 기괴한 각도로 꺾여 움직일 수 없는 오정목은 입안 가득한 피를 겨우 뱉어 냈다.

"유정아!"

"……오빠."

홍유정은 다가오는 킹카람의 다리 사이로 오정목을 바라보았다. 죽음이 걸어오고 있었다. 왜 페플의 몬스터가 천무관으로 튀어나왔는지 알 수 없지만, 삶의 끝이 코앞에 다가와 있다는 점은 분명했다.

"나, 너 좋아한다!"

오정목이 소리쳤다. 그 자신도 몰랐던, 그저 바라보는 게 좋았을 뿐 감히 엄두도 못 낸 진실이 죽음 앞에서 그 찬란한 모습을 드러낸 것이다.

"농담 마요."

"여기서 살아남는다면 나랑 데이트할래?"

오정목은 이런 식으로 말을 걸어 홍유정의 마지막을 돕고 싶었다. 덜덜 떨다가 죽는 것보다는 호기롭게 농담을 즐기며 삶을 마감하는 게 낫지 않을까.

정말 운이 좋다면 천무관의 홍일점과 데이트를 할 수도 있겠지만.

"좋아요."

홍유정은 눈을 질끈 감았다.

다가오는 소리가 들렸다. 그 단단한 부리에 가슴이 뚫린, 부러진 갈비뼈가 드러난, 찢긴 내장 일부가 바닥으로 쏟아진 관원의 시체가 떠올랐지만, 오히려 끝까지 농을 걸었던 오정목의 목소리에 집중했다.

그때, 누군가가 홍유정을 옆으로 밀었다.

눈을 뜬 홍유정은 두 팔을 활짝 편 이근상을 발견했다. 이근상의 몸은 떨리고 있었다.

"……너?"

"정목 사형보다는 제가 나아요."

두려움으로 억눌린 목소리.

홍유정은 웃으려 했지만 공포로 막힌 목구멍에선 아무런

소리도 나오지 않았다.

갑자기 나타난 이근상을 자세히 살핀 킹카람은 단번에 부리로 쪼아서 죽이기 위해 앞으로 움직였다.

눈을 질끈 감은 이근상의 가슴에 닿기 직전 부리가 멈췄다. 킹카람은 미동조차 하지 않았다.

천천히 눈을 뜬 이근상은 마치 박제된 것처럼 움직이지 않는 킹카람을 보다가 고개를 돌려 홍유정을 쳐다봤다. 홍유정이 킹카람을 멈춘 게 아닌가 생각한 것이다.

"용기 있는 행동이었다."

뒤에서 들린 따뜻한 목소리.

황철호를 발견한 이근상은 그 자리에서 무너졌고, 엉엉 울기 시작했다. 홍유정도, 오정목도 함께 울었다.

"철호야."

현기명은 다쳤지만 살아 있는 홍유정을 보고 안도했다.

"사부님."

"고맙구나."

"실은 제가 한 게 아닙니다. 녀석아, 이제 그만 나와야지. 사부님이 기다리신다."

황철호의 말이 끝나기도 전에, 멈춰 버린 킹카람의 몸을 뚫고 피범벅인 김현이 튀어나왔다. 생기를 잃은 킹카람은 잘린 통나무처럼 천천히 넘어가 쓰러졌다.

"늦지 않아서 다행입니다."

숨을 몰아쉬며, 김현은 팔에 묻은 킹카람의 체액과 조직을 털어 냈다.

현기명은 할 말을 잃었다.

멀리서 사이렌 소리가 들렸다. 연락을 받은 경찰이 앰뷸런스와 함께 달려오고 있었다.

앰뷸런스 옆 벤치에 앉아 진찰을 받으면서도 쑥대밭이 된 천무관을 살피던 김현은 몬스터의 사체, 체액 따위가 빠르게 사라지고 있음을 깨달았다. 몸에 묻었던 피도 어느새 흐릿해져 앞으로 한 시간이면 흔적도 남지 않을 것 같았다.

의사는 정상이라 판단하고는 다른 사람에게로 넘어갔다.

"휴우."

당장은 왜 이런 일이 벌어졌는지 생각할 마음이 없었다. 그저 쉬고 싶을 뿐이었다. 그럼에도 공원에서의 학살 사건이 떠올랐다. 카람과 안투크가 천무관에 나타난 것, 과연 우연이라고 할 수 있을까.

"너 때문에 벌어진 일은 아니야."

황철호가 옆에 앉았다.

"어떻게 된 걸까요?"

김현은 속내를 숨겼다. 두려움을 드러내고 싶지 않았다.

"소환진. 타깃은 권재덕이었어."

"사범이잖아요."

김현은 권재덕이 누군지 알고 있었다. 거칠고 입이 험하지만 죽을 만큼 악한 사람은 아니었다.

"자세한 부분은 유니온에서 조사를 시작할 거다. 오늘은 아주 잘했다. 너로 인해 여러 사람들이 살았으니까."

"사부님의 활약상, 들었어요."

"사부님이시니까. 그리고 수문례는 연기될 것 같다. 이런 분위기에선 기분 좋게 축하하기 힘들 것 같구나."

"네."

"경찰 조사로는 가스폭발 같은 사고로 마무리가 되겠지만 그냥 놔둘 수는 없어. 이번 일에 개입된 놈들이 두 발 뻗고 편안하게 자도록 내버려 둘 생각, 조금도 없으니까."

황철호가 이를 갈았다.

이사형이 이토록 분노하는 모습, 김현은 처음 보았다. 사람 좋은 웃음으로 분위기를 띄우던 황철호가 아니었다. 누구든 저 앞에 서 있으면 황철호가 뿜어내는 분노에 녹아 버릴 것이다. 그 순간, 이번 일은 전적으로 황철호에게, 유니온에 맡겨야 한다는 사실을 깨달았다.

'나는 타깃이 아니었어.'

혼자 속으로 안도하며 천무관을 나온 김현은 버스에 올랐다. 사고 때문인지 미행은 따라붙지 않았다.

페플파크에 도착한 그는 엘리베이터를 타고 올라갔다.

초인종을 누르기도 전에 문이 열렸다. 안진후와 박용준 그리고 고형덕이 서 있었고, 그 뒤로 로봇처럼 생긴 닥터 프로메테우스가 둥실 떠 있었다.

"괜찮아?"

안진후가 물었다.

"응."

활짝 웃는 김현.

차가운 물을 연거푸 세 잔이나 마셨다. 여기로 올 때까지는 갈증조차 잊고 있었던 것이다.

김현이 진정할 때까지 사람들은 차분하게 기다렸다. 준비가 된 김현은 천무관에서 벌어진 일에 대한 진실을 담담하게 알렸다.

"뉴스에선 가스폭발이라고 떠들더니만."

고형덕이 혀를 찼다.

"진실은 묻히기 쉬우니까요."

안진후였다.

"유니온이 본격적으로 나서겠군. 그나저나 왜 하필 천무관이었을까?"

닥터 프로메테우스가 혼잣말처럼 중얼거렸다.

잠시 침묵이 흘렀다. 우연히 카람, 안투크가 천무관에 나타나 사람들을 공격할 리는 없다. 누구도 그런 생각을 하지 않았다. 그저 목적이 드러나지 않았을 뿐이다.

김현이 안진후를 바라보았다.

"유니온이 철저하게 조사할 거야. 뭘 알아내는지 내게 바로바로 알려 줘."

"오케이."

안진후는 손가락으로 동그라미를 그렸다.

자고 가라는 권유를 뿌리치고 페플파크를 나온 김현은 정류장에서 버스를 기다렸다. 10초만 늦게 도착했다면 이근상은 물론 홍유정까지 킹카람에게 쪼여 목숨을 잃었을 것이다. 오정목 역시 살아남기 힘들었을 것이다.

버스가 도착했다.

뒤로 가서 앉은 김현은 머릿속을 맴도는, 정면으로 마주하고 싶지 않은 질문을 밀어내느라 애를 썼지만 실패하고 말았다. 만약 카람과 안투크가 엄마가 계신 집에 나타났다면? 엄마 혼자 있을 때 차원을 넘었다면?

호흡이 거칠어졌다.

"학생, 어디 아파?"

두꺼운 안경을 쓴 중년 남자가 물었다.

"……괜찮습니다."

구토할 것 같아서 내릴까 생각했지만 조금이라도 일찍 집으로 가고 싶은 마음에 꾹 참았다. 현섬을 펼쳐 당장 집으로, 방으로 이동하고 싶었다. 그러나 혹시라도 미행이 있을 가능성을 생각한다면 절대 그럴 수 없다는 사실 또한 잘 알았다.

원로회가 열렸던 호텔 정문에서 택시를 탔을 때, 초조해진 황철호는 1분도 못 되어 김현에게 부탁을 했다. 유니온의 감시대에게 들킬 위험에도 불구하고 즉시 천무관으로 이동하자는 내용이었다.

김현이 먼저 현섬으로 이동했고, 황철호가 그 뒤를 따랐다.

만약 황철호가 재빨리 판단을 내리지 않았다면, 김현이 망설였다면 이근상과 홍유정, 오정목은 목숨을 잃고 말았을 터였다.

한숨을 내쉰 김현은 전화를 걸었다. 엄마의 목소리를 들어야 진정할 수 있을 것 같았다.

엄마가 전화를 받는 순간, 김현은 따지듯 물었다.

"어디야?"

—엄만 밖인데. 오랜만에 친구들 만나서 저녁 먹을 것 같아.

"아, 그래?"

—진후 집에서 저녁 먹고 올 거지?

"……응."

—그럼, 나중에 봐.

엄마는 기분이 좋은지 약간 들뜬 분위기가 목소리에서 느껴졌다.

　엄마에게 아무런 문제가 없음을 확인한 김현은 즉시 버스에서 내렸다. 서늘한 공기를 마시니 살 것 같았다.

　잠시 생각에 잠겼던 그는 천천히 걷기 시작했다. 머릿속을 정리하려면 꽤 시간이 필요할 것 같았다.

우 린 친 구 잖 아

외손녀는 침대에 누워 깊은 잠에 빠져 있었다. 주름진 손이 홍유정의 이마를 부드럽게 쓰다듬었다.

외손녀를 내려다보는 현기명의 눈은 부드러웠지만 고개를 돌리는 순간, 서늘한 분노가 어렸다.

"할아버지."

눈을 뜬 홍유정이 말했다. 힘이 빠진 목소리였다.

"좀 어떠냐?"

현기명은 인자하게 웃고 있었다.

"당장이라도 일어날 수 있어요. 사실, 병원 냄새 때문에 더 아픈 것 같거든요. 천무관 계승자의 외손녀가 고작 가스 폭발 때문에 나흘이 넘도록 병원에 있는 것도 좀 웃기잖아요. 장례식은…… 잘 끝났나요?"

홍유정은 눈물을 겨우 참아 냈다.

"비가 왔단다."

"하늘도 운 거네요."

"……그래."

현기명은 외손녀의 손을 잡아 주었다.

아무리 봐도 외손녀에게서 거짓말을 할 이유를 찾을 수 없었다. 끔찍한 괴물에게 죽을 뻔한 기억은 평생 남을 텐데.

외손녀만 그런 게 아니었다. 현장에서 흩어진 괴물 사체를 본 경찰도, 앰뷸런스 구조대원도, 심지어 괴물에게 당하여 크게 다친 관원들도 빠르게 기억을 잃었다. 하나같이 약속이라도 한 것처럼 가스폭발로 다쳤다고 믿었다. 그 믿음에는 의심이 파고들 틈이 없어 보였다.

병실을 나온 현기명은 한숨을 내쉬며 바쁘지만 평화로운 의사들, 간호사들을 바라보았다. 세상은 문제없이 흘러가고 있었다. 마치 괴물의 존재 자체가 없었던 것처럼.

늙으면 신중해진다. 관찰력도 올라간다.

현기명은 경찰을 찾아가서 물어보지 않았다. 괴물을 처치했던 김현이나 황철호에게 그 기억을 확인하지도 않았다. 그저 귀를 열어 놓고 듣는 일에 집중했다.

"곧 알게 되겠지."

현기명의 눈이 무섭게 빛났다.

싱크

식탁에 책을 펼쳐 두고 공부를 하는 것, 오랫동안 해 보지 않아서인지 쉽지 않았다. 그래도 김현은 끈기를 발휘하여 내년 4월에 있을 검정고시를 위해 차근차근 준비했다. 좀이 쑤시면 거실 소파로 자리를 옮기기도 했다.

"요즘 페플에 들어가지 않는구나."

엄마가 오렌지 주스와 비스킷을 가져와 내려놓으며 말했다. 엄마의 태도에는 아들의 갑작스러운 변화로 인한 염려가 조심스럽게 배어 있었다.

"그냥."

"엄마는 일하러 갈게."

"응."

김현은 침실로 들어가는 엄마를 살폈다. 이제 곧 커넥터로 페플에 접속하여 대안 학교에서 일을 할 것이다. 엄마는 주로 소셜월드에서 근무할 터였다.

한숨을 내쉰 김현은 베란다로 나가 아래를 내려다보았다. 조그만 자동차 사이로 개미처럼 작은 사람들이 걸어 다니고 있었다.

장례식은 빗속에서 진행되었다. 다행이었다. 흠뻑 비를 맞으면 울어도 표가 나지 않는다. 김현은 말없이 장례식에 참석했다. 괴물의 습격으로 죽은 사람들의 오열은 머릿속 깊이 새겨졌다.

장례식 이후, 일주일 동안 커넥터 근처엔 얼씬도 하지 않았다. 이유는 김현 자신이 잘 알았다. 두려움 때문이었다. 이근상, 홍유정 그리고 오정목을 죽일 뻔했던 그 몬스터들이 이곳에 나타나지 않을까 무서웠던 것이다. 그래서 엄마 곁을 떠날 수가 없었다.

초인종이 울렸다.

화들짝 놀란 김현은 숨을 몰아쉬며 현관으로 향했다. 문 너머에는 안진후가 서 있었다.

"어떻게……?"

"집에만 계속 있는 거지? 어머니가 내게 전화하셨어."

거실로 들어온 안진후.

"그랬구나."

힘이 없는 김현을 물끄러미 쳐다본 안진후는 텔레비전을 켜고 볼륨을 높였다. 주머니에서 꺼낸 열쇠고리 한쪽의 버튼을 누르자 백색소음 비슷한 소리가 퍼져 나왔다.

"엿듣는 사람이 있을지도 모르니까. 그리고, 닥터 프로메테우스가 몬스터들이 이쪽으로 넘어온 방법을 찾아냈어."

"정말?"

눈이 커진 김현.

"소환진이래. 직경 100미터에 달하는 소환 마법진. 유니온도 그 사실을 알고 조사를 하고 있을 테니까, 어떤 놈들인지는 몰라도 당분간은 대담한 짓 할 수 없을 거야."

"위치는?"

천천히 묻는 김현의 눈이 이글거렸다.

"몰라. 룬트란 왕국일 수도 있고, 중명 제국일 수도 있겠
지. 바다 건너 다른 대륙일 가능성도 현재로서는 배제할 수
없어."

"음, 타깃은 권재덕 사범이었어."

김현은 소파에 앉았다.

"특별히 관심을 가지고 그 사람에 대해 조사해 봤는데, 좀
씀씀이가 헤픈 것 외엔 별거 없었어. 페플보다는 현실에서
주먹 휘두르는 걸 좋아했던 사람이야."

"왜 권재덕이었을까?"

"왜 그날이었을까?"

"무슨 뜻이야?"

김현의 눈이 호기심으로 번쩍거렸다.

"천무관 습격 사건으로 수문례가 연기됐잖아."

"그건 그래."

"사람이 문제가 아니라면 장소나 시간이 문제일 수도 있
지."

"수문례를 연기시키려고 그런 짓을 했다? 대체 누가?"

눈을 가늘게 뜬 김현은 고개를 저었다. 그럴 리가 없다는
생각 때문이었다.

"가설 중 하나일 뿐이야. 아직은 질문 상태고. 정보가 모이면 여러 가지 가설 중 진실에 가까운 놈이 드러날 거야."

"유니온 쪽은?"

"타격대가 투입됐어. 천무관 습격 사건 조사에 말이야."

"그래?"

김현은 황철호가 타격대의 일원이라는 사실을 잘 알고 있었다.

"내가 온 이유는 약간의 충고를 하기 위해서야. 네가 왜 페플에 들어가지 않는지 잘 알아. 혹시라도 네가 없는 동안 여기에 그 끔찍한 몬스터가 나타나지 않을까, 어머니가 다치지는 않을까 무섭지? 그래서 못 들어가는 거지?"

"……."

새하얗게 질린 김현. 표정이 곧 대답이었다.

"난 네가 평소처럼 페플에 접속했으면 좋겠다."

믿기 힘든 눈으로 친구를 바라보던 김현은 벌컥 화를 낼 뻔했다. 안진후가 어떤 사람인지 몰랐다면 당장 집에서 쫓아냈을지도 모른다. 똑똑하고 합리적이면서도 마음 따뜻한 안진후를 알기에, 김현은 들끓는 분노를 참으며 기다렸다.

"이래서 내가 널 좋아해. 쉽게 흥분하지도 않고, 어설프게 판단하지도 않잖아. 현재 유니온은 널 의심하고 있어. 백정현 이탈 사건과 천무관 습격 사건의 공통점은 바로 너니까. 이런 상황에서 갑자기 페플 접속을 하지 않는다면, 즉 평소와 다른 행동을 한다면 유니온은 어떤 생각을 하게 될까? 역시 천무관 습격 사건과 뭔가 관련이 있구나, 좀 더 깊이 파고들어 갈까, 뭔가 튀어나오겠지, 김현의 약점은 뭘까, 아, 엄마가 있었지. 넌 지금 놈들의 관심을 끌고 있어. 아주 적극적으로."

안진후는 차분한 말투로도 얼마든지 듣는 사람의 마음을 흔들 수 있음을 직접 보여 주고 있었다.

김현은 아무 말도 못 했다. 분노는 녹아서 사라진 지 오래였다. 구구절절 옳은 소리였다.

"나 믿지?"

안진후가 웃으며 물었다.

"누구보다도."

"짠!"

주머니에서 꺼낸 또 다른 물건은 엄지손톱보다 조금 큰, 두툼한 동전 같은 것이었다.

"뭔데?"

"소형 감시 카메라이자 감지 장치야. 문제가 생기면 저절로 네게 메시지를 보낼 거야. 어디에 있든 상관없이."

안진후는 천장 구석과 액자 옆 등 다섯 곳에 그 장치를 설치한 후, 핸드폰으로 볼 수 있는 방법을 김현에게 알려 주었다. 김현은 이번에도 할 말이 없었다.

"고맙지?"

장난스럽게 묻는 안진후.

천천히 고개를 끄덕이는 김현.

"얼른 페플로 들어가. 현실은 내게 맡기고. 여긴 섬바디 인 어스의 관할 지역이라구."

"정말 고맙다."

"우린 친구잖아."

안진후를 배웅한 김현은 집으로 돌아와 핸드폰으로 감시화면을 확인했다.

잠시 후, 김현은 커넥터로 들어가 페플로 접속했다.

황철호는 액셀을 힘껏 밟고 있었다. 미친 듯이 달리는 자동차의 목적지는 인천공항이었다. 위협적인 난폭 운전에 깜짝 놀란 차들이 클랙슨을 울려 댔지만 황철호는 개의치 않았다. 오히려 더 속도를 냈다.

사태가 이 지경이 되도록 유니온은 대체 뭘 했을까? 혈문이 거대한 소환 마법진을 건설하여 천무관에 끔찍한 몬스터를 투입할 때까지 유니온은 아무것도 몰랐을까? 그게 아니면 알고도 방관했을까?

도저히 참을 수 없어서 따지려고 했었다. 진실을 알고 있을 만한 사람에게 면담을 요청했지만, 그는 만나 주지 않았다. 연락도 불가능했다. 유니온 본부로 들어가고자 했으나 황철호는 불청객이었고, 결국 문전박대를 당하고 말았다.

침묵으로 일관하던 15인회가 황철호에게 전달한 메시지는 천무관 습격 사건에 대한 진실이 아니라, 공항으로 가라는 명령이었다. 그게 바로 지금 황철호가 분노의 질주를 하고 있는 이유였다.

황철호는 속도를 줄였다. 아직 젊다고 생각하지만, 그래도 감정에 휘둘리지 않을 만큼은 나이가 들었기 때문이다. 대신 그는 분노와 광기를 가슴 안쪽 깊숙한 곳에 묻었다.

감정이란 놈은 괴상해서 발산할수록 줄어든다. 반대로 가두고 모아 놓으면 점점 커질 뿐 아니라 강력해진다.

언젠가 터트릴 때를 위해 황철호는 일시적인 분풀이 대신 결정적인 폭발을 선택했다. 이번 일에 책임이 있는 사람을 향해 한번 시작되면 절대 멈추지 않는 광기를 쏟아붓기 위해서였다.

마음이 차분해졌다.

공항에 도착한 황철호는 시계를 확인했다. 도착 시간까지는 아직 여유가 있었다.

스포츠 음료를 사서 한 모금 마신 후, 함께 구입한 신문을 들고 게이트 쪽으로 가서 벤치에 앉았다.

최근 터진 사건으로 유니온 내부 분위기는 엉망이었다.

멀쩡히 커리큘럼을 따라오던 교육생이 갑자기 망각에 빠

졌다. 최근 몇 년 동안은 없었던 불행한 사태였다. 거기에 카람과 안투크가 경계를 뚫고 현실로 나와 천무관을 덮쳤다.

현재 각 길드에서 차출된 각성자로 구성된 감시대가 백정현을 면밀히 살피고 있었다. 그 이유를 찾기 위해서였다. 아직은 왜 백정현이 보통 사람으로 전락했는지 그 원인을 찾지 못한 모양이었다.

타격대의 호출은 후자, 즉 천무관 습격 사건의 조사를 위해서였다.

한 시간이 흘렀다. 신문은 광고 면까지 샅샅이 읽었다.

"이 자식은 왜 안 나오는 거야?"

하품이 나왔다.

짜증이 치솟았다.

그때, 짙은 선글라스를 쓴 금발 남자가 커다란 악어가죽 가방 두 개를 밀며 게이트를 빠져나왔다. 황철호를 발견한 그 남자는 선글라스를 머리 위로 밀어 올리며 활짝 웃었다.

"미스터 황! 정말 오랜만이지? 거의 1년 만인가?"

사내의 입에서는 유창한 영어가 흘러나왔지만 황철호에게는 한국어로 들렸다. 유니온이 혼마석이라는 성질석을 이용하여 만든 '통역 장치' 덕분이었다.

"라이언, 왜 이렇게 늦었지?"

"아, 그거? 재미 좀 보느라고."

라이언은 이쪽을 바라보는 스튜어디스를 향해 윙크를 했

다. 스튜어디스는 얼굴을 붉힌 채 게이트 밖으로 나와 도로를 건넜다.

"휴우."

숨을 고르며 화를 참는 황철호.

"차는?"

"따라와."

"가방 하나 들어 줘. 혼자 어떻게 다 들어?"

그 말에 황철호는 라이언이 내민 가방 하나를 빤히 쳐다보다가 발로 걷어찼다. 가방은 데굴데굴 저 멀리까지 굴러갔다. 주위 사람들이 깜짝 놀라 급히 피했다. 라이언은 고개를 절레절레 흔들더니 급히 달려가 가방을 가져왔다.

트렁크에 가방을 겨우 넣고 조수석에 탄 라이언이 계속 불평을 터트렸다.

"왜 이런 차를 가지고 왔어? 아니, 왜 당신이 마중을 나온 거야? 은옥 씨가 왔으면 정말이지 좋았을 텐데."

"내릴래?"

"아니."

"입 다무는 게 좋을 거야. 편하게 가고 싶으면."

라이언은 입술에 지퍼 채우는 시늉을 했지만, 눈은 여전히 웃고 있었다.

차는 공항을 벗어나 서울로 향했다.

10분 가까이 침묵을 지키던 라이언은 길게 숨을 내쉬며 창문을 내렸다. 습기 묻은 바람이 몰려왔다.

"뉴욕 지하에서 F등급 던전이 발견됐어."

"……뭐?"

황철호는 깜짝 놀랐다.

"유럽에도, 아프리카에도 속속 던전이 생겨나고 있어. 한국 외에는 모두 E등급 이하지만. 뉴욕 던전은 현재 F등급인데 E등급을 거쳐서 D등급으로 올라갈 가능성도 있어. 며칠전에 그린베레를 이끌고 거기로 들어갔는데 나만 살아서 돌아왔어. 사실, 처음부터 특수부대 투입을 반대했어. 거기 책임자가 우겨서 같이 들어갈 수밖에 없었지만. 하마터면 이렇게 아름다운 세상을 더 이상 못 보고 죽을 뻔했지 뭐야."

라이언은 차창 밖을 바라보며 킬킬 웃었다.

"거기서도 그걸 본 거냐?"

"응."

진지해진 라이언.

"던전끼리 연결되어 있을지도 모른다는 로고스 길드의 판단이 옳은 모양이다."

공포가 라이언의 얼굴을 훑고 지나갔다. 라이언은 더 이상 그 일을 언급하고 싶지 않아 했다.

"아마도. 그건 그렇고, 아카데미에서 한 놈이 사고를 쳤다면서?"

"좀 복잡해."

황철호는 천문관 습격 사건에 대해선 여기서 입에 올리고 싶지 않았다. 게다가 그 사건 내용을 발설하지 말라는 명령을 받았다. 호출된 타격대 소속 각성자들에겐 따로 사건 내용 브리핑이 있을 터였다.

"교육생이 아카데미가 지겨워서 이탈한 거 아니야? 소문에는 그 녀석 스스로 캐릭터를 삭제했다면서? 페플 캐릭터와 이곳에서의 각성 능력은 서로 연결되어 있잖아."

"능력이 아예 소멸됐어. 캐릭터를 다시 만들었는데도 그 능력이 돌아오지 않은 모양이야."

"말도 안 돼."

"곧 자세히 알게 될 거야."

"그 자식도 와?"

"소집 명령이 떨어졌으니 오겠지. 언제 오느냐가 문제겠지만."

황철호는 프리벨리지 출신 각성자 진세진의 능력을 떠올리며 몸을 떨었다. 대규모 세뇌, 조종이 가능한 진세진은 단번에 수백 명을 자기 뜻대로 움직일 수 있었다. 보통 사람들은 진세진의 의지를 거역할 수 없었다.

차가 서울로 들어설 무렵까지 침묵이 흘렀다. 두 사람은 각자의 생각에 빠져 있었다. 먼저 입을 연 사람은 라이언이었다.

"이런 말, 해선 안 되지만 난 당신을 친구로 생각하기 때문에 하지 않을 수 없어."

"그냥 하지 마라."

"널 노리고 있어."

"누가?"

"블랙 길드. 너와 내가 타격대의 일원으로 함께 죽음을 넘
나들었다는 사실을 아는 사람들이 그 계획을 내게 숨긴 모양
이야. 나도 최근에야 낌새를 눈치챈 거야. 조심해. 가능하면
거주지도 주기적으로 옮겨. 블랙 길드가 본격적으로 나서면
아무리 너라고 해도 위험할 거야."

"농담이지?"

"하하하, 당연히 농담이지."

껄껄 웃는 라이언, 그러나 눈은 차갑게 가라앉아 있었다.

백정현은 뒤를 돌아보았다. 벌써 세 번째였다. 누군가 따
라오는 느낌인데 돌아서서 살피면 수상한 사람은 없는 상황
이 계속 이어졌다.

퀭한 눈으로 오가는 사람들, 입간판과 건물 사이의 그늘진
곳, 2층으로 올라가는 계단 안쪽의 공간, 골목으로 접어드는
곳 등을 노려보았지만 백정현은 그 어디에서도 이상한 점을
찾지 못했다. 무언가 거기 있지만 보이지 않았다. 그래서 더

답답하고 겁이 났다.

그때, 검은 옷을 입은 사람들이 갑자기 튀어나왔다. 어디서 왔는지 모르지만 그들이 다가오자 백정현은 비명을 지르며 물러섰다.

두 사람이 백정현의 양쪽 팔을 하나씩 잡는 순간, 새까만 밴이 다가와 섰다. 백정현은 살려 달라고 소리쳤지만 주위를 에워싼 사람들의 힘을 이기지 못하고 밴에 태워졌다. 곧 밴은 출발했다.

벌벌 떨며 살려 달라고 외치던 백정현은 명치를 한 대 맞고 정신을 잃었다.

양은옥은 어두운 곳에서 빛으로 가득한 취조실을 바라보았다.

취조실에는 공포에 짓눌려 건드리기만 해도 와르르 무너질 듯한 아이가 앉아 있었다. 철제 테이블과 연결된 수갑에 묶여 있지 않았다면 거울처럼 보이는 유리를 주먹에 피가 나도록 두들겼을지도 모른다.

처음 호출 명령을 받았을 때, 사소한 문제로 유니온이 불렀다는 생각을 지울 수 없었다. 그러나 유니온에서 교육생 백정현과 관련된 영상을 분석한 후에 관찰조가 데려온 백정현을 살피자 간단한 문제가 아님을 알 수 있었다.

'새로운 타입의 공격일 가능성, 배제할 수 없어.'

꽉 움켜쥔 하얀 손에서 냉기가 흘러나와 방을 가득 채웠고, 유리창에 서리가 끼기 시작했다.

"워워, 흥분하지 마."

문을 열고 들어온 서연주는 불덩어리를 만들어 공중에 띄웠다. 거기서 퍼져 나온 열기가 냉기와 부딪치자 뿌연 안개가 생성되었다.

"그쪽이야말로 흥분하지 마세요."

양은옥이 몸을 돌리자 냉기는 거짓말처럼 사라졌다. 조그만 태양처럼 허공에 떠 있는 불덩이에서 뜨거운 기운만 흘러나올 뿐이었다.

서연주는 손짓으로 불덩이를 없앴다.

"저 녀석 때문에 호출 명령이 떨어진 거지?"

"아마도요."

"언제까지 그런 식으로 말할래? 나이도 같으니까 편하게 말해도 되잖아."

"전 이게 더 편해요."

"누가 로고스 길드 아니랄까 봐."

혀를 차는 서연주.

로고스 길드 출신은 일반적으로 지나치게 분석적이고 지나치게 논리적이라서 답답하다는 소리를 자주 듣는다.

양은옥은 속으로 발끈해서 자신은 그렇지 않다고 항변하고 싶었지만, 서연주가 어떤 사람인지 잘 알기에 그냥 참았다. 서연주는 설명으로 마음이 바뀔 사람이 아니었다.

"라이언이 왔다면서?"

백정현을 살피던 서연주가 이제 막 생각났다는 듯 양은옥을 쳐다봤다.

"오고 있는 중일 거예요."

"라이언이 널 좋아하는 거, 알지?"

"……."

양은옥은 기습을 허용한 얼굴로 서연주를 응시했다. 그런 말을 하리라곤 상상도 못 했다.

"블랙 길드라는 게 결격사유지만, 그래도 그런 남자는 흔하지 않아. 잡아도 돼. 가능하면 녀석의 마음을 사로잡아서 그 범죄자 소굴에서 빼내는 것도 좋고."

"……전 라이언 씨가 당신을 마음에 두고 있다고 생각했습니다만."

"뭐? 푸하하하!"

서연주는 배를 잡고 웃어 댔다.

그때, 문이 열렸다.

"뭐가 그렇게 웃겨? 나도 같이 웃자."

라이언이었다.

"내, 내가 너, 널 조, 좋아한대."

웃느라 숨을 못 쉰 서연주가 안 그래도 불그스름했던 얼굴이 새빨개져서 더듬더듬 말했다.

"아니야? 이런, 실망인걸. 난 널 열정적으로 사랑하는데."

장난스럽게 윙크하는 라이언.

"넌 은옥 씨를 짝사랑하잖아."

이번에는 서연주가 악동처럼 웃으며 말했다.

"마, 말도 안 돼."

이번에는 라이언이 당황했다.

"회포는 나중에 풀어. 지금은 저 녀석에게 집중해야 하니까."

황철호는 백정현 이탈 사건에 대해 이 녀석들이 어떤 부분에 집중할지 몹시 궁금했다.

"당신은 다 좋은데 그 무뚝뚝한 태도가 문제야."

황철호를 보며 이죽거리는 서연주.

"다 좋아? 저런 얼굴도 오케이인 거야?"

라이언이 끼어들었다.

"취소. 당신은 그 얼굴만 빼면 다 좋은데……."

"얼굴만?"

라이언이 능글맞게 웃으며 물었다.

황철호를 위아래로 훑은 서연주는 진지한 표정으로 고개를 저었다.

"음, 다 취소. 못 들은 걸로 해. 하마터면 큰일 날 뻔했네."

싱크

그 말에 라이언이 폭소를 터트렸다.

황철호는 한숨을 내쉬며 복도로 나갔고, 그 뒤를 양은옥이 따랐다. 라이언과 서연주는 활짝 웃으며 하이 파이브를 했다.

웃음기는 곧 사라졌다.

"정말 공격일까?"

라이언이 물었다.

"가능성이 높아. 능력과 기억을 잃은 것 외에는 멀쩡하니까."

"멍청하게도 스스로 캐릭터를 없앴다면서?"

"룬트란 왕국의 근위기사단 단장이 직접 추방의 인을 그 캐릭터에 찍었으니 어쩔 수 없는 선택이었을 거야. 나라도 심각하게 삭제를 고려했을 테니까."

"적두를 먹였는데도 변화가 없어?"

"아직까지는."

서연주는 버튼을 눌렀다.

이미 준비를 마친 감시대 사람들이 취조실로 들어갔다. 화들짝 놀란 백정현이 여기가 어디냐고, 당신들은 누구냐고 소리를 질렀지만 그들에게서 이렇다 할 반응을 끌어내진 못했다.

두 사람이 백정현을 꽉 붙잡았고, 한 사람은 입을 벌렸다. 백정현이 저항하자 복부에 주먹이 박혔다. 능숙한 손길에 의해 적두 일곱 개가 목구멍 너머로 넘어갔다.

감시대는 밖으로 나갔다.

서연주, 라이언은 더없이 진지한 눈빛으로 취조실을 바라보았다. 적두 일곱 개면 보통 사람이라도 잃어버린 기억을 떠올릴 수 있다. 한때 각성자였던 백정현이 사소한 기억이라도 지니고 있다면 지금 떠올릴 것이다.

그러나 백정현은 눈빛이 또렷해지고 입에서 터져 나오는 말이 좀 더 질서 정연해졌을 뿐이다. 유니온의 아카데미에서 교육생으로 지낸 시간을 깡그리 잊어버린 것이다.

어느새 황철호, 양은옥이 방으로 들어와 함께 취조실을 들여다보고 있었다.

"진세진을 기다려야겠어."

서연주였다.

진세진은 잠재의식 밑바닥까지 파고들어 가 자신도 알지 못하는 기억의 단편을 찾아낼 수 있는 사람이었다. 진세진이 진실을 찾아내지 못한다면 누구도 백정현이 왜 능력을 잃었는지 이유를 밝혀내지 못할 것이다.

"아까 그 이야기, 들려줘."

황철호가 말했다. 서연주, 양은옥이 황철호를 쳐다봤다가 시선을 라이언에게로 옮겼다. 라이언은 뉴욕 지하에서 발견된 던전에 대해 설명했다.

"카오스가 다시 시작된 건가요?"

양은옥의 눈이 파랗게 빛났다.

"아마도."

라이언의 목소리는 무거웠다.

그 긴장된 분위기를 깨뜨린 사람은 황철호였다. 무엇이든 지나치면 문제가 생긴다.

"일단, 밥부터 먹자. 마중 나가느라 끼니를 건너뛰었거든. 삼겹살에 소주, 어때?"

"당신이 쏘는 거?"

서연주였다.

"⋯⋯물론."

떨떠름한 대답.

"콜!"

라이언은 이미 복도로 나가고 있었다.

바위와 동상 사이로 뿜어져 나온 물에 햇살이 반짝거리고, 연인들은 손을 잡고 시선을 맞추며 분수대 주위를 돌아다녔으며, 퀘스트와 던전 플레이를 위해 이방인들은 조건을 외치고 있었다.

테페오 광장 중앙에 선 노바디는 주위를 둘러보았다.

게임 특유의 자유분방함과 현지인이 드러내는 진지함이

기이하게 뒤섞인 이 세계 어딘가에서 누군가가 직경 100미터나 되는 대형 소환 마법진을 건설했고, 그 결과 천무관이 몬스터들에게 공격을 받아 사람들이 죽고 크게 다쳤다.

페플에 처음 접속한 순간부터, 아니 라마간의 대장간에서 겔란드 대사형을 만난 이후부터 이 세계를 향한 호감은 점점 커졌다. 엘프를 사부님으로 모셨고, 현지인을 사제로 삼게 되었다. 그리고 습격 사건이 일어나기 전에는 빈민굴에 모여든 힘든 사람들을 위해 동분서주 다니면서 살 곳을 마련하려고 애를 썼다.

물론 소환진으로 천무관을 공격한 놈들 때문에 여기 있는 사람들 모두를 같은 부류로 생각하는 것보다 어리석은 판단도 없겠지만, 왠지 모를 역겨움과 무력감을 떨쳐 버릴 수 없었다.

이곳에서 벗어나고 싶다는 생각이 스멀스멀 커지고 있었다. 유니온과 혈문의 충돌이…… 얼마나 현실적인지도 이제는 알 것 같았다.

"꺼져!"

아이 하나가 돌멩이를 던지며 외쳤다. 근처에 있던 아이들도 고함을 지르며 돌팔매질을 했다. 날아간 돌멩이 세례에 맞은 아이는 달아나다가 발이 걸려 넘어지고 말았다.

"더러워. 더러워. 더러워."

아이들이 돌면서 놀렸고, 또 장난이라고 하기엔 가혹할 만큼 넘어진 여자아이를 밟았다.

그냥 지나치려던 노바디는 겨우 고개를 든 여자아이의 얼굴을 보고 멈춰 섰다.

그 소녀였다. 엄마와 함께 깡패에게 쫓겼던, 노바디가 빈민굴로 데려다주었던 그 소녀의 눈에서 눈물이 흘러내렸고, 입가에는 피가 맺혀 있었다.

"너……."

노바디는 서둘러 달려가 못된 아이들을 밀치고 그 소녀 앞에 앉았다.

"아저씨 뭐야?"

"저 아저씨도 더러워."

"거지야, 거지."

아이들은 노바디를 향해 돌멩이를 던졌다. 이마를 때린 돌멩이 때문에 상처가 났고, 피도 흘렸다.

이방인이 NPC를 다치게 하거나 죽이면 처벌을 받게 되는데, 아이들의 경우에는 몇 배나 가혹한 벌을 받게 된다. 그 때문인지 아이들 중에는 이방인을 우습게 알고 지금처럼 선을 넘은 짓도 서슴지 않는 녀석들이 종종 있었다.

노바디는 소녀를 보면서 손바닥으로 바닥을 내리쳤다.

의도치 않았는데 놀라운 일이 벌어졌다. 타각의 기운이 손바닥을 통해 바닥으로 흘러나갔고, 다각다각 박힌 돌들이 흔들리며 퍼져 나갔다. 바닥이 위로 솟구치는 느낌에 아이들은 고함을 지르며 달아났고, 뒤도 돌아보지 않았다.

노바디는 놀란 소녀의 머리카락을 조심스럽게 정리해 주었다.

"왜 여기 있니?"

"……돈이 필요해서요."

소녀는 조그만 몸으로 광장을 돌아다니며 구걸을 하고 있었다.

"왜 돈이 필요해?"

"어, 엄마가 아파요."

눈물이 그렁그렁한 소녀.

노바디는 고개를 들어 하늘을 올려다보았다.

사부님의 말씀이 생각났다. 혈문에도 살인마 같은 놈은 물론, 법 없이도 살 수 있는 사람이 있다는 이야기.

누구나 인정하는 상식 같은 이야기에 힘을 불어 넣은 건 저 소녀의 눈물이었다.

노바디는 소녀를 안고 일어섰다.

달아났던 아이들이 부모를 데리고 왔다. 아이들은 가만히 있는데 저 사람이 자신들을 때렸다고 종알거렸다. 부모들은 손가락질을 하며 욕을 퍼부었고, 일부는 경비대에 연락을 했는지 경비대원들이 걸어왔다.

"같이 가 주셔야겠습니다."

경비대원이 무뚝뚝한 얼굴로 말했다.

"그 젊은이 잘못이 아니라네."

지팡이를 짚은 할머니가 나섰다. 뒤틀린 지층처럼 주름진 얼굴이지만 거기 걸린 미소는 보는 사람을 웃게 만들어 주었다.

"이 늙은이가 뭘 안다고 나서?"

아이 엄마가 노파를 향해 삿대질을 했지만, 깜짝 놀란 경비대원은 허리까지 숙일 기세였다.

"아, 노단주님."

"이 할망구가 누군지 알아요?"

아이 엄마가 물었다.

"입조심하시오. 이분은 금현대상단의 노단주님이시오!"

흥분한 경비대원의 말에 아이 엄마는 얼굴이 하얗게 질렸고, 곧 딸꾹질을 시작했다. 아이의 입에서 '할망구, 할망구, 죽여, 죽여.' 소리가 나오자 엄마는 아들의 뺨을 사납게 후려쳤다. 아이는 어안이 벙벙해 입을 다물었다.

"내가 보증을 하지. 젊은 친구는 저 소녀를 도왔을 뿐이니 말일세."

"알겠습니다."

경비대원은 사나운 눈으로 아이들을, 그 부모들을 노려본 후 다시 노단주를 향해 고개를 숙여 양해를 구했다.

소녀를 안은 노바디 옆으로 할머니가 다가왔다.

"드문 청년이야."

"고맙습니다."

"후후, 내가 나서지 않았다면 자넨 봉변을 당했을 게야. 경비대에 끌려가 꽤 오랫동안 갇혔을 수도 있고."

"그럴까요?"

"왜 안 밝혔나? 자네가 셀레스카르 님의 제자라는 이야기만 했어도 경비대원들은 물론 저 못된 부모들도 기가 팍 죽었을 텐데."

"알고 계셨습니까?"

"이 나이가 되면 여기저기서 많은 것을 알게 되지. 자연스러운 현상이야."

"아무튼 감사드립니다."

고개를 숙인 노바디는 소녀를 안고서 광장을 빠져나갔다. 노단주는 그 뒷모습을 가만히 쳐다보았다.

"어떠냐?"

노단주가 속삭였다.

그림자에서 형체가 솟아 나와 노단주 옆에 섰다. 2미터나 되는 거인은 후드를 뒤집어써 얼굴이 드러나지 않았다. 사람들은 뿜어져 나오는 위압감에 겁을 먹고 피해 갔다.

"보통 이방인은 아니군요."

"판을 뒤흔들 수도 있겠어."

"……그 정도라고 생각하십니까?"

"아니라고 생각하는군."

"그래 봐야 시야가 좁은 이방인이니까요."

"그럴지도 모르지. 시간이 흐르면 좀 더 확실해지겠지. 그 건 그렇고, 아까 그 아이들의 부모에게 따끔한 가르침이 필요할 것 같군."

"알겠습니다."

"버릇없는 것들 같으니라고."

노단주가 침을 뱉고 지팡이를 짚으며 걸어 나가자, 사내는 다시 그림자 속으로 사라졌다.

엄마는 아파서 정신이 반쯤 나간 상태에서도 딸을 보자 하염없이 눈물을 흘렸다. 잠시 후, 소녀는 허름한 천막 아래 엄마 곁에서 새근새근 잠이 들었다.

포르자가 다가왔다.

"다른 이방인들처럼, 마법사처럼, 용사님도 포기하신 줄 알았습니다."

"……일이 생겨서요."

용사라는 호칭, 너무나 무겁고 과분한 것이었다.

"무리하지 않으셔도 됩니다. 용사님의 마음에 감명을 받은 사람들이 어떻게든 이 처지에서 벗어나려고, 겨울을 사망자 없이 넘기려고 애를 쓰는 중입니다."

담담한 말에 노바디는 마음이 아팠다. 도움이 필요함에도 상대에게 매달리지 않는 저 태도에서 고결함마저 느껴졌다.

　"포기, 안 합니다."

　노바디는 자신의 목소리에서도 고결함이 풍겨 나기를 바라며 천천히 말했다.

　"감사합니다."

　포르자의 눈도 촉촉했다.

　캉트 던전으로 향하는 마차 안에서 바마퉁은 주먹을 꽉 움켜쥔 채 창밖을 노려보고 있었다.

　몸에 힘이 들어가 어깨와 무릎이 뻐근했지만 거기에 신경을 쓸 여력이 없었다. 처음으로 노바디 없이 혼자 체리, 아로 간타르 그리고 또 다른 사람과 함께 던전으로 내려간다.

　"괜찮아요?"

　체리가 물었다.

　"아, 네. 괜찮습니다."

　바마퉁은 당황하지 않으려 애를 쓸수록 얼굴이 붉어지고 손끝이 떨렸다.

　"오늘 굳이 던전으로 내려갈 필요는 없잖아. 무리할 필요는 없다고 생각해."

아로간타르는 심드렁한 표정으로 말했다. 대사형 노바디 앞에서 멋지게 타각을 펼쳐 보이려 했건만 그 계획이 어긋나 기분이 가라앉았던 것이다. 게다가 대사형은 한동안 아예 나타나지도 않았다.

바마퉁은 우물쭈물했다.

괜히 던전으로 내려가겠다고 말한 걸까? 지금이라도 노바디에게 메시지를 보내야 하나?

바마퉁은 캉트 던전 지하 1층으로 내려가자마자 전멸하는 최악의 상황을 떠올리며 몸을 바들바들 떨었다. 긴장으로 평범한 사고마저 막힌 그를 구한 사람은 체리였다.

"그 말 그대로 마스터께 전할게."

"뭐? 왜? 하지 마."

화들짝 놀라 자세까지 바로잡는 아로간타르.

"마스터는 바마퉁 님에게 통솔권을 부여하셨어. 바마퉁 님을 무시하는 건 곧 마스터를 무시하고 업신여기는 거라고 생각하는데."

"알았어."

"사과해야지."

그 말에 아로간타르는 바마퉁을 보며 고개를 살짝 숙였다.

"……제 생각이 짧았습니다."

바마퉁도 고개를 숙였다. 체리의 도움이 고마웠지만, 바로 그 때문에 자괴감은 더 커졌다. 체리 앞에서 이런 우스꽝스러운 모습을 보이다니. 말도 제대로 못 하면서 어떻게 이들을 이끌고 던전을 누빌 수 있을까.

마차는 캉트 던전 입구 근처에 멈췄다. 마차에서 내린 바마퉁은 던전으로 들어가는 유저들을 따르며 구걸하는 아이들을 발견했다. 찢어진 바지, 새까만 소매, 땟자국이 있는 목 등 돌봄이 필요한 아이들이었다.

"요즘 저런 아이들이 많이 늘었어요."

체리는 자세한 사정은 설명하지 않았다. 엘루마의 변화에 이방인 길드가 개입되어 있다는 이야기를 한다면, 바마퉁은 이방인이라서 그 이야기에 민감하게 반응할 수도 있다.

바마퉁은 아낌없이 아이들에게 돈을 나누어 주었다. 그런 바마퉁 곁으로 아로간타르가 다가갔다.

"그래 봐야 내일 또 구걸하러 올 겁니다."

"저런 아이들에겐 오늘 하루를 버티는 게 더 중요할 거예요."

담담한 대답.

의외로 단호한 반응에 아로간타르는 어깨를 으쓱이며 물러섰다.

캉트 던전 입구 바로 옆에 서 있던 사람들이 체리를 보고 걸어왔다. 상인 트로만, 용병 핀토 그리고 신관 테르툰이었다. 트로만이 앞으로 나섰다.

"친구야, 반갑다!"

우연히 만난 것처럼 반갑게 인사했지만 어색하고 표현이
과했다. 핀토는 부끄러움으로 고개를 숙였고 테르툰은 손으
로 터져 나오려는 웃음을 막느라 애썼다.

한숨을 내쉰 체리.

"무슨 일이야?"

"친구 사이에 꼭 일이 있어야 만나? 너 이방인과 같이 지
낸다면서? 음, 그런데 노바디 님은 안 보이네."

능글맞게 노바디를 찾는 트로만.

"오늘은 마스터 없이 던전에 내려가는 날이야."

"우리끼리 던전에 들어갈 수도 있어? 내가 알기론 이방인
이 적어도 한 명은 있어야 하는데."

"여기 바마퉁 님이 계시니까."

체리는 살짝 뒤로 물러선 바마퉁을 가리켰다.

"이방인이야? 전혀 몰랐어."

속삭이는 트로만.

"아무튼, 오늘은 안 돼. 마스터께는 아직 아무런 말씀도
못 드렸으니까 기다려."

체리의 태도에 수긍하고 물러날 트로만이 아니었다. 트로
만은 실실 웃으며 바마퉁 앞으로 다가섰다.

"바마퉁 님은 아주 멋쟁이세요. 제가 관상을 좀 볼 줄 아
는데, 앞으로 최고의 대장장이로 성공하리라 확신합니다. 바
마퉁 님이 만든 반지와 목걸이는 어마어마한 가격에 팔려 나

갈 테고, 세상의 기사들, 전사들이 바마퉁 님이 만드는 갑옷과 무기를 사기 위해 앞다퉈 달려올 게 분명합니다."

바마퉁은 애매한 표정으로 체리를 쳐다봤다.

보통 드워프는 대장장이를 기본 직업으로 택한다. 그 때문에 저 뚱뚱한 남자가 이런 이야기를 했겠지만, 치료술사의 길을 걷고자 하는 바마퉁은 어떻게 반응해야 할지 알 수 없었다.

체리가 나섰다.

"이분은 치료술사셔."

"말도 안 돼."

눈이 커진 트로만.

"나도 트로만과 같은 의견이야."

신관 테르툰이었다.

그녀의 눈에 바마퉁은 힐러와는 거리가 멀었다. 치료의 반지 디레블링과 바람의 부츠 트론게는 겉으로 보기엔 평범한 반지, 허름한 부츠로 보였던 것이다. 게다가 드워프 따위는 힐러가 될 수 없다는 선입견도 한몫했다.

바마퉁은 우물쭈물 망설였다. 자신이 어떤 사람인지 밝혀야 한다고 생각했지만 낯선 이들 앞에서 입술이 제멋대로 찰싹 붙어 버렸다.

이번에도 체리가 끼어들었다.

"던전에 내려가고 싶으면 바마퉁 님이 받아 주실 거야. 오늘은 마스터께서 바마퉁 님께 모든 걸 맡기셨어."

거대한 칼을 등에 매단 핀토가 바마퉁을 맹렬하게 노려보았다. 그 뜨거운 시선에 바마퉁은 자신도 모르게 고개를 숙여 눈을 피했다.

"아무래도 내가 판단을 잘못한 모양이다. 이런 녀석을 믿고 던전에 내려갈 수는 없어. 용병대에 있으면서 수도 없이 봐 왔어. 겁을 먹고 바들바들 떨다가 전우를 죽게 만드는 놈들. 용병은 바로 옆에 있는 전우를 믿지 못하면 한 발짝도 전진할 수 없으니까. 겁쟁이 따위는 버틸 수가 없는 곳이야, 용병대는. 가끔 누군가의 아들이라는 이유로 십부장, 혹은 백부장에 임명되는 멍청이가 있는데, 그 상태로 실전에 투입되면 그 십인대나 백인대는 전멸당해. 웃기는 건, 부하들을 개죽음으로 몰아넣은 새끼는 신기할 만큼 질기게 살아남아. 또 다른 부하들을 죽이기 위해서일까?"

신랄하게 비난하는 핀토.

얼굴이 빨갛게 달아오른 바마퉁은 그 말을 정면으로 반박할 수 없었다. 여기까지 온 건 전적으로 노바디와 벨란데르 덕분이었으니까.

"저 녀석을 보니 노바디가 어떤 놈인지도 알 것 같다. 체리, 너에게도 실망했다. 내가 알던 체리는 대체 어디 갔지? 그 똑똑한 체리 말이야. 혹시 노바디 그 새끼에게 약점이라도 잡힌 거냐? 아, 그렇군. 노바디의 능력이 무엇인지 알겠다. 쥐뿔도 없으면서 다른 사람의 약점을 찾아내어 마음대로 조종하는 능력만큼은 최고겠지. 바로 그 협박술로 셀레스카르의 제자가 된 거니까."

트로만이었다.

"아첨꾼일지도 몰라."

핀토가 보탰다.

테르툰은 가만히 있었지만, 눈빛에 담긴 경멸은 너무나 노골적이어서 바마퉁이 알아채지 못할 리 없었다.

"너희 정말……."

"이 새끼들이!"

화가 난 체리와 아로간타르가 나서려는 순간, 옆으로 새하얀 것이 휙 지나갔다.

새하얀 밧줄은 거만한 상인 트로만의 발목을 휘감더니 거의 10미터 가까이 뒤로 날려 버렸다. 물수제비처럼 땅바닥을 통통 튕긴 트로만은 물건을 사고파는 좌판을 덮쳤다. 뚱뚱한 상인은 일어나려다 축 늘어졌다.

양손으로 커다란 칼을 들고 나선 핀토가 그 하얀 밧줄을 공격했지만, 살아 있는 듯 유연하게 움직이는 밧줄을 건드리지도 못했다. 밧줄을 움직이는 바마퉁을 공격하려고 달려들었지만 하얀 날개를 퍼덕여 하늘로 올라간 드워프를 올려다볼 뿐이었다.

퍽.

하얀 밧줄은 목봉처럼 단단해진 형태로 핀토의 손목을 내리쳤다. 뼈가 부러졌다. 칼은 쨍그랑 소리를 내며 바닥에 떨어졌다.

밧줄은 핀토를 휘감고 거의 10미터 높이로 들어 올렸다가 아래로 던졌다. 핀토가 땅에 부딪히기 직전 속도는 줄었지만, 꽤 충격이 커서 데굴데굴 구른 후 신음만 흘릴 뿐이었다.

테르툰은 겁에 질려 움직이지도 못했다. 입고 있던 백색의 신관복 아래쪽으로 노란 액체가 흘러내렸다.

체리와 아로간타르는 서로를 바라보았다. 아로간타르가 체리만 듣도록 낮게 속삭였다.

"나 평소에 바마퉁 님에게 크게 잘못한 건 없지?"

"음, 큰 건 없지만 자잘한 건 좀 많을걸. 가끔 민망할 정도로 무시했잖아."

"……죽었다."

아로간타르는 바마퉁이 대사형의 친구인 이유를 두 눈으로 보며 꿀꺽, 침을 삼켰다.

"바마퉁 님은 워낙 마음이 넓어서 괜찮을 거야. 저런 힘을 지니고도 그동안 참고 또 참으셨잖아. 어쩌면 인내심은 마스터보다 한 수 위인지도 몰라."

"아, 그렇구나."

고개를 끄덕인 아로간타르.

잠시 광기에 휩싸였던 바마퉁은 공중에서 정신을 차렸다.

왜 공중에서 날고 있는지, 왜 핀토가 무릎을 꿇은 채 손목을 잡고 있는지, 왜 신관 테르툰이 바들바들 떠는지 그는 도저히 알 수 없었다.

도움을 얻으려고 체리, 아로간타르를 쳐다봤는데, 두 사람은 고개를 숙일 뿐이었다.

'어떻게 된 거지? 잠시 정신을 잃은 거 같은데.'

바마퉁은 천천히 내려와 착지했다.

체리가 다가왔다.

"제가 치료를 해도 될까요?"

"무, 물론이에요."

바마퉁은 손목이 기괴하게 꺾인 핀토를 향해 달려가는 체리를 보며, 누가 저 남자를 공격했는지 매우 궁금했다.

'뭔가 이상해. 왜 날 이상한 눈으로 보는 거지? 유저들도 손가락으로 날 가리키며 수군대고 있잖아. 내가 뭘 잘못한 건가? 난 아무것도 안 했는데.'

체리의 부축을 받고 다가온 핀토가 바마퉁 앞에 무릎을 꿇었다. 바마퉁은 어떻게 해야 할지 알 수가 없어 가만히 있었다.

"큰 무례를 범했습니다. 용서해 주십시오."

"……용서해요."

노바디를 모욕했지만 그래도 이토록 진심을 다해 사과한다면 받아 줘야 한다고 바마퉁은 생각했다.

"감사합니다. 아직 늦지 않았다면 저의 마스터가 되어 주십시오."

반투명 메시지 창이 나타났다.

용병 핀토

도크 남작의 셋째 아들 핀토는 엘루마는 물론 룬트란 왕국 전체에서도 널리 알려진 암연 용병대의 최연소 백부장입니다. 커다란 칼 '아트리아'를 다루는 핀토는 이방인에 대해 관심이 많으며, 이방인을 통해 룬트란 왕국의 번영을 이루기 위해 애를 쓰고 있습니다.

용병대장이 꿈인 핀토는 올해 말까지 장기 휴가입니다. 계약 결과에 따라 용병대로 복귀할 수도 있고 퀘스트 NPC로 잔류할 수도 있습니다.

효과 : 명성 +100

–용병 핀토를 퀘스트 NPC로 등록하시겠습니까?

바마퉁은 체리를 바라보았다. 왜 노바디가 중요한 순간마다 체리의 의견을 구하는지 알 것 같았다.

체리는 말없이 고개를 끄덕였다. 왠지 모르게 마음이 편안해진 바마퉁은 핀토를 자신의 NPC로 받아들였다.

언제 정신을 차렸는지 트로만이 그 커다란 몸집으로 달려와 쿵 무릎을 꿇었다.

"저도 받아 주십시오!"

상인 트로만

데프 상단을 이끄는 단주의 아들 트로만은 타고난 상인입니다. 돈을 벌 수

있다면 무슨 일이든 마다하지 않습니다. 그렇다고 위법행위를 저지르지는 않습니다. 부유한 가문 출신임에도 더러운 하수도 청소로 돈을 모았으며, 그 돈으로 상품을 사고팔면서 오늘에 이르는 동안 아버지로부터 단 한 푼도 도움을 받지 않았다고 알려져 있습니다.

트로만은 엘루마뿐 아니라 룬트란 왕국과 중명 제국, 레나르카 왕국 등 주변 국가들의 특산품과 주요 매매 물품, 가격, 각 상단의 규모 등에 대해 탁월한 지식을 자랑합니다. 트로만은 손해를 보지 않는 상인으로 유명합니다.

효과 : 명성 +100

-상인 트로만을 퀘스트 NPC로 등록하시겠습니까?

이번에는 체리를 보지 않고 트로만을 받아들였다.

다음은 테르툰이었다.

신관 테르툰

시그나 대신전 소속 신관으로 현재 대신관 엘레간티아의 명령으로 신전을 벗어나 수행 중입니다. 룬트란 왕국을 떠돌며 신성 마법을 펼쳐 사람들에게 시그나 대신전을 알리려 했으나, 마음을 바꾸어 이방인의 삶을 알기 위해 엘루마에 남았습니다.

언젠가 대신관이 될 수 있다고 평가를 받을 만큼 재능이 뛰어나지만 그녀 자신은 부족한 점을 채우기 위해 애를 쓰고 있습니다.

효과 : 명성 +100

-신관 테르툰을 퀘스트 NPC로 등록하시겠습니까?

세 명의 NPC와 계약을 맺은 바마퉁은 그들의 직업, 레벨, 장비 등 다양한 정보를 창을 통해 확인할 수 있었다. 왜 그들이 갑자기 돌변했는지 알 수 없지만, 겐소에 이어 그냥 봐도 제 몫을 단단히 할 것 같은 사람들과 계약을 했다는 사실이 뛸 듯이 기뻤다.

바마퉁은 캉트 던전 대기실로 당당하게 들어갔다.

멀리서 그 광경을 지켜보던 늙은 개 겐소는 흐뭇하게 웃다 가 재빨리 길을 건너 바마퉁 곁으로 따라붙었다.

진정한 회주

아무도 없는 극장에 혼자 앉아서 보는 공포 영화는 얼마나 무서울까? 뒤에 누군가 있을 것 같지만 고개를 돌려 뒤를 확인하기는 싫은, 아니 두려운 순간을 겨우 이겨 내며 영화를 끝까지 볼 수 있을까?

마법진과 부적으로 뒤덮인 목책 너머로 들어설 때마다 노바디는 공포 영화 관람을 위해 아이맥스보다 훨씬 광활하고 생생한 극장으로 걸어 들어가는 느낌을 받았다.

물론 무섭기만 할 뿐 시간이 흐르면 엔딩 크레디트가 나오는 영화와 달리 여기엔 실제로 귀신 같은 것들이 튀어나오지만.

스노빈이 준 망량집은 갖가지 망량에 대한 설명으로 가득

차 있었다.

망량은 기본적으로 생령과 사령으로 나뉜다.

생령은 물리적 변화를 일으킬 수 있는 망량이고 사령은 그 반대, 즉 폭력 행위를 할 수 없는 망량이었다. 그렇다고 사령이 덜 위험한 건 아니었다. 사령 중 빙령은 기가 약한 사람의 몸속으로 파고들어 장난을 치기 때문이다.

또 생령은 속성에 따라 화령, 수령, 목령, 금령, 토령 그리고 무령으로 분류되는데, 각 망량이 지닌 힘의 성질이 그 기준이었다. 오행상극의 관계에 따라 화령은 물의 마법사에게 약하며, 금령은 불의 마법사가 주로 맡았다.

생령 중에는 오행의 속성과 관련이 적은, 순수하게 물리적 힘을 가진 망량도 있는데, 바로 무령이었다. 주술이나 부적으로 제어할 수 없으면 무인이나 용병이 나서기도 했다.

부서진 벽돌을 밟고 망량이 출몰하는 건물로 다가가면서, 노바디는 망량집에 나온 내용을 떠올렸다.

무서워하면 안 된다.
최대한 친근하게 대해야 한다.
상대를 인정해야 한다.
마치 살아 있는 존재를 대하듯 말을 걸어야 한다.

건물로 들어선 노바디는 어색하게 웃으며 아무도 없는 복도를 바라보며 손을 흔들었다.

"안녕, 난 노바디라고 해."

복도 끝 쪽에 흐릿한 형체가 나타났다. 망량이었다.

녀석이 다가오는 순간, 노바디는 저절로 나타난 메시지 창을 볼 수 있었다.

종령

사령 중에서도 따라다니기만 하는 망량을 종령이라 부른다. 종령은 아이처럼 졸졸 따라다니는데, 보통은 깜짝 놀라게 할 뿐 큰 위협을 주진 않는다. 종령이 자주, 무리를 지어 출몰하는 곳에는 보통 두령이 존재한다. 망량을 거느리는 우두머리인 두령은 강력한 힘을 지니고 있기 때문에 혼자서는 상대하지 않는 게 현명하다.

'저런 녀석은 종령이구나. 휴우, 큰 위험은 없다는 거지. 다행이다. 그나저나 두령을 쫓아내야 이곳이 깨끗해지겠구나.'

종령은 코앞까지 다가왔다.

노바디는 종령의 입에서 기어 나와 코로 들어가는 지네를 보고 자신도 모르게 침을 꿀꺽 삼켰다. 당장 돌아서서 달아나고 싶은 마음을 억누르느라 손톱이 손바닥을 파고들었다.

거친 숨소리가 들렸다.

눈을 뜬 채 앞으로 나아가자 종령을 통과할 수 있었다. 그러나 묘한 감촉이 얼굴에, 피부에 남아 있었다.

왠지 그 지네가 자신의 코 안쪽으로 파고들지 않았을까 하는 의심에 손을 들어 코를 만졌다. 다행히 이물감은 느껴지지 않았다.

2층으로 올라갔다. 종령이 떼를 지어 돌아다녔다. 멀리서 보면 아이들이 둥실 뜬 채 까르르 웃으며 뛰어다니는 것 같지만, 가까이 가면 끔찍한 지옥이 펼쳐졌다. 팔다리가 멀쩡한 망량은 하나도 없었다.

머리카락이 듬성듬성한 여자아이가 갑자기 노바디의 몸으로 뛰어들었다. 몸에 부딪혀 튕겨 나간 아이는 다시 시도했다. 결과가 똑같자 고개를 갸웃거렸다.

메시지 창이 나타났다.

빙령

사령 중에서 사람의 몸으로 파고드는 망량을 빙령이라 부른다. 빙령은 일시적으로 몸을 차지하고 장난을 친다. 몸에 오래 있으면 빙령도 고통스럽기 때문에 보통은 몇 분, 길어도 한 시간을 넘기지 않는다. 설거지를 하다가 정신을 차리니 정원에서 풀을 뽑고 있다면 장난기 넘치는 빙령에게 잠시 몸을 빌려줬을 가능성이 높다. 빙령의 대부분은 악령이 아니다.

"내 이름은 노바디야. 반가워."

노바디는 일부러 명랑하게 말한 후, 자신이 미쳐 가는 게 아닐까 생각했다.

그때, 키가 2미터가 넘는 망량이 천장을 통과하여 아래로 내려왔다. 근처에 있던 망량들이 노바디 주위로 모여들었다.

노바디는 억지로 웃었지만, 곧 정신을 잃고 말았다. 빙의되어 기절한 것이다.

눈을 뜬 그는 건물 난간에 서 있는 자신을 발견했다. 더 이상 놀랍지도 않았다. 뒤를 보니 발 디딜 틈이 없도록 망량이 옥상에 모여 있었다.

허공에는 오라고 손짓하면서 이기용이 떠 있었다.

저항해도 소용없었다. 노바디는 이기용을 향해 걸어가다가 아래로 추락했고, 죽었다.

"내 이름 알지? 노바디야, 노바디. 또 왔어. 앞으로도 계속 올 거야."

노바디는 이쪽을 바라보는 망량을 향해 손을 흔들며 말했다. 빙령들이 떼를 지어 몰려들었지만 지난번과 달리 몸 내부로 침투하진 못했다. 노바디가 몸 곳곳에 부적을 붙여 놓았기 때문이다.

"나도 좀 준비했거든."

종령과 빙령 들은 사라졌다.

2층, 3층을 거쳐 4층으로 올라간 노바디는 붉은 빛을 뿜는 망량을 발견했다.

노바디는 도망칠 수 없었다.

화령이 돌진했다. 타각으로 발을 구르자 그 충격파에 화령의 속도가 느려졌다. 물리적 힘을 보유한 순간 실체가 되었기 때문에 타각의 위력이 통한 것이다.

억눌린 화령이 줄어들다가 터지며 폭발했다. 어마어마한 열기가 사방으로 퍼지며 바닥, 벽, 천장을 검게 그을렸다. 그 열기에 몸에 붙인 부적까지 타 버렸다.

기다렸다는 듯 빙령들이 몰려왔다.

잠시 후, 노바디는 건물에서 뛰어내리는 자신을 볼 수 있었다.

당연히, 죽었다.

톰과 스베르는 어깨가 축 늘어진 채로 다가오는 이방인을 발견했다. 빙긋 웃은 톰이 손을 내밀었다. 스베르는 신음을

싱크

흘리며 은화를 꺼내어 손바닥 위에 떨어뜨렸다.

"고마워."

"……저 자식은 지치지도 않나 봐."

"이방인이잖아."

톰은 내기에서 이기게 해 준 이방인을 속으로 응원했다. 앞으로도 계속 이곳으로 오기를.

"혹시 망량에게 정신이 먹힌 게 아닐까?"

"음, 그럴지도 모르겠다."

경비대원들에겐 눈길조차 주지 않고 봉쇄 구역으로 들어선 노바디는 한숨을 내쉬었다. 벌써 수십 번 죽었다. 레벨은 반 토막이 났다. 이젠 캉트 던전으로 내려갈 수 없다. 이 사실을 벨란데르, 바마퉁이 알게 되면 어떤 반응을 보일까? 욕을 하지 않는다면 다행일 것이다.

"지금 와서 포기하면 더 욕먹을 거야."

그렇게 생각한 노바디는 힘을 내어 건물로 향했다.

문을 벌컥 연 노바디는 안으로 들어서며 소리쳤다.

"하이! 다들 잘 있었어? 어, 종삼이 너 어제보다 훨씬 예뻐졌다. 정말이야. 코로 파고드는 지네도 좀 더 자란 것 같은데. 그래, 넌 원래 예뻤어. 용기를 잃지 마. 너, 빙칠이지? 한동안 안 보여서 내가 걱정했었어. 대체 어딜 갔었던 거야? 혹시 두령을 만난 거야? 그러면 두령이 어디 있는지 좀 알려 줘."

세 번째 종령은 종삼, 일곱 번째 빙령은 빙칠.

망량은 황당한 눈으로 죽여도 계속 찾아오는 이방인을 쳐다보고 있었다. 이 괴상한 이방인은 멋대로 망량에게 이름을 붙였을 뿐 아니라 마치 친구처럼 말을 걸었다.

　　"너희도 지겹지? 그러니까 대장이 있는 곳을 알려 줘."

　　활짝 웃으며 허리에 손을 올린 노바디.

　　정신을 차린 망량들이 노바디를 향해 달려들었다.

　　한숨을 내쉰 노바디는 앞으로 복숭아 잎을 던졌다. 망량에게 효과적인 복숭아 잎이 닿자, 종령은 물론 빙령까지 몸을 부르르 떨며 달아났다. 곧 복도는 텅 비었다.

　　"오호, 효과가 있네. 인터넷 검색으로 찾은 건데."

　　그때, 메시지 창이 떴다.

　　–복숭아 잎을 망량집에 추가하시겠습니까?

　　하겠다고 대답하자 또 다른 창이 나타났다. 제목은 '복숭아 잎'이었고, 아래는 비어 있었다. 노바디는 망량집에 자신이 알아낸 새로운 사실이 수록된다는 사실에 기분이 좋았다.

　　복숭아 잎

　　계속 당할 수만은 없어서 여기저기 찾아본 결과, 복숭아가 양의 기운이 강하다는 사실을 알게 되었다. 그래서 복숭아와 씨앗, 그 잎까지 가져왔는데 종령과 빙령을 내쫓는 데 잎이 효과적이었다. 생령에게도 통할지는 미지수다.

노바디는 추가 작업을 끝냈다.

－지혜가 10 올랐습니다.

지혜 속성이 한꺼번에 10이나 늘어났다! 새로운 지식을 찾아내어 망량집에 기록한 것이 속성에 영향을 줄 거라고는 상상도 못 했다.

5층까지 파죽지세로 올라간 노바디는 화령이 달려들자 비싸게 주고 구입한 스크롤을 찢었다. 물이 뿜어져 나와 화령을 덮치는 순간, 망량의 몸에서 뿜어져 나오던 붉은 빛과 열기가 사라져 버렸다.

"화일아, 미안. 난 저 위로 올라가고 싶어."

훌쩍이던 화령은 사라져 버렸다.

6층에서는 금령이 등장했다. 노바디는 불의 마탑 플라도르에서 구입한 스크롤로 금일이를 물리쳤다.

문제는 7층이었다. 키가 2미터를 훌쩍 넘는 거대한 망량이 나타난 것이다. 오행의 속성은 없지만 어마어마하게 강한 녀석이었다. 노바디는 처음으로 벨란데르, 바마퉁, 아로간타르, 체리 등 아는 사람들을 부르고 싶어졌다.

강령

전투에 능한 망량으로, 건드리지 않는 게 상책이다. 처음 이 녀석을 만났을 때 건물이 무너졌다. 난 망량 퇴치를 의뢰한 사람을 피하느라 새벽에 도망쳐야 했다. 세상엔 강령보다 강한 무인, 용병이 얼마든지 존재한다. 그러나 강령과 싸우면 손해는 당신이 본다. 잊지 말도록.

노바디는 달아날 수 없었다. 다행스러운 점은 노바디 자신이 건물주라는 사실이었다.

"강일아, 살살 하자. 응?"

결국 전투로 그 건물은 무너졌고, 노바디는 잔해에 깔려 목숨을 잃었다.

구경꾼이 조금씩 늘어났다. 미친 이방인을 보기 위해 현지인뿐 아니라 이방인들까지 몰려들었다. 한몫 잡으려고 몰려든 도박꾼들은 얼마나 오래 버티는지를 놓고 돈을 걸기 시작했다.

"저기 온다!"

한 사람이 외치자, 구경꾼은 천천히 걸어오는 이방인을 발견하고 환호했다.

"어, 혹시 셀레스카르의 제자 아니야?"

"설마. 노바디가 왜 미친 짓을 하겠어?"

"하긴."

"그래도 닮았잖아."

"요즘 저런 인형 탈을 쓰고 다니는 녀석이 한둘이어야지."

그 구경꾼 중에는 소문을 듣고 찾아온 호지센의 임시 회주 스노빈도 있었다.

스노빈은 노바디를 보며 그 끈질긴 의지 하나만은 인정하지 않을 수 없었다. 경비대원에 따르면 노바디는 벌써 쉰 번 넘게 추락해서 죽었다. 이방인에게 부활 능력이 있다고는 하지만, 어떤 이방인도 죽음을 좋아하지 않았다. 이방인의 사정을 잘 알 수는 없지만, 죽지 않으려 애를 쓰는 걸 보면 죽을 때마다 무언가를 잃는 듯했다.

　"오늘은 얼마나 견딜 거냐?"

　"어젠 너무 싱거웠어. 좀 잘해 봐!"

　구경꾼이 외쳤다.

　짜증이 난 스노빈은 목책 너머에서 이쪽을 보고 있는 어마어마한 양의 망량을 해방시키고 싶었다. 중요한 부적 몇 장만 찢으면 되는, 간단한 일이었다. 망량이 풀려나면 이곳에 있는 구경꾼은 더 이상 노바디를 비웃지 못할 것이다.

　노바디를 비난하고 경멸하는 사람들은 대부분 현지인이었다. 이방인에게 억눌리고 무시당한 사람들이 기회를 잡은 것처럼 노바디를 힐난했다.

　'저 멍청이들은 노바디가 왜 봉쇄 지역으로 들어가는지 전혀 몰라. 알고 싶어 하지도 않고.'

　스노빈은 화가 났다. 자격도 없는 것들이 노바디를 손가락질하는 게 싫었다.

　아무 설명도 하지 않고 묵묵히 봉쇄 지역으로 걸어가는 노바디의 태도도 짜증의 원인이었다.

무엇보다도, 이곳 사람들을 위해 헌신하는 노바디를 지켜만 보고 있는 자신에게 분노가 치밀어 올랐다.

'젠장!'

스노빈이 앞으로 튀어 나갔다. 도저히 참을 수 없었던 것이다.

"너!"

"당신은?"

노바디는 스노빈을 알아보았다.

"나는 널 좋아하지 않아. 셀레스카르 님의 제자라고 해서 기가 죽을 이유도 없어, 내겐."

"그래서?"

"날 받아들여라. 그러면 저기 있는 망량을 쫓아낼 가능성이 조금은 높아질 테니까."

스노빈은 일부러 무뚝뚝하게 말했다.

NPC와의 계약 내용이 담긴 창이 나타나자, 노바디는 웃으며 스노빈을 바라보았다.

호지센의 임시 회주 스노빈

파르소겐의 유일한 제자 스노빈은 콘센치오를 전수받아 차기 회주로 유력한 인물입니다. 자존심이 강하고 언행이 거칠지만 호지센을 향한 마음은 굳건합니다. 파르소겐을 제외하면 룬트란 왕국 최고의 망량 전문가 중 하나이기도 합니다.

조건 : 봉쇄 지역 내부의 망량을 소탕하는 동안만 계약이 유효합니다.

싱크

−스노빈을 퀘스트 NPC로 등록하시겠습니까?

노바디는 스노빈의 제안을 수락했다.

스노빈은 그 즉시 노바디의 어깨에 앉아 있던 조그만 망량과의 계약을 해제했다. 노바디를 귀찮게 했던 사고는 앞으로 일어나지 않을 것이다.

왠지 모르게 기분이 좋아진 노바디가 말했다.

"일이 끝나면 내가 밥 살게."

"……밥?"

스노빈은 어이가 없었다. 호지센의 임시 회주를 밥 한 끼로 부려 먹겠다는 뜻이 아닌가.

"난 동료에게만 밥을 사."

"뭐?"

"들어가자."

노바디는 성큼성큼 힘 있게 봉쇄 구역 안으로 들어섰다.

손가락으로 코와 입술 사이를 문지른 스노빈은 피식 웃었다. 이방인 주제에 감히 호지센의 임시 회주와 동료가 되겠다? 참으로 야무진 꿈이 아닌가.

"저 녀석은 셀레스카르 님의 제자니까, 뭐, 그리 나쁘진 않겠어. 어이, 같이 가야지!"

스노빈은 서둘러 노바디를 따라갔다.

15분 후, 노바디와 스노빈은 함께 건물 옥상 난간에 섰고,

함께 추락했다.

늦은 밤, 목책의 입구 옆에는 모닥불이 피워져 열기를 뿜어내고 있었다. 두 명이었던 경비대원은 여섯으로 늘어났다. 야간에 벌어질 수 있는 만약의 사태를 대비하여 마법사도 한명 파견 나와 있었다.

"저 사람들이군요."

은색의 머리카락을 쓰다듬으며 젊은 마법사가 중얼거렸다.

"요즘 별의별 사람들이 다 있나 봅니다. 미쳐도 단단히 미친 거죠."

경비대원이 말했다.

빛의 마탑 투스텔라에서 나온 2서클 마법사인 올룬은 천천히 걸어 이제 막 부활한 두 사람을 향해 다가갔다.

"저는 빛의 마……."

멋지게 머리카락을 어깨 뒤로 넘긴 올룬이 정중한 태도로 입을 여는 순간, 스노빈이 고함을 질렀다.

"젠장! 스승님이 주신 반지가 사라졌어!"

"정말?"

노바디의 눈이 커졌다.

"전 투스텔라에서 온……."

싱크

올룬은 다시 한 번 끼어들려 했지만 실패했다. 두 사람은 그가 옆에 있다는 사실도 모르는 눈치였다.

"잃어버렸을까? 그렇다면 저기 어딘가 있겠지?"

스노빈이 염려가 담긴 눈으로 어둠에 파묻힌 건물을 바라보았다.

"아닐 거야. 넌 아주 강해서, 죽으면 지니고 있던 물건을 잃어버릴 수도 있어. 힘들여 익힌 스킬이 사라질 수도 있고."

"정말? 그러면 너도?"

"난 너만큼 강하지 않아. 그저…… 좀 약해질 뿐이야."

노바디는 '레벨'에 대해 설명하기 곤란해서 대충 얼버무렸다. 스노빈은 자신을 돕기 위해 봉쇄 구역으로 함께 들어갔기 때문에 마음이 무거워진 노바디는 끼고 있던 반지 기령환을 빼내어 스노빈에게 내밀었다.

"뭐야?"

"껴 봐."

반지를 받아 오른손 중지로 밀어 넣은 스노빈은 깜짝 놀랐다. 반지 내에 쌓여 있던 기가 흘러나와 몸을 감싸는데, 부작용이 전혀 없었다. 평범해 보이는 겉모습과 달리 매우 귀중한, 값비싼 반지였던 것이다.

"너, 뭐 하는 놈이야?"

"무슨 말이야?"

"이렇게 좋은 반지를 그냥 주면 어떻게 해? 잠시 빌린 거야. 이번 일 끝나면 가져가. 그리고…… 앞으로 다른 사람에게도 함부로 주지 마. 이건…… 보물이란 말이야."

일부러 거칠게 말하는 스노빈.

"알았어."

피식 웃는 노바디.

"왜 웃는 거야?"

스노빈이 버럭 소리를 지르자, 오히려 올룬이 깜짝 놀라 한 걸음 뒤로 물러섰다.

"넌 원래 좋은 놈이었어."

"헛소리!"

그때, 스노빈이 올룬을 발견하고는 눈이 휘둥그레졌다. 노바디 역시 스노빈의 반응을 통해 올룬의 존재를 알아차렸다.

"누구냐?"

"휴우, 이제야 제 차례가 왔군요. 저는 빛의 마……."

"이상한 놈이야. 자리 옮기자."

스노빈이 속삭이자, 노바디가 고개를 끄덕였다. 둘은 몸을 부르르 떠는 올룬을 남겨 두고 모닥불의 빛이 닿지 않는 사거리 방향으로 걸어갔다.

목에 핏대가 솟은 올룬은 마치 아무 일도 없었던 것처럼 경비대원들이 있는 곳으로 걷다가, 이쪽을 바라보던 경비대원들이 낄낄 웃는 걸 본 순간 고개를 푹 숙였다.

버려진 마차 옆에 앉은 노바디가 입을 열었다.

"망량은 한을 품은 영혼이라고 했잖아."

"모든 망량이 그런 건 아니야. 문제를 일으키는 망량의 대부분이 그런 녀석이긴 하지만. 엄밀히 말하면 자연의 기운에 사람의 한이 서린 거야. 그게 망량인 거지."

"내가 알기로 현자는 망량을 수족처럼 부릴 수 있다던데, 어떻게 하는 거야?"

"왜? 현자가 되고 싶어? 스승님께 말씀드려 볼까? 그러면 넌 내 사제가 되겠네?"

스노빈은 장난을 걸었지만, 진지한 노바디는 가볍게 무시하고 다음으로 넘어갔다.

"대현자님이라면 저기 있는 망량을 모조리 복종시킬 수 있지 않을까?"

"불가능해. 스승님도 할 수 없는 일이야. 그런 이야기를 하면, 뒤통수를 후려친 다음 기다려야 한다고 하실 게 분명해."

"음, 이제 어떻게 하지?"

"두령은 어려워도 조무래기는 가능할 거야."

그 말에 노바디의 눈이 반짝거렸다.

"구체적으로 설명해 봐."

"저 많은 망량을 이곳으로 불러들인 두령의 위치부터 알아내는 거지. 조무래기와 계약을 맺어서."

"계약? 어떻게 하는 건데?"

조바심을 내는 노바디.

"절차가 꽤나 복잡하지만 기본적으론 피를 나눠 주는 거야. 그 대가로 망량을 움직일 수 있는 거지. 계약은 당연히 일시적이야."

"오호, 그 방법 괜찮다."

노바디가 박수를 치며 좋아했다.

그 천진난만한 모습에 스노빈은 충고가 필요한 시점이라고 생각했다.

그 순간, 과거 스승 파르소겐이 한 말이 떠올랐다. 누군가에게 위험한 지식을 전할 때 얼마나 조심해야 하는지 이제야 알 것 같았다.

"함부로 계약을 맺으면 안 돼. 사령, 그중에서도 관령이나 종령은 안전한 편이야. 하지만 빙령이나 생령은 대단히 위험해. 잘못하면 죽을 수도 있어. 선배들 중 다수가 생령과 계약을 맺었다가 목숨을 잃었거든."

"죽는 건 별로 문제가 안 돼, 지금은."

"아, 맞아. 착각했다. 넌 이방인이었지. 다 너 때문이야! 이방인처럼 굴지 않으니까 오해한 거잖아."

"그래, 다 나 때문이다. 그러니까 어떻게 하는지 자세하게 설명해 봐."

노바디는 스노빈의 입에서 흘러나오는 이야기를 한마디도 놓치지 않기 위해 집중하고 또 집중했다.

멀리서 노바디, 스노빈을 지켜보던 빛의 마법사 올룬은 고개를 갸웃거렸다.

분명히 한 명은 이방인이고, 다른 한 명은 이곳 사람이다. 특정한 임무를 위해 올룬 역시 이방인과 계약을 맺은 적이 있지만, 저 두 사람처럼 이방인과 대화해 본 적은 없었다. 철저히 계약에 기반한, 줄 것은 주고 받을 것은 받는 관계였을 뿐이다.

'내 눈이 틀리지 않았다면, 현자 집단 호지센의 임시 회주 스노빈이 분명해. 그리고 스노빈과 함께 있는 이방인은 셀레스카르의 수제자 노바디겠지. 두 사람은 대체 여기서 뭘 하는 거지? 아무래도 보고해야겠어.'

올룬은 품에서 새하얀 수정구를 꺼냈다.

하체가 없는 망량이 공중에 떠 있었다. 앞으로 내민 두 팔 중 왼쪽에만 손이 달려 있었지만, 손가락은 중지만 남아 있었다. 망량은 바퀴벌레로 가득한 입을 벌린 채 날아왔다.

한 걸음 앞으로 나선 스노빈은 붉은 피가 들어 있는 유리병을 망량을 향해 던졌다. 유리병이 망량의 내부로 파고드는 순간, 스노빈이 주문을 외웠다. 노바디는 전혀 이해할 수 없는 읊조림이 공기를 타고 퍼지자, 유리병이 저절로 깨지며 피가 흩어져 망량을 적셨다.

그 달콤한 피를 맛본 망량은 허공에서 멈췄다.

"나 스노빈은 그대와의 계약을 원하노라. 내가 원하는 바를 들어준다면 나 역시 그대에게 나의 피를 제공하리라. 그대는 나의 망량이 되어라!"

스노빈이 외치며 다시 주문을 외우자, 입에서 흘러나온 말이 빛나는 문자가 되어 망량을 향해 날아갔다.

망량은 피하지 않았다. 현자의 혈액에 취한 것이다. 빛나는 글귀는 망량을 에워싸며 서서히 낙인처럼 새겨졌다. 망량은 저항했지만 피 맛을 잊지 못하고 스노빈에게 굴복했다. 피를 제공하는 동안은 복종하겠다는 뜻이었다.

"이거 마셔라."

노바디는 녹색 회복약을 꺼내어 뚜껑을 딴 후에 내밀었다.

"너, 호지센으로 들어와라."

"왜?"

"임시 회주의 비서로 너만 한 인물이 없을 것 같다. 어떻게 내 마음을 이렇게 잘 알 수 있는 거냐?"

"풋."

"왜 웃어?"

"난 너 같은 사람은 처음 봤다."

"당연하지. 이렇게 잘생긴 데다 능력까지 출중하고 호지센이라는 권력까지 손에 쥔 사람은 다시없지."

"넌 개그맨 시험 보면 합격할 거다."

"개그맨? 그게 뭔데?"

"그런 게 있어. 일이 끝나면 알려 줄게."

"개그맨이라는 말, 영웅 같은 거지?"

"……."

웃음을 꾹 참는 노바디.

"후후, 궁금해서라도 빨리 일을 끝내야겠다."

손을 앞으로 내민 스노빈은 망량에게 명령을 내렸다. 두령이 있는 곳으로 안내하라는 내용이었다.

그저 따라다닐 뿐 직접적인 해는 입히지 않는 종령은 순순히 그 명령에 따랐다. 노바디와 스노빈은 서로를 쳐다봤다. 드디어 길을 찾은 것이다.

종령이 머뭇거릴 때마다 스노빈은 단검으로 손바닥을 그어 피를 뿌렸다. 노바디는 기다렸다는 듯 상처에 붕대를 감고 회복약을 건넸다.

위험한 생령이 나타나면 노바디가 나서서 해치웠는데, 8층으로 올라가자 문제가 생겼다. 화령, 금령, 토령이 동시에 나타나 앞을 막은 것이다. 노바디는 무극심법, 수라부월공, 천무삼권 등 무공뿐 아니라 준비해 온 두루마리로 마법을 펼쳐 생령들을 상대했다.

셋을 겨우 쫓아낸 노바디가 고개를 돌린 순간, 일이 터졌다.

"이런!"

썩은 나무 상자 안에 숨어 있던 목령이 튀어나와 스노빈과 계약을 맺은 종령을 공격하고 삼켜 버린 것이다.

종령은 나무뿌리에 휘감기며 목령의 일부가 되었고, 계약은 강제로 깨졌다. 그 충격에 스노빈은 피를 뿜으며 뒤로 나뒹굴었다.

종령을 흡수하여 현자의 피 맛을 본 목령은 쓰러진 스노빈에게 달려들어 피를 빨았다. 목령의 몸집이 더 커졌다. 칡덩굴 같은 것이 몸을 갑옷처럼 에워쌌고, 머리에는 촘촘한 나뭇가지가 머리카락처럼 솟아올랐다.

"피에 굶주렸구나. 역시 답은 피였어."

노바디는 날을 꽉 쥔 채로 단검을 당겼다. 긴 상처에서 피가 흘러나오자 암갈색으로 색깔이 짙어진 목령을 향해 뿌렸다. 목령은 흥분했지만 앞으로 나오진 않았다.

"아직 망설이고 있어? 왜? 아, 부족하구나. 그렇다면 왕창 줄게."

노바디는 파워로 분신을 만들어 냈다. 분신 셋은 노바디처럼 몸에 상처를 내어 피를 보였다.

목령은 미치기 일보 직전이었다.

"날 두령에게 데려다주면 돼. 두령이 날 죽이든 살리든 넌 이 피를 차지할 수 있어. 어때?"

그때, 건물 전체가 흔들렸다.

즉시 광기에서 벗어나 차분해진 목령은 노바디를 한참이

나 노려본 후에 몸을 돌렸다. 노바디는 즉시 그 의미를 이해
했다. 고개만 돌려 스노빈을 바라본 노바디가 말했다.

"갔다 올게."

"조심해."

쓰러져 움직이기 힘든 스노빈이 속삭였다.

"지진이 생긴 걸까요?"

경비대원이 물었다.

"아닙니다. 지진은 아니에요. 봉쇄 구역 중심에서부터 진
동이 시작됐으니까요. 아마도 두 사람으로 인해 변화가 생긴
모양이에요."

빛의 마법사 올룬이 혼잣말처럼 말했다.

"설마요."

경비대원은 그 답을 믿기 어려웠다.

시청과 8대마탑, 대신전 그리고 돈과 보물에 이끌린 이방
인들까지 나서서 이 구역에서 망량을 쫓아내려 애를 썼지만,
결국 포기하고 봉쇄라는 비효율적인 결론에 이르렀다. 단 두
사람이 무엇을 할 수 있을까?

그때, 공간이 일렁거리며 한 사람이 나타났다. 중심을 잡
지 못하고 앞으로 고꾸라진 그는 넘어진 채로 올룬을 보며

활짝 웃었다.

"올룬!"

"아직도 대사형의 현섬은 마무리가 허술하네요."

"난 원래 허술한 사람이니까. 깔끔하게 끝을 내면 왠지 정이 없어 보이잖느냐. 그보다, 보고는 잘 받았다. 정말 그 두 사람이냐?"

"조금 전 봉쇄 구역에서 강력한 진동이 생겼어요."

"그래?"

몸을 일으켜 엉덩이에 묻은 흙먼지를 털어 낸 하비렌은 무거운 눈으로 버려진 구역을 바라보았다.

"들어갈 거죠?"

"따분하게 여기서 기다릴 순 없지."

"빙령에게 당하면 죽을 수도 있어요."

"천하에 정의가 살아 있다면, 나 하비렌이 이런 곳에서 아무런 의미도 없이 죽지 않겠지. 하비렌이 여기서 죽는다면 세상엔 이미 정의가 사라진 지 오래이니 살 가치가 없는 곳일 테고."

"……."

올룬은 고개를 숙이며 손으로 얼굴을 가렸다. 존경하는 대사형이지만 저런 이야기를 얼굴빛 하나 바꾸지 않고 진심으로 말하면 안면 몰수하고 어디론가 숨고 싶었다.

경비대원들은 손가락으로 원을 그리며 저쪽에서 수군거리

고 있었다.

"가자. 장렬하게 싸워 보자구나."

하비렌이 앞장섰다.

올룬은 한숨을 내쉬며 뒤따랐다.

꼭대기에 도착했다.

텅 빈 방에는 아무것도 없었다. 두령이 여기 어딘가 몸을 숨기고 있을지도 모른다고 생각했지만 노바디는 어떠한 기운도 느낄 수 없었다.

그때, 목령이 벽으로 걸어가더니 손을 뻗었다. 손이 벽에 닿는 순간, 덩굴이 되어 벽으로 퍼져 나갔다. 목령의 몸은 줄어들었고, 대신 벽을 덮은 덩굴의 면적이 넓어졌다. 목령이 사라질 무렵, 벽에는 덩굴로 만들어진 문이 생겨났다.

'목령이 문이었어!'

노바디는 주먹을 움켜쥐었다. 힘으로는 두령이 있는 곳을 절대 찾지 못했을 터였다. 스노빈이 도와주지 않았다면 해결할 수 없는 문제였던 셈이다.

문이 저절로 열렸다.

그 너머는 암흑이었다. 부드럽게 움직이는 암흑은 마치 살아 있는 것 같았다.

"휴우."

노바디는 천천히 암흑으로 들어섰다.

빛의 갑옷 테보리가 망량을 막아 냈다.

빛의 검 스베나크가 망량을 무찔렀다.

하비렌은 테보리의 전승자였다.

올룬은 스베나크의 전승자였다.

방어와 공격을 분담한 두 명의 투스텔라 마법사는 파죽지세로 망량을 돌파했다. 두 사람은 벽에 기댄 채 피를 흘리는 스노빈을 발견했다.

"후후, 내가 꿈을 꾸는 건가?"

"아닐 겁니다."

올룬이 다가가 회복 마법을 상처에 펼쳤다. 즉시 피가 멎었다. 과연 투스텔라였다.

"빛의 마법사?"

"투스텔라의 올룬입니다."

"호지센의 스노빈이오."

올룬을 쳐다보던 스노빈은 고개를 들어 은발의 사내를 바라보았다.

"천하를 울리는 명성을 오랫동안 들어 왔습니다. 호지센,

세상을 악으로부터 구하기 위해 만들어진 현자 집단! 전 빛의 마탑 투스텔라에 처음 들어간 순간부터 호지센은 투스텔라의 맹방이라고 생각했습니다. 비록 현실적 조건으로 호지센과 투스텔라의 관계가 원만하지만은 않았지만 그래도 오늘 이렇게 호지센의 영웅을 만나니 감개가 무량합니다. 저와 함께 찬란한 미래를 만들어 가지 않으시겠습니까?"

자신의 대사가 마음에 드는지 하비렌은 눈을 지그시 감고 여운을 느꼈다.

"······죄송합니다. 대사형에겐 정신적 문제가 좀 있어서요."

올룬이 속삭였다.

멍한 표정으로 고개를 끄덕이던 스노빈은 뒤늦게 투스텔라가 자랑하는 대마법사 하르도젠의 수제자의 이름을 기억해 냈다. 자기를 무척이나 사랑하는 저 은발 사내가 바로 수제자 하비렌이었다.

'그렇다면 이 녀석은 하르도젠이 유일하게 천재라고 인정했던 마지막 제자 올룬이겠군.'

스노빈은 잘생긴 청년을 쳐다봤다.

"이방인은 어디 있습니까?"

올룬이 물었다.

"두령을 만나러 갔소."

"음, 아쉽게도 헛걸음일 겁니다. 이곳에는 두령이 존재하지 않습니다. 실은, 빛의 마탑 투스텔라는 봉쇄 구역을 완전히 소탕한 적이 있습니다. 투스텔라가 전력을 동원했으니까요. 문제는 하루나 이틀만 지나면 그 많은 망량이 되살아난다는 것입니다. 건물을 모조리 부숴 버릴 수도 있지만, 그랬다가는 봉쇄 구역이 확대될 가능성이 있어서 그만뒀습니다."

자신만한 청년의 말에 스노빈은 웃음을 터트렸다. 웃음은 곧 신경질적으로 변했다.

올룬은 대사형을 쳐다봤지만, 하비렌은 아직도 자아도취에 빠져 있었다.

"제가 실수했습니까?"

올룬이 정색했다.

"투스텔라의 힘이라면 여기 있는 망량을 모조리 이길 수 있지만, 결코 쫓아낼 수는 없을 겁니다. 왜냐하면 망량이 어떤 존재인지 모르기 때문입니다."

"……모른다고요?"

올룬의 뺨이 꿈틀거렸다.

"그렇소."

스노빈은 단언했다.

"호지센은 망량을 아주 잘 아나 봅니다. 그런데 왜 여기 있습니까? 왜 피를 흘리고 쓰러져 있는 거죠? 그렇게 잘 아는 망량에게 당한 거 아닌가요? 음, 아무래도 제가 들은 그 어마어마한 명성은 과장된 거짓이었나 봅니다. 여전히 오만한 당신을 보니 대현자 파르소겐에 대한 이야기도 부풀려진

게 아닌가 생각하게 되는군요."

하비렌이 차갑게 말했다.

"대사형!"

올룬은 기겁했다.

스노빈은 자리를 비운 대현자 파르소겐 대신 임시 회주로 호지센을 이끄는 사람이었다. 호지센을 대표하는 사람에게 저런 말을 퍼부었으니 앞으로 빛의 마법사가 현자의 도움을 받지 못한다고 해도 핑계 댈 수 없을 터였다.

화를 내야 할 순간이라는 사실을 머리는 이해하고 있다. 그런데 신기하게도 스노빈의 가슴은 평소처럼 부드럽게, 여유롭게 뛰고 있었다. 호지센과 스승님에 대한 사소한 말실수도 절대 그냥 넘기지 않던 자신이었건만.

그때는 머리로는 참아야 한다고 생각하면서도 가슴으로 불을 뿜었었다.

왜 이렇게 바뀌었을까?

아직 이유는 알 수 없지만, 변화는 이미 시작되었다.

스승님은 현자의 기본 자질을 '차가운 마음'이라고 누누이 강조했다. 머리가 고요해도 마음이 날뛰면 쌓아 놓은 지식이 제멋대로 튀어나온다는 설명을 이제야 알 것 같았다.

스노빈은 두 사람을 제대로 볼 수 있었다.

"확실히 내 명성은 과장된 게 맞는 것 같소. 무력하게 쓰러져 있으니 말이오."

차분한 대응에 올룬은 깜짝 놀랐다. 스노빈이 어떤 인물인지 소문으로, 보고서를 통해 잘 알고 있다고 생각했건만, 직접 만난 스노빈은 완전히 달랐다.

하비렌은 고개를 갸웃거렸지만 사과하지는 않았다. 그의 눈에 스노빈은 무력한 패배자에 불과했던 것이다. 영웅의 길을 걷는 자신에겐 신경 쓸 필요가 없는 사람이었다.

"올라가자."

하비렌이 올룬에게 말했다.

현자를 남겨 둔 두 명의 빛의 마법사는 이방인 노바디를 찾기 위해 계단으로 접어들었다.

쾰쾰 소리 내며 흐르는 급류 옆에 거대한 화로가 설치되어 있고 빠르게 흐르는 물의 힘으로 공기를 불어넣는 대형 풀무는 화로 옆에 붙어 있었다. 높이가 10미터에 이르는 화로 위쪽으로 공사 현장에서나 볼 수 있는 방식으로 목제 비계가 세워졌고, 비계를 따라서 계단과 통로가 이어지고 있었다.

통로에서는 목탄을 가득 짊어진 사람들이 차례대로 화로 쪽으로 가서 아래로 부었다. 화로에서는 어마어마한 열기가 솟구쳐 올라오고 있었다.

노바디는 수백 명이 일사불란하게 움직이는 그 광경에 압도당했다. 잠시 후에야 시야에 들어오는 사람들 모두가……
망량이라는 사실을 깨달았다.

노바디는 커다란 망치를 손에 쥔 채 지시를 내리는 남자를
발견했다. 그가 아마 두령일 것이다.

노바디가 다가서자 사내가 천천히 고개를 돌렸다.

"당신이 두령인가요?"

"꺼져라."

사내가 던진 망치가 날아와 정확히 이마를 때린 순간, 노
바디는 어마어마한 충격에 뒤로 날아갔다.

벽에 부딪히기 전 노바디는 잿빛 파도를 머릿속으로 보았
다. 톱니처럼 하늘로 솟구친 짙은 실루엣 아래로 펼쳐진 곳
으로 끊임없이 밀려드는 그 파도의 실체는…… 어깨를 맞댄
수천 마리의 타이탄이었다.

타이탄 뒤로는 스켈레톤 병사, 콤포 막스, 스톤 골렘, 자
이곤 같은 뱀 떼, 덩치에 비해 민첩한 곰 등 다양한 몬스터가
빠르게 달리고 있었다.

"없는데?"

옥상에 있던 망량까지 모조리 없애 버린 하비렌이 숨을 헐
떡거리는 올룬을 쳐다봤다.

"……아마 죽었을 겁니다."

"아, 그렇군. 이방인은 쉽게 되살아나니까."

하비렌은 옥상 난간에 서서 주위를 살폈다.

높은 곳에 올라가면 사람은 둘로 나뉜다. 높이에 겁을 먹고 물러서는 자와 그 높이가 주는 묘한 쾌감을 즐길 수 있는 자. 하비렌은 자신이 후자라는 사실을 잘 알았다.

"아까는 대사형이 실수했어요."

"과거는 과거야."

"스승님이 아시면 불호령이 떨어질 겁니다."

"돌아오시면 그럴 수도 있겠지."

대마법사 하르도젠의 실종은 빛의 마탑 투스텔라를 발칵 뒤집어 놓았다. 하르도젠을 찾기 위해 노련한 마법사들로 팀이 구성됐지만 대마법사에게 무슨 일이 벌어졌는지 누구도 알아내지 못했다.

"영웅회를 소집한 대현자 파르소젠은 역시 나타나지 않는 모양입니다."

"아마도."

하비렌은 파르소젠이 실종자에 대해 무엇을 아는지 확인하기 위해 뒤늦게 엘루마로 왔다. 임무를 수행하느라 한동안 벤도프 공동묘지에 처박혀 있었던 것이다.

투스텔라의 명령을 무시하더라도 일찍 엘루마로 왔어야 했다. 그랬다면 이방인 노바디 대신 대현자를 만난 사람은 바로 자신이었을 텐데.

"가자."

"설마 거기서 뛰어내릴 건가요?"

"계단으로 내려가는 거, 귀찮잖아."

"휴우, 알겠습니다."

올룬이 한숨을 내쉬자 하비렌은 빛의 갑옷을 드러냈고, 그 빛나는 갑옷은 활짝 펼쳐져 날개로 변했다. 전설의 존재인 천사처럼 하늘로 날아오른 그는 막내 사제의 겨드랑이를 발에 끼우고 옥상을 벗어났다.

"조심하세요. 잘못하면 저 죽습니다."

올룬이었다.

하비렌은 일부러 균형을 잃은 듯 몸을 흔들었고, 올룬은 비명을 질러 댔다.

"하하하, 넌 정말 귀여워."

하비렌은 웃어 댔다.

죽기 전에 노바디의 머릿속으로 떠오른 장면을 전해 들은 스노빈은 고민 끝에 결론을 내렸다.

"몬스터대전이야. 그 망량은 몬스터대전과 관련이 있어. 넌 그 두령의 기억 일부를 엿본 거야."

"그럴 수도 있어?"

"두령처럼 막강한 힘을 지닌 망량 가까이 가면 생전의 기억을 느낄 수 있거든. 기억이 힘과 섞여 흘러나오니까. 음, 지형이 중요해. 그래야 망량이 품은 한이 무엇인지 알아낼 수 있을 거야."

고개를 끄덕이던 노바디의 눈이 휘둥그레졌다.

"스코덴 산맥이야. 뒤로 보인 실루엣 말이야. 그리고 타이탄이 파도처럼 몰려들던 그 장소는…… 엘루마 평원 같아. 아니, 분명해."

"그렇다면 제1차 몬스터대전이야. 타이탄이 엘루마를 공격한 건 1차였으니까."

"두령, 몬스터대전에서 죽은 사람일까?"

"그럴 가능성이 높아. 그렇다고 전쟁에서 죽은 사람들이 모두 그처럼 강력한 망량이 되는 건 아니야. 뭔가 더 있어."

"확인하려면 다시 두령을 만나야겠지?"

"물론."

그때, 코앞으로 사람이 떨어졌다.

올룬이었다.

5미터 남짓 높이였고, 대사형 하비렌의 장난기를 잘 알기에 올룬은 노바디와 스노빈 앞에서 고꾸라지는 꼴사나운 모습을 보이지 않을 수 있었다.

하지만 반사적으로 앞으로 나와 팔꿈치로 명치를 때린 노바디의 공격을 피할 방법은 없었다. 뒤로 5미터 날아간 올룬은 다시 5미터를 나뒹군 다음, 정신을 잃었다.

"너, 큰일 났다."

스노빈이었다.

"망량인 줄 알았어."

"망량 아니야."

"사람이지?"

노바디는 팔꿈치에서 느껴지던 물컹한 느낌을 잊지 않았다.

"응."

"누군지 알아?"

"빛의 마탑 투스텔라의 마법사."

"괜찮을 거야. 마지막 순간에 힘을 뺐거든."

그렇게 말했지만 상대가 허약한 마법사라면 가슴뼈가 부러졌을지도 모른다.

날개를 접은 하비렌은 노바디 앞 3미터 지점에 내려섰다.

"하비렌. 기절한 녀석의 대사형이야."

스노빈이 속삭였다. 얼마나 오만한 녀석인지 알려 주고 싶었지만 동료랍시고 선입견을 심어 주는 게 얼마나 어리석은 일인지 그 순간 깨달았다. 노바디라면 상대의 진면목을 직접 보고 듣고 느낄 수 있을 것이다.

다가온 하비렌이 노바디를 향해 정중하게 고개를 숙였다.

노바디 역시 인사를 했다.

"깜짝 놀라게 해 드리려 했는데 제가 좀 과했습니다. 전 하비렌입니다. 오랫동안 당신의 명성을 들어 왔습니다. 이렇게 만나게 되어 영광입니다."

노바디는 왼발로 좌각을 펼쳐 몸을 가볍게 하는 동시에 오른발로 추진력을 만들어 냈다. 타각의 힘이 노바디를 앞으로 밀어내자, 깜짝 놀란 하비렌 곁을 스치듯 지나갈 수 있었다.

노바디는 올룬 앞에 멈춰 명치 근처를 살폈다. 다행히 함몰된 부위는 없었다. 손바닥을 명치에 올려 기를 주입한 후, 인벤토리에서 마지막 남은 녹색 회복약을 꺼내어 신음을 흘리는 올룬이 마시도록 도왔다.

올룬이 정신을 차리자 노바디는 안도의 한숨을 내쉬었다.

"당신은……?"

"노바디입니다."

"올룬입니다. 조금 전엔 실례했습니다."

올룬은 뒷짐을 지고 서 있는 하비렌을 흘겼다.

"오히려 제가 민감하게 반응했지요. 다치지 않아서 다행입니다."

노바디는 걸어서 하비렌 옆을 지나갔다. 하비렌의 시선을 마주 보면서도 마치 없는 사람 취급한 그는 스노빈 앞에 서자, 낮게 속삭였다.

"오늘은 여기까지 하자. 좀 쉬고 내일 새벽에 일찍 보는 게 어때?"

"그렇게 하자."

"눈 감아."

스노빈이 고분고분 눈을 꼭 감자, 노바디는 친구의 어깨를 잡고 현섬을 펼쳐 그 자리에서 사라졌다.

"올룬."

하비렌이 착 가라앉은 목소리로 막내의 이름을 불렀다.

"네, 대사형."

"저 빌어먹을 이방인 새끼가 노골적으로 날 무시한 거지?"

"……잘못은 우리가 먼저 했습니다."

"아니야. 난 가벼운 장난으로 어색함을 풀고자 했을 뿐이야. 그런데 저 새끼는 기분 나쁜 눈으로 날 노려봤어. 게다가 내가 여기 서 있는데도 대놓고 무시했고."

"대사형."

올룬은 대사형을 잘 알기에 걱정이 앞섰다. 평소엔 허세를 부려도 선을 지킬 줄 알지만, 한번 시작하면 아무도 말리지 못할 만큼 제정신이 아닌 사람이었다.

"더 기분 나쁜 건, 저 새끼가 현섬을 펼친다는 거야. 나보다 더 자연스럽잖아."

눈살을 찌푸린 하비렌은 올룬을 두고 현섬으로 이동해 버렸다.

"휴우."

올룬은 기분이 풀릴 때까지 대사형이 노바디를 괴롭힐 거라는 사실을 잘 알기에 마음이 무거웠다. 평범한 이방인이어도 문제일 텐데, 상대는 거물 셀레스카르의 수제자였다. 자칫 잘못하면 엘프족과 투스텔라 사이에 충돌이 생길지도 모른다.

동이 틀 무렵, 샌더스는 상쾌한 기분으로 상회 문을 열었지만 곧 얼굴이 일그러졌다.

"역시 부지런하시네요."

노바디가 빙긋 웃고 있었다.

"새벽부터 무슨 일로……?"

"하하하."

어색한 웃음소리가 커졌다.

"설마?"

"회복약을 다 써 버려서요."

노바디는 아직 어두운 약종상 안으로 능숙하게 들어가 녹색 회복약을 백무낭에 쓸어 담았다. 기가 막힌 샌더스가 노바디 옆으로 다가왔다.

"바로 어제 노바디 님의 사제가 회복약을 가져갔습니다만."

"사제?"

"아로간타르라는 엘프가 노바디 님의 사제가 아닌가요?"

"아, 맞아. 내가 그 녀석더러 약병을 가져오라고 했었지. 그런데 다 써 버렸어요. 항상 고맙게 생각하고 있어요. 나중에 또 봐요."

노바디는 얼른 상회를 빠져나가 어둠 너머로 사라졌다.

그 모습을 노려보던 샌더스는 계산대 아래쪽에 있던 장부를 꺼내어 노바디가 가져간 회복약의 개수와 가격을 적어 넣었다. 절대 손해 볼 수 없다는 상인 특유의 자존심 때문이었다.

"임시 회주와 관련된 소문이 나돌고 있습니다. 이방인과 수치스러운 계약을 맺었을 뿐 아니라 하인처럼 이방인을 섬긴다는 소문, 맞습니까?"

심보각주 붕효는 진지했다. 이번에도 '임시 회주'라는 부분을 강조했다.

"어느 정도는, 사실입니다."

하인이라는 표현을 고칠까 생각하다가 그냥 천천히 고개를 끄덕이는 스노빈.

"……."

무언가를 깊이 생각하는 듯한 붕효의 얼굴은 그대로였다.

"오늘에서야 깨달았습니다. 전 아직 회주, 아니 임시 회주의 자리에 오를 만한 그릇이 아닙니다. 스승님께서 계시지 않지만, 제 권한으로 임시 회주 자리를 심보각주에게 넘기도록 하겠습니다. 부디, 거절하지 마세요."

"……진심이십니까?"

커다란 파문이 붕효의 눈에서부터 얼굴 전체로 퍼져 나갔다.

"아무래도 이제야 스승님의 제자다운 삶을 사는 것 같습니다. 저 역시 기행을 일삼게 될 테니까, 필요하면 파문 조치를 하셔도 됩니다."

스노빈은 홀가분한 마음으로 말했다.

이런 이야기를 스스로 하리라곤 상상도 못 했다. 얼마 전까지만 해도 호지센이 곧 자신이었다.

그때, 붕효가 그 커다란 덩치로 바닥에 웅크리더니 이마를 손등에 대고 조아렸다.

"심보각주?"

"대현자님의 혜안은 실로 놀랍습니다."

"네?"

"심보각주 붕효, 회주님께 인사 올립니다."

"……무슨 말씀입니까?"

"대현자님께서 제게 하신 말씀이 있습니다. 언젠가 임시 회주가 스스로 자리를 내놓고 호지센을 떠나려 할 때가 올

거라고 하셨습니다만, 전 믿을 수 없었습니다. 야망으로 가득한 스노빈 님의 마음을 잘 알았기 때문이지요. 대현자님은 웃으며, 스스로 호지센을 버릴 수 있을 때에만 진정한 회주가 될 수 있다고 알려 주셨습니다."

"나, 나는……."

스노빈은 당황해서 말을 잇지 못했다.

"심보각주 붕효가 호지센을 잠시나마 이끌 수는 있습니다. 그러니 마음껏 기행을 펼치십시오. 그러나 호지센의 회주는 스노빈 님이십니다. 이 사실은 절대 잊지 마십시오."

"……고맙습니다."

스노빈은 흐르는 눈물을 닦지 않았다. 이 눈물의 의미를 얼굴로, 마음으로 깊이 새기고 싶었다.

여관 밖으로 나온 스노빈은 밝아 오는 동쪽 하늘을 바라보았다. 호지센을 향한 집착, 최고가 되려는 야망이 걷히자 마음은 저 동녘의 하늘처럼 깨끗해졌다. 그토록 원했던 '임시'라는 호칭이 떨어져 나갔지만, 원하는 목표를 이뤘다기보다는 이제야말로 시작이라는 느낌이었다.

마음이 깨끗해지자 머릿속에 쌓인 온갖 지식 이면의 비밀과 구조가 손바닥 들여다보듯 선명해졌다. 룬트란 왕국에서 무슨 일이 벌어지고 있는지, 이방인 중 일부가 어떤 계획을 꾸미고 실행하는지, 북쪽의 중명 제국과 남쪽의 레나르카 왕국의 역할이 무엇인지 알게 되었다.

지혜는 마음에 이미 채워져 있었다. 구정물로 인해 보이지 않았을 뿐이다.

'스승님이 왜 영웅회를 개최하자고 주장하셨으면서도 결국 엘루마에 나타나지 않았는지도 알 것 같구나. 난 스승님을 쫓아가려면 아직 한참 멀었어.'

방으로 돌아간 스노빈은 짐을 챙겼다. 어린 제자 타렌이 다가왔다.

"타렌."

"······네, 스승님."

스노빈은 타렌을 바라보며 자신의 뺨을 있는 힘껏 때렸다. 철썩 소리와 함께 얼굴이 돌아갔다.

"스승님!"

타렌은 깜짝 놀라 어쩔 줄 몰랐다.

"그동안 미안했다. 심보각주의 가르침을 받으며 잘 지내거라."

"······전 스승님이 좋아요."

"아, 난 네가 싫어서 떠나는 게 아니야. 너도 언젠가는 이해하게 되겠지만, 저 밖에 아주 재미있는 것들이 많아서 그런 거야. 난 널 믿는다. 넌 나를 능가하는 현자가 될 거야. 어쩌면 호지센이 배출한 최고의 대현자가 될지도 모르지. 네 잠재력은 무궁무진하니까 절대 포기하지 마라."

"······."

울먹이는 타렌.

스노빈은 어린 소년을 꽉 안아 주었다. 젊었던 파르소겐이 자신을 안아 준 것처럼.

타렌의 눈물을 닦아 준 스노빈은 가벼운 가방을 들고 여관 밖으로 나섰다. 호지센도, 정치적인 목적으로 사용하기 위해 쌓아 놓았던 재물도 다 버렸지만, 세상을 다 가진 듯한 기분에 휘파람이 절로 나왔다.

그 순간, 스노빈은 이 급격한 변화와 깨달음이 어떻게 시작되었는지 깨달았다.

답은 죽음이었다.

노바디와의 계약으로 맛보게 된 그 죽음이 오만한 태도, 고정관념, 좁은 시야를 박살 낸 것이다. 한 번, 두 번, 세 번…… 죽음의 횟수가 늘어날수록 스노빈의 능력은 약해졌지만 지혜는 비약적으로 성장했던 것이다.

결국 약자를 향한 마음이 스노빈을 지혜의 자리로 이끈 셈이었다.

"이래서 세상은 살 만한 곳이야."

스노빈은 껄껄 웃었다.

실종 사건

　도미노처럼 쓰러져 있는 철제 선반 아래쪽으로 찌그러진 약품 상자에서 알약 따위가 튀어나와 흩어져 있었다. 천장에 달려 있는 형광등 중 일부가 깨져 있어 약품 창고는 밝은 곳과 어두운 곳으로 나뉘어 있었다. 일부는 액체에 녹아 땅속으로 스며드는 중이었다.

　토니는 낑낑거리며 들고 온 스테인리스 가방을 내려놓았다. 쿵 소리가 났다. 6킬로그램짜리 최첨단 장비가 세 개나 들어 있는 가방이었다.

　"나 같은 엘리트가 이따위 허드렛일이나 해야 하다니. 이러니 유니온이 그 지경이지."

　툴툴거리면서도 가방을 열어 정교한 손길이 필요한 장비

를 꺼내어 적당한 곳에 설치했다. 구조적 개념 확립과 설계
는 프로페서 프랑켄슈타인이 맡았지만 세부적인 문제 해결
을 통한 제품 개발을 주도한 건 토니 자신이었다.

정확도 향상을 위해 두 개의 장비를 다른 지점에 설치한
토니는 하얀 손수건을 꺼내어 땀을 닦았다. 깔끔한 상태를
선호하는 그에게 이 어지러운 약품 창고는 재앙이었다.

"수고하는군."

노인이 뒷짐을 지고 천천히 창고로 들어왔다.

"할아버지, 여기 오시면 안 돼요."

"가스 공사 직원치고는 어려 보이는구먼."

"하하, 제가 동안이라는 소리를 듣습니다."

"여기서 가스가 폭발한 겐가?"

"조사 중이라서 결과가 나와야 말씀드릴 수 있을 것 같습
니다. 그런데 누구신지요?"

"현기명이라고 한다네."

"아, 노관장님이셨군요."

토니의 눈이 빛났다.

천무관 습격 사건 수사에 투입된 각성자들은 현기명 노관
장, 강영준 관장 앞에서는 경거망동을 금하라는 지시를 받았
다. 두 사람은 각성자와 맞붙어도 밀리지 않는, 오히려 압도
할 수 있는 실력의 소유자라고 알려져 있었다.

'건드리면 쓰러질 것 같은데. 정말 저 늙은이가 그렇게나

강할까?'

토니는 장난을 치려다 마음을 접었다. 정신을 온전히 집중해야 하는 일이었기 때문이다.

"원인을 철저하게 규명해 주게나."

"알겠습니다."

노관장은 기침을 몇 번 하더니 창고 밖으로 나갔다.

설치된 장비는 아직 작동하지 않았다. 이곳에 맞게 변수를 설정하고 미묘한 조정 작업을 거쳐야 세 개의 기계가 동시에, 네트워크로 연결된 상태로 하나의 목적을 위해 작동할 수 있었다.

"휴우."

어느 정도 작업이 마무리되었다. 붉은 버튼을 누르는 순간, 세 개의 기계가 웅웅 소리를 내며 동작을 시작했다.

"꼬맹아, 다 했냐?"

갑자기 들린 목소리.

깜짝 놀란 토니는 펄쩍 뛰며 뒤로 물러났다. 넘어진 철제 선반 끝에 엉덩이를 대고 앉은 금발 외국인은 초콜릿 바를 우적우적 씹고 있었다.

토니는 즉시 그를 알아봤다.

'타격대의 크레이지 라이언이야!'

블랙 길드 소속인 라이언은 현문의 황철호와 더불어 수틀리면 앞뒤 가리지 않고 달려드는 미치광이로 유명했다. 라이언을 말릴 수 있는 건 비슷한 부류인 황철호뿐이라는 소문도 들은 적이 있었다.

"설치는 끝냈으니, 곧 결과가 나올 겁니다."

토니는 차분하게 대답한 후, 크레이지 라이언 앞에서 떨지 않은 자신을 속으로 칭찬했다.

"시간이 꽤 걸리네. 빨리 끝날 줄 알았더니. 왜 로고스에서 너 같은 꼬맹이를 보냈을까? 이번 사건을 대수롭지 않게 생각하는 건가?"

라이언은 이제 양갱을 꺼내어 한입 깨물었다. 마음에 드는지 한꺼번에 입에 넣고 우물거렸다.

"누, 누가 와도 나보다 이 일을 빠르고 정확하게 해내진 못해요."

"토니라고 했죠? 미안해요. 저 사람은 원래 저런 식으로 말을 해요. 너무 기분 나빠하지 마세요. 덥죠? 이것 마셔요."

어느새 옆에 다가와 있는 양은옥이 캔 커피를 내밀었다.

토니는 그 은밀함에 놀랐지만 캔 커피를 받아 들며 가까이서 본 양은옥의 미모에 더 놀랐다. 맑고 깨끗한 피부, 빠져들 것처럼 깊은 눈, 길지만 꾸미지 않은 속눈썹, 차가우면서도 왠지 모르게 끌어당기는 듯한 목소리는 양은옥을 완벽한 여자로 만들고 있었다.

"우리 토실토실한 백돼지님이 얼음여왕에게 마음이 뺏긴 모양이네."

싱크

서연주가 토니의 귀에 대고 속삭였다.

얼굴이 붉게 물든 토니.

"어머, 사실인가 봐."

토니를 놀리는 서연주.

그때, 장비에 연결해 둔 노트북에서 삑삑 알람 소리가 들렸다. 토니에겐 그 어느 때보다 달콤하게 들린 소리였다. 얼른 노트북으로 달려간 그는 라이언, 양은옥, 서연주를 바라보며 말했다.

"결과가 나왔습니다."

"어디야?"

라이언이었다.

"소환진의 위치, 룬트란 왕국 남서부 중심 도시 엘루마 근처입니다."

"호호, 어떤 새끼인지 곧 잡을 수 있겠어."

서연주였다.

"그렇게 쉽지는 않을 겁니다. 반경 30킬로미터나 되는 지역에서 소환진이 있는 곳을 찾아내야 할 테니까요."

토니는 냉정하고 객관적인 과학자 특유의 태도로 말했다.

"수색 지역을 줄여 준다면 은옥 씨의 바디 사이즈를 알려 줄 수도 있는데."

서연주였다.

"기, 기술적 한계입니다."

토니는 또 당황했다.

라이언과 서연주는 동시에 웃음을 터트렸고, 양은옥은 고개를 흔들며 창고 밖으로 향했다.

문이 뜯겨 나간 입구 밖으로 나갔던 양은옥이 다시 들어왔다.

"철호 씨는?"

라이언은 어깨를 올리며 고개를 흔들었지만, 서연주의 얼굴은 어두워졌다.

"김현 때문일까?"

양은옥이 다시 물었다.

아무도 대답하지 않았다.

한 시간 후, 창고는 텅 비었다. 천무관으로 몬스터를 보낸 소환 마법진의 위치를 개략적으로 알아낸 그 기계도, 사람도 떠났고, 안에 흩어져 있던 철제 선반도 치워져 훨씬 더 넓게 느껴지는 공간이었다.

현기명은 안으로 들어가 한숨을 내쉬었다.

"나이 들어 노망이 났을지도 모른다고 생각했는데, 아니었군. 가스 공사 직원? 재미있어. 그나저나 저들이 둘째와 막내를 알고 있는 모양이구나."

노관장은 창고를 둘러본 뒤 밖으로 천천히 걸어 나갔다.

늦은 밤, 황철호는 답답한 마음을 억누르며 지프를 몰고 서울 근교로 나갔다. 산에서 흘러내려 오는 서늘한 공기가 열린 차창으로 들어왔다. 왠지 모르게 공기가 맛있게 느껴졌다.

어둠 속 거인처럼 우뚝 서 있는 산을 배경으로 아담하게 자리 잡은 전원주택 앞에 차를 세운 황철호는 나무 계단을 딛고 포치로 올라갔다. 문을 두드릴 필요는 없었다. 모르는 것이 없는 사람답게 문은 저절로 열렸다.

"자네가 찾아오다니, 놀랄 만한 일이 터진 모양이구먼."

전동 휠체어를 탄 강진우가 서재에서 나왔다.

"그동안 안녕하셨습니까??"

"나야 늘 안녕하지. 앉게나. 아카데미 교육생 일 때문에 온 건가? 음, 그건 아니로군. 뜨거운 여름이 물러가고 가을이 성큼 다가온 느낌이야, 이곳은. 따뜻한 차 한 잔, 괜찮겠지?"

"네, 박사님."

통나무집처럼 투박하게 꾸며 놓은 내부를 황철호는 천천히 둘러봤다.

이곳은 올 때마다 고향에 찾아온 듯한 푸근한 느낌을 준다. 고풍스러운 글씨가 쓰인 낡은 족자와 금이 간 꽹과리와

쟁이 벽에 걸려 있고, 벽을 가득 채운 서가에는 갖가지 책이 꽂혀 있는데 모두 손때가 묻어 있었다. 한 권도 장식용이 아니라는 뜻이다.

《룬트란 왕국의 역사》 전집이 눈에 들어왔다. 강진우 박사가 직접 쓴 책으로, 모두 스물두 권이고 4만 페이지에 달하는 역작이었다. 룬트란 왕국의 역사학자들, 거기서 태어나고 자란 사람들조차도 감탄하는 작품이었다.

학계에 이미 명성을 떨친 역사학자가 페플이라는 가상현실로 들어가 그 세계와 관련된 역사서를 펴냈다는 사실에 사람들은 뜨겁게 반응했다.

《룬트란 왕국의 역사》는 뉴스로 보도되기도 했다. 실제로 만져 보고 읽을 수 있는 책으로는 제1차 몬스터대전을 다룬 4권, 5권이 출판되기도 했다.

저 전집과 관련된 우스갯소리가 생각나 웃음이 났다. 모두가 아는 책이지만 누구도 다 읽진 않은 책이라는 이야기. 강진우 박사 혼자만 쓰면서 읽었을 거라는 말도 있었다. 그만큼 방대한 분량을 자랑하는 대작이었다.

한때는 황철호도 미친 척하고 전집을 독파하고 말리라 결심하며 달려든 적이 있었다. 그러나 일주일 만에 두 손 두 발다 들며 포기하고 말았다. 사람이 읽을 수도 없고, 읽어서도안 되는 책이라는 결론에 이르렀다.

응접실을 보고 이 집을 판단해서는 곤란하다. 지하로 내려가면 별천지가 펼쳐진다. 처음 강진우의 안내를 받아 지하로 내려간 황철호는 할 말을 잃었다. SF 영화에나 나올 법한 첨단 연구실이 지하 공간을 차지하고 있었다.

강진우가 휠체어를 탄 채 무릎 위에 쟁반을 놓고 소파로 다가왔다. 황철호는 일어나서 돕고 싶은 마음을 억눌렀다. 강진우는 자신을 비정상으로 만드는 타인의 행동을 싫어했다.

"내가 직접 딴 잎을 말려서 만들었네. 어떤가?"

"향이 좋습니다."

"자, 말해 보게, 날 찾아온 이유를."

강진우의 눈은 호기심으로 반짝거렸다.

황철호는 어떻게 시작할까 생각하다가 강진우를 바라보며 입을 열었다.

"박사님은 유니온 소속이되 어느 길드와도 관련이 없습니다."

"맞네. 역사와 진실을 다루기 위해서는 객관적인 시각이 필요하니까."

"박사님이 누구의 도움도 없이 스스로 각성했다는 사실이 알려졌을 때, 공교롭게도 심각한 충돌이 빈번했습니다. 제2차 카오스. 그로 인해 고생을 하셨다고 알고 있습니다만."

"유니온과 다섯 길드는 내가 그 원인이라고, 나로 인해 두 세계 사이에 본격적인 분쟁, 자네를 포함한 각성자들이 제2차 카오스라고 부르는 그 재앙이 터졌다고 주장했지. 고생이라고 표현했나? 난 블랙 길드의 지하 감옥으로 끌려가서 무려 백 일 동안 고문을 당했네. 고생이라는 말은 어울리지 않아. 난 백 번이나 죽었다가 되살아났으니까."

강진우의 눈이 차갑게 가라앉은 채 겨울 새벽의 샛별처럼 반짝거렸다.

"누구도 그 연관성을 증명하지 못했습니다. 로고스 길드가 면밀하게 조사를 했음에도 박사님과 2차 카오스 사이의 관련성을 입증하지 못했으니까요. 그럼에도 다들 박사님과 그 혼란을 암묵적으로 묶어서 생각하고 있습니다."

"내가 다섯 길드와 관련이 없는 이유지. 어떤 길드든 날 받아들이는 순간, 끔찍한 결과를 낳았던 그 혼란의 책임을 져야 할 테니까."

자신의 과거를 이야기하면서도 강진우는 조금도 흔들리지 않았다. 오히려 황철호의 입에서 흘러나올 새로운 이야기에 대한 기대감이 커지고 있었다.

"만약에 말입니다."

황철호는 잠시 입을 다물었다.

선택의 기로였다. 진실을 알리고 조언을 들을지, 아니면 아무 말도 하지 않고 돌아갈지.

강진우는 잠자코 기다렸다. 쾌감으로 몸이 떨렸다. 순간이나마 고문의 후유증으로 잃어버린 다리에 대한 고통마저 잊어버렸다.

"만약에 박사님처럼 스스로 각성한 사람이 나타났다면, 그로 인해 다시 한 번 혼란의 시기가 도래할 징조가 보인다면, 셀프 각성과 카오스를 하나로 묶을 수 있을까요?"

"어디까지 각성했느냐에 따라서 달라지겠지."

"스스로 현섬을 사용할 수 있다면요?"

"이곳에서 말인가?"

"네."

"오호, 나보다 한 수 위군. 일단 논리적으로는 묶을 수도 있겠어."

"역시 그렇군요."

"허나, 세상은 논리로만 볼 수 없지. 인간이 이 지구상에 존재해야 할 근거는 논리로는 증명이 불가능해. 사실, 인간은 지구라는 행성에 해를 입히는 생명체야. 지구를 위해서는 인간이 사라져야 할걸. 그러나 인간이라면 아무도 그런 주장을 하지 않지. 그런 이야기를 진지하게 늘어놓았다가는 정신병원에 갇히고 말걸. 누군가? 자네 가족인가? 아니면 친척? 가까운 친구일 수도 있겠군."

"……미국에서 우연히 만난 사람입니다."

"유니온에도, 현문에도 보고하지 않았구먼."

"그렇습니다. 제가 말을 하면 그들이 취할 조치는 뻔하니까요."

황철호는 자신도 모르게 강진우의 다리를 쳐다봤다. 삐쩍 말라 버린 다리는 어떤 약으로도 고칠 수 없었다. 힐링 마법으로도 해독이 불가능한 독이 뼛속 깊이 파고들었던 것이다.

"제2차 카오스로 죽은 각성자의 수는 한국에서만 무려 이백서른다섯 명이네. 하루에 삼사십 명이 교통사고로 죽으니 그리 크게 느껴지지 않을지도 모르지만, 당시 각성자를 다 합쳐도 오백 명을 조금 넘겼으니 거의 5할이 죽은 셈이지. 게다가 부활도 불가능하게 됐으니 그 손실은 말로 표현할 수 없겠지."

그 말에 황철호의 마음은 쇳덩이라도 놓인 것처럼 무거워졌다.

처음 김현이 스스로 각성했다는 사실을 알게 되었을 때는 이토록 심각하게 생각하지 않았다. 강진우 박사를 자주 찾아올 만큼 셀프 각성과 카오스 사이의 관계를 믿지 않았기 때문이다. 광신과 공포가 만들어 낸 뒤틀린 관계라고 생각했다.

그러나 시간이 흐를수록, 이곳 현실에서 몬스터가 튀어나올 가능성이 높은 던전의 수가 갑자기 늘어나고 이번에는 멀쩡한 교육생이 능력을 잃고 기억마저 소거되는 사태가 벌어졌다. 천무관 습격 사건은 의심에 무게를 더했다.

황철호는 김현이 제3차 카오스의 징조일지도 모른다는 비참한 가능성을 고려하지 않을 수 없었다.

"그 사람은 카오스에 대해 알고 있나?"

"……전혀 모릅니다. 유니온이나 다섯 길드에 대해서도

아는 바가 거의 없을 겁니다."

"알려 주게."

"그 행동은 유니온의 룰에 위배됩니다."

"자네가 그 사실을 알고도 보고하지 않은 행동 역시 룰에 위배되지 않나?"

"……어느 정도나 알려야 할까요?"

"가능하면 전부. 스스로 각성했다면 경험이 남다를 테니 받아들일 수 있는 그릇 또한 남다를 거야. 그러니 자네가 아는 진실 전부를 알려 줘도 충분히 이해할 수 있겠지."

"알겠습니다."

고개를 끄덕이는 황철호.

"자넨 착한 사람이야. 요즘 세상엔 드문 자질이지. 그렇다고 멍청하지도 않아. 무엇이 진실인지, 무엇이 가짜인지 분간할 수 있는 안목을 갖췄으니 말이야. 당장은 힘들고, 나중에 시간이 나면 그 사람을 내게로 데려오게."

"네?"

황철호의 눈이 커졌다.

"미국? 재미있었네."

쿡쿡 웃는 강진우.

황철호는 쑥스럽게 웃으며 뒤통수를 긁었다. 강진우 박사는 거짓을 꿰뚫고 진실을 볼 줄 아는 사람이었다. 찾아오길 잘했다는 생각이 들었다.

"만약 박사님이 그 사람이라면, 어떻게 하시겠습니까?"

황철호는 이곳에 온 이유를 밝혔다.

이대로 시간이 흐르면 김현은 유니온이라는 거대한 수레바퀴에 깔려 만신창이가 될 테고, 운이 좋아도 눈앞의 강진우처럼 평생 휠체어 신세로 지내야 할 것이다.

"오호, 그 사람을 돕고 싶은 모양이군."

"그렇습니다."

"나라면 수단과 방법을 가리지 않고 유니온 본부의 비고에 숨겨져 있는 운명의 구슬을 손에 넣을 걸세."

"그 구슬은 쥐는 사람을 태워 버리지 않습니까?"

중생대의 지층 깊숙한 곳에서 우연히 발견된 커다란 구슬은 면밀한 조사 끝에 페플 세계에 존재하는 용옥과 같은 종류라는 사실이 드러났다. 드래곤이 심혈을 기울여 제작하는 용옥의 위력을 잘 아는 각성자들이 달려들었으나 구슬 내부에서 뿜어져 나온 열기에 타 버려 재만 남았다.

희생자가 열 명이 넘자, 5인회는 논의 끝에 운명의 구슬을 유니온의 비고로 옮겼다. 더 이상의 젊고 용기 있는 각성자들의 죽음을 막기 위해서였다.

지금도 운명의 구슬이 비고 밖으로 나온다면 운명을 시험하려는 사람들이 꽤 많을 터였다. 황철호 역시 한때는 가슴이 뜨거운 사람들 중 하나였다.

"그 구슬은 자격 없는 자를 태워 버리지."

"어떻게 자격이 있는지를 알 수 있습니까?"

"움켜쥐면 알 수 있다네."

"박사님!"

황철호가 언성을 높였다.

"내게도 자네 같은 사람이 있었다면 얼마나 좋았을까? 자네처럼 순수하게 도와주는 사람이 있었다면, 이런 꼴은 되지 않았을 걸세."

강진우는 말라붙은 나뭇가지 같은 다리를 내려다보며 서글프게 웃었다.

황철호는 아무 말도 못 했다.

"그 구슬엔 어마어마한 힘이 담겨 있네. 구슬의 주인이 된다면 자넨 기적을 볼 수 있을 거야."

황철호가 돌아가자 강진우는 전용 엘리베이터를 타고 지하로 내려갔다. 깔끔한 연구실의 벽은 모두 대형 디스플레이였다. 그 디스플레이를 가득 채운 수십 개의 창에서는 세계 곳곳의 뉴스가 실시간으로 흘러나왔다.

강진우는 벽 앞으로 휠체어를 밀었다. 그가 디스플레이를 바라보자 새로운 창이 실행되었다.

'황철호 근처에 누가 있는지 알아볼까?'

강진우의 생각은 컴퓨터 시스템이 이해할 수 있는 신호의 형태로 바뀌어 네트워크를 타고 퍼져 나갔다. 키보드를 치거나 마우스를 움직여 클릭할 필요는 없었다. 두 다리를 잃었지만 이 편리한 능력은 사라지지 않았다.

곧 황철호와 관련된 사람들의 명단과 사진을 포함한 자세한 정보가 창을 채웠다.

"음, 역시 중심에는 천무관이 있군."

황철호가 천무관 계승자의 제자라는 사실은 이미 알고 있었다.

강진우는 계승자인 현기명을 바라보았다. 고령에도 불구하고 실전에서는 여전히 압도적인 힘을 보여 주는, 살아 있는 전설인 현기명은 최근 페플을 시작했다. 현기명이 스스로 각성한 사람일 가능성, 충분히 컸다.

그다음 후보는 관장으로서 천무관을 이끄는 강영준이었다. 강영준은 무술뿐 아니라 경영에도 재능을 보여 천무관을 세계적인 조직으로 키운 장본인이었다.

천무관 북미 파트를 맡은 세 번째 제자에 대한 정보는 흥미로웠다. 강영준이나 황철호와는 전혀 다른, 어둠의 길을 걷는 모양이었다.

최근에 새롭게 제자로 선택된, 수문례를 거치지 않았기에 공식적으로는 아직 제자가 아닌 사람이 눈에 띄었다. 현실뿐 아니라 페플에서도 대단히 독특한 유저였다.

"김현? 아직 어리군."

강진우는 김현을 후보군의 목록에서 제외시켰다. 각성은 어마어마한 정신적 충격을 동반한 점진적 과정임을 누구보다도 잘 알기 때문에 열여덟 살 아이가 감당할 수 없으리라 생각한 것이다.

강진우는 즐거운 마음으로 자신이 걸었던 길, 온갖 고통으로 가득한 피의 길을 걷게 될 사람이 누군지 조심스럽게 검토하기 시작했다.

덩굴로 만들어진 문을 넘어서자 매캐한 유황 냄새가 코를 찔렀다. 눈이 부실 듯 빛을 뿜는 벌건 쇳물이 통로를 지나 거푸집으로 흘러들었고, 한쪽에서는 형체를 갖춘 쇠를 망치로 치는 사람들이 고함을 질러 대고 있었다.

노바디는 두령 앞으로 갔다.

두령이 몸을 돌려 노바디를 바라보았다.

"목령이 자넬 인정했군."

"그런 것 같습니다."

목령은 순순히 문을 만들어 노바디를 안으로 들여보내 주었다.

"계속 올 건가?"

"그럴 생각입니다."

"올 때마다 죽여 주지."

두령이 망치를 들어 올렸다.

"제1차 몬스터대전!"

노바디가 외쳤다.

그 소리에 거대한 용광로를 에워싸고 일하던 수백의 망량이 움직임을 멈추고 노바디와 두령 쪽을 바라보았다. 그들 역시 제1차 몬스터대전이 어떤 의미인지 잘 알고 있었다.

망치를 던지려던 두령의 팔이 떨렸다. 가늘게 뜬 눈으로 노바디를 쏘아보던 그는 손에서 망치를 놓았다. 추락한 망치는 퍽 소리를 내며 땅에 박혔다.

"잘 생각하셨……."

두령이 앞으로 손을 뻗자 흙바닥을 뚫고 금속이 튀어나와 노바디를 에워쌌다.

곧 노바디는 빛나는 금속 구체에 갇히고 말았다. 안에서 두드려도 소용이 없었다. 타각을 펼쳐도 귀가 아프도록 웅웅거릴 뿐이었다. 노바디가 인벤토리에서 꺼낸 사라겐의 비월로 금속구를 깨뜨리기 직전, 두령이 손을 움켜쥐었다. 금속구가 짜부라졌다.

금속구에 갇혀 죽는 순간, 노바디는 두령의 기억 일부를 볼 수 있었다.

시청 지하 서고는 무덤처럼 고요했다.

줄지어 서 있는 서가에 꽂혀 있는 책들 대부분은 서고에 들어온 이후 한 번도 뽑혀서 읽힌 적이 없었다. 서고로 내려와 책을 찾는 사람들은 늙어서 독서를 소일거리 삼는 희귀한 귀족이나 과거를 더듬기 좋아하는 역사학자뿐이었다.

"졸고 있어."

스노빈이 속삭였다.

"내가 먼저 갈까?"

노바디는 기회를 엿보고 있었다.

"들키면 감옥행이야."

"안 들키면 돼."

"셀레스카르 님의 명성에 먹칠을 할 텐데?"

"이해해 주실 거야."

노바디는 진심이었으나 스노빈은 고개를 갸웃거렸다. 셀레스카르를 직접 만난 적이 없었기 때문이다.

서고뿐 아니라 시청 건물 곳곳에는 방어 마법진이 설치되어 현섬으로는 이동이 불가능했다. 귀족가의 창고나 회의실, 응접실 등도 마법을 봉쇄하는 항마진이 설치되어 마법사의 침입을 막아 내고 있었다.

서고로 들어선 노바디와 스노빈은 제1차 몬스터대전 자료가 있는 서가로 이동했다. 가끔 바닥에 앉아 두툼한 고서를 읽는 사람들이 있었지만 서고의 규모에 비하면 매우 적은 수였다.

제1차 몬스터대전 자료가 꽂힌 서가에 도착한 노바디는 엘루마의 군대, 경비대, 용병 관련 무기 자료를 찾기 시작했다. 놀랍게도 아직 남아 있는 당시의 납품 장부는 다른 사람이 차지한 채 읽고 있었다.

　"안녕하세요."

　노바디가 말을 걸었다.

　"안녕하시오."

　동그란 안경을 쓴 중년 사내는 고개를 들어 노바디, 스노빈을 바라보았다.

　"그 자료, 잠시 볼 수 있을까요?"

　"힘들 거요."

　중년 남자는 활짝 웃었다.

　깔본다고 생각한 스노빈의 인상이 험악해진 순간, 안경을 콧등으로 밀어 올린 사내가 낡은 장부를 앞으로 내밀었다. 노바디는 그제야 남자가 한 말을 이해했다. 고대어로 적혀 있어 읽을 수가 없었던 것이다.

　"고대어를 모르는 걸 보면 역사학자도 아니고, 나이로 보아 왕국의 과거에 관심이 있는 노귀족도 아닌 것 같은데, 혹시 도둑이시오?"

　중년 남자의 눈이 빛났다.

　"마, 말도 안 돼."

　스노빈이 예민하게 반응했다.

"그렇다면 사서를 불러도 되겠군요."

웃으며 협박하는 중년 남자.

노바디가 끼어들었다.

"제1차 몬스터대전 당시 엘루마에서 무기를 제작하던 대장장이들의 우두머리가 누군지 알고 싶습니다."

"천야장 퍼브 말이오?"

"그 사람에 대해 말씀해 주십시오. 사례는 얼마든지 하겠습니다."

단서를 찾은 노바디는 마음이 급했다.

"음, 경우가 완전히 없지는 않군요. 좋습니다. 철목 조각을 찾아서 가져오신다면 제가 아는 바를 알려 드리겠습니다."

"철목이라면 도끼로 내려쳐도 오히려 도끼가 부서지고 만다는 그 단단한 나무 아닙니까? 당신, 아예 가르쳐 줄 생각이 없는 거잖아."

스노빈은 눈살을 찌푸린 채 중년 남자를 노려보았다.

"잘 아시네요. 지식을 돈으로 살 수 있다는 생각은 아예 버리는 게 좋을 겁……."

"여기 있습니다."

인벤토리 구석에서 찾아낸 철목 조각 하나를 손에 든 노바디는 중년 남자에게 내밀었다. 그 철목 목재는 노바디가 라마간 근처의 숲 철림에서 한 달이나 고생한 끝에 얻어 낸 조각 중 하나였다.

"······."

중년 남자는 할 말을 잃었다. 이 감촉, 이 무게, 이 단단함······ 철목이 분명했다. 천천히 고개를 든 그는 노바디를 바라보았다. 이방인이라는 사실은 처음 본 순간부터 알고 있었다. 저 커다란 머리는 결코 정상이 아니니까.

"천야장 퍼브에 대해 알려 주십시오. 그리고 전 돈으로 지식을 사는 게 아닙니다. 그 철목을 쓰러뜨리는 데 돈이 아니라 제 의지와 시간이 들어갔으니까요."

"하하하!"

호탕하게 웃는 중년 남자.

기겁한 스노빈이 손가락을 입술에 댔다.

"미안합니다. 이토록 명쾌한 반론은 오랜만이라서요. 좋습니다, 알려 드리죠. 퍼브는 하늘이 내린 대장장이, 그래서 천야장으로 불렸습니다. 퍼브가 만든 검은 녹슬지 않고, 퍼브가 손을 댄 방패는 뚫리지 않는다는 기록이 여기저기 꽤 많습니다. 퍼브가 없었다면 제1차 몬스터대전에서 인간이, 지성 종족이 몬스터 군대에 패했을 거라고 생각하는 역사학자의 수가 만만찮습니다. 저도 그런 사람 중 하나고요. 하지만 안타깝게도 천야장 퍼브는 토사구팽의 신세가 되고 말았습니다. 워낙 성격이 꼿꼿해서 엘루마의 지배 세력과 자주 갈등을 빚었으니까요. 전쟁이 끝난 이후 음모에 휘말려 배신자라는 누명을 쓰고 감옥에 갇혔고, 그를 추종하던 이들은

싱크

탄압을 받아 뿔뿔이 흩어지거나 추방당했습니다. 제가 알기로 감옥에서 풀려난 퍼브는 집으로 돌아갔고, 더 이상 모습을 드러내지 않았습니다."

"천야장 퍼브의 집이 어딥니까?"

스노빈이 물었다.

중년의 사내는 손가락으로 뺨을 몇 번 두드리더니, 현재 엘루마에서의 위치를 알려 주었다. 눈이 휘둥그레진 스노빈이 노바디를 응시했다. 노바디 역시 힘차게 고개를 끄덕였다. 바로 봉쇄 구역의 중심, 두령이 있는 그 건물이었다.

"감사합니다."

중년 남자를 향해 고개를 숙여 인사한 노바디는 서고의 입구로 향했다. 스노빈이 뒤따랐다.

철목 조각을 어루만지며 서가 사이로 멀어지는 노바디, 스노빈을 바라보던 중년 남자 앞으로 빛의 마법사 두 사람이 다가왔다. 하비렌과 올룬이었다.

"조금 전 만난 사람들과 무슨 이야기를 했습니까?"

하비렌이 물었다.

하비렌을 물끄러미 쳐다본 중년 남자는 동그란 안경을 손가락으로 밀어 올렸다.

"이걸로 펜촉을 만들어 온다면 아주 자세하게 그 이야기를 해 줄 수 있을 것 같습니다만."

"……기다리시오."

하비렌은 철목을 받아 들었다.

"천야장 퍼브."

노바디가 말했다.

자신의 이름을 듣는 순간, 두령은 망치를 놓쳤다. 흙바닥에 박힌 망치를 집는 대신 그는 천천히 노바디가 있는 곳으로 걸어왔다.

"드디어 알아냈군."

"무엇을 원하십니까? 당신을 괴롭힌 자들은 모두 죽었고, 이젠 먼지도 남아 있지 않을 겁니다."

"나로 인해 가족이 고초를 당했지. 나로 인해 빛나는 야공술이 어둠에 묻혔다네. 내가 원하는 것은 단 하나, 나의 피를 이어받은 자가 나의 야공술을 잇는 것이라네."

천야장 퍼브가 말을 맺자, 퀘스트 창이 나타났다.

천야장 퍼브의 소원

천야장 퍼브의 후손을 찾아내어 데려오십시오. 천야장은 자신으로 인해 고통 속에 죽어 간 가족을 잊지 못하고 있습니다. 그 집착이 천야장을 망량으로 만든 겁니다. 천야장의 후손은 살아 있습니다. 후손을 찾아내어 데려오면 천야장은 그에게 야공술을 가르칠 겁니다.

보상 : 봉쇄 구역 해제

노바디는 그 퀘스트를 수락했다.

마음이 가벼워졌다. 이길 수 없는 존재인 망량을 상대하는 것보다, 까다로워도 완수할 수 있는 퀘스트 수행이 백배 나았던 것이다. 그 후손을 찾기만 하면 봉쇄 구역에서 망량은 사라질 테고, 빈민굴로 모여든 사람들은 편안한 거주지를 얻게 될 것이다.

처음으로 죽지 않고 두령으로부터 벗어나 목령의 문을 통과하여 봉쇄 구역의 건물로 돌아온 노바디는 기다리고 있던 스노빈을 바라보았다.

"어떻게 됐어?"

"천야장이 무엇을 원하는지 알게 됐어."

"드디어!"

스노빈은 주먹을 움켜쥐며 기뻐했다.

노바디는 스노빈처럼 마냥 기뻐할 수만은 없었다. 한고비 넘기긴 했지만 퍼브의 후손을 어디에서 찾을 수 있을까?

엘루마에 살고 있다면 대장장이 길드를 통해 수소문할 수도 있을 것이다. 하지만 만약 다른 곳으로 이주했다면 왕국 전체를 뒤져야 할지도 모른다.

"방법이 있어."

자신만만한 스노빈.

"무슨 방법?"

"족보."

"족보?"

"천야장의 족보를 찾으면 돼. 천야장처럼 유명한 인물의 후손이라면 족보가 있을 거야."

"족보가 있을 만한 곳이라면?"

"맞아. 거기야."

스노빈이 고개를 끄덕였다.

역사학자 강진우는 시청 정문 밖으로 나와 계단을 딛고 내려가고 있었다. 페플에서는 걸을 수 있다. 현실에선 평생 휠체어 신세지만. 페플이라는 세계가 존재하지 않았다면 지금처럼 제정신으로 살아갈 수 없었을 것이다.

급격한 변화가 온몸으로 느껴진다.

세계가 요동치는 것 같다.

그때, 광장을 가로질러 시청 쪽으로 달려오는 두 명을 볼 수 있었다. 자신만만하고, 뭐든 할 수 있는 청춘. 빛의 마탑 투스텔라의 젊은 마법사들이었다.

둘 중 주도적인 하비렌이 철목 조각을 내밀며 강진우를 노려보았다.

"대장장이 길드를 찾아갔더니 미친놈 취급을 받았소. 천야장이 되살아나야 철목으로 펜촉을 만들 수 있을 거라는 이야기를 들었는데, 이게 정말 철목 조각입니까?"

"그렇습니다."

강진우는 천야장이라는 말에 속으로 웃었다. 이 젊은 마법사는 답을 말해 놓고도 그게 답이라는 사실을 절대 알 수 없을 것이다.

"처음부터 그 녀석과의 대화를 알려 줄 생각이 없었군, 당신."

눈빛이 사나워진 하비렌.

"오호. 똑똑하네요. 의외군요."

"나는 빛의 마탑 투스텔라의 하비렌이오."

"그래서요?"

강진우는 담담한 눈으로 하비렌을 바라보았다. 그 이름에 기가 죽을 이유는 없었다.

"룬트란 왕국과 빛의 도시 엘루마의 안위를 위해 그 대화 내용을 알아야겠소."

"싫다면요?"

"마령패를 사용하겠소."

드래곤이 새겨진 마령패를 꺼내어 보여 준 하비렌은 자신만만했다. 왕실이 인정하는 극소수의 마법사에게만 주어지는 특권으로, 법적인 효력을 발휘할 수 있는 마령패를 동원하면 경비대도 움직일 수 있었다.

"국왕 전하를 뵌 적이 있소?"

"왕세자 저하께 받은 마령패요."

"론투엘 저하께 받으셨다…… 아주 기분이 좋았겠소. 그 젊은 나이에 말이오. 하지만 안타깝게도 내겐 통하지 않소."

강진우는 웃으며 마령패를 꺼내어 하비렌이 제대로 볼 수 있도록 내밀었다.

"어, 어떻게 당신이 마령패를 가지고 있는 겁니까?"

"내 경우엔 국왕 전하께 직접 받았소."

"……."

하비렌은 아무 말도 못 했다. 올룬은 옆에 서서 가만히 있었다. 이럴 때 한마디 했다가는 불똥이 튈 터였다.

피식 웃은 강진우는 광장을 벗어난 직후, 마차를 잡아탔다. 목적지는 천야장 퍼브의 생가, 지금은 봉쇄 지역이 된 곳이었다.

"먼저 가라니까."

스노빈이 툴툴거렸다.

"그럴 순 없지. 같이 애를 썼잖아. 그러니까 결과도 같이 봐야지."

노바디는 마차 특유의 진동이 재미있었다. 오래 타면 허리가 아플지도 모르지만, 나무로 제작된 바퀴가 돌바닥을 굴러

갈 때의 움직임 때문인지 어린 시절로 돌아가 장난을 치고 싶은 마음이 생겼다.

"현섬은 편한데, 후유증이 심해."

스노빈은 고개를 흔들었다. 먼 거리를 단숨에 이동할 수 있지만 현기증으로 인한 두통은 가볍게 참아 넘길 수준이 아니었다.

"몸이 약해서 그래."

"누가? 내가?"

어떻게 해야 이 독특한 이방인에게 자신의 체력을 보여 줄 수 있을까 생각하며 마차 창밖을 내다본 스노빈은 맞은편으로 지나가는 마차에 타고 있는 사람을 알아보았다. 그 사람 역시 스노빈을 보고 눈이 커졌다.

"멈춰! 세워!"

스노빈이 소리쳤다.

마부는 욕설을 내뱉으며 마차를 길가로 세웠다.

스노빈이 먼저 밖으로 튀어 나가 길을 건넜다. 뒤따라간 노바디는 스노빈이 달려가는 방향 쪽을 살피다가 깜짝 놀랐다. 시청 지하 서고에서 만났던 그 중년 남자가 이쪽으로 달려오고 있었던 것이다.

달리기 시작한 노바디는 금세 스노빈을 추월했다.

스노빈 옆을 스치듯 지나갈 때, 노바디는 빙긋 웃었다. 스노빈의 얼굴이 일그러졌다.

"아무래도 인연이 있는 모양입니다."

노바디가 말했다.

"그런 것 같군요."

역사학자 강진우는 숨을 몰아쉰 후, 천천히 말했다. 뒤늦게 도착한 스노빈은 중년 남자의 상태를 보고 자기가 이상한 게 아니라고 생각했다.

"부탁이 있습니다."

노바디가 말했다.

"저도 부탁이 있습니다."

"먼저 말씀하세요."

"전 철목 펜촉을 원합니다."

강진우는 철목 조각을 꺼냈다.

"천야장 퍼브의 족보를 구하고 싶습니다."

"이유를 물어봐도 될까요?"

"이야기가 길어질 테니 어디 들어가서 이야기를 나누는 게 어떻겠습니까?"

스노빈이 끼어들었다.

강진우와 노바디가 고개를 끄덕였다.

술집엔 소음이 적당히 깔려 있었다.

강진우는 노바디의 딱딱한 설명과 가끔 끼어들어 보충하는 스노빈의 이야기에 가만히 귀를 기울였다. 그 유명한 하이엘프 셀레스카르의 수제자 노바디라는 사실을 알게 된 순간, 하마터면 웃음을 터트릴 뻔했다.

　　'이 녀석이 천무관 계승자가 마지막 제자로 낙점한 김현이라니, 세상 참 좁군. NPC와 친구처럼 지내고, NPC를 위해 건물을 매입할 뿐 아니라 보상도 없는 퀘스트에 열중하는 걸 보면 황철호가 말했던 그 시더는 아니로군. 천무관이 그 지경이 됐는데 이런 곳에서 신나게 게임을 즐기는 걸 보면……확실히 내 주의를 끌 만한 인물은 아니야.'

　　강진우는 눈앞의 게이머 '김현'에 대한 종합적인 판단을 내린 후, 머릿속 VIP 공간에서 지웠다.

　　설명을 끝낸 노바디는 강진우를 바라보았다.

　　"그런 이유로 천야장 퍼브의 후손을 찾기 위해 족보가 필요합니다."

　　"족보는 필요 없습니다."

　　"네?"

　　"바로 여기 안에 있으니까요."

　　강진우는 손가락으로 자신의 머리를 톡톡 두드렸다.

　　"아!"

　　탄성을 터트린 노바디.

　　강진우는 천야장 퍼브의 후손이 살고 있는 집 주소와 이름을 알려 준 후, 또 다른 주소가 적힌 쪽지를 철목 조각과 함께 노바디에게 내밀었다.

"철목 펜촉은 이 주소로 보내 주시면 됩니다."

"너그러우시네요."

"설마 셀레스카르 님의 제자가 사기를 치지는 않을 테니까요."

"감사합니다."

"만나서 반가웠습니다. 또 봅시다."

강진우는 활짝 웃으며 술집 밖으로 나갔다. 대단히 유쾌한 사람이었다.

"괜찮은 사람 같다. 첫인상은 좀 아니었지만."

"너랑 비슷한데."

"음, 부정 못 하겠다."

그 말에 노바디도, 스노빈도 웃음을 터트렸다. 잠시 후, 스노빈이 이제 생각났다는 듯 말했다.

"이름을 안 물어봤네, 그 사람."

"철목 펜촉을 완성하면 만날 수 있겠지. 아! 주소가 왕국의 수도 마르세르야."

노바디는 쪽지를 들어 올렸다.

"너 돈 많잖아. 이방인은 돈만 있으면 엘루마에서 아침을 먹고, 점심은 마르세르에서 그리고 저녁은 엘루마에서 먹을 수 있다던데."

"그렇게 해 보고 싶은 것처럼 들린다."

"와우, 몸만 좋은 줄 알았더니 머리도 쓸 줄 아는 거야?"

그 비꼬는 말에, 노바디는 미친 듯이 웃기 시작했다.

건물은 공사 중이었다. 내부를 뜯어고쳐 새로운 주인에게 팔기 위해서였다.

노바디는 공사 관계자를 찾아가 건물에 살았던 사람들에 대해 물었다. 답은 간단했다. 모두 쫓겨났다는 이야기였다. 어디로 갔냐는 질문엔 비웃음이 뒤따랐다.

"빈민굴로 가 보슈."

벌컥 화를 내려는 스노빈을 뜯어말린 노바디는 마차에 동료를 밀어서 태웠다. 분을 삼키지 못하고 씩씩거리며 스노빈은 노바디를 물끄러미 바라보았다.

"내가 왜 화가 난 줄 알아? 너 같은 이방인은 빈민굴로 모여든 사람들을 위해 이 고생을 하는데 그 개 같은 새끼는 실실 웃으며 거기서 살다가 쫓겨난 사람들을…… 벌레 취급하잖아. 난 그걸 참을 수가 없어."

노바디는 스노빈을 가만히 응시했다. 화내는 얼굴이 왠지 모르게 멋져 보였다.

"왜 그래?"

스노빈이 어색하게 물었다.

"아무것도 아니야."

대현자 파르소겐이 왜 스노빈을 제자로 삼았는지 알 것 같았다. 이런 이야기를 하면 스노빈은 더 불편해할 것이다.

"싱겁긴."

스노빈은 어두워지는 창밖으로 시선을 옮겼다.

마차가 멈출 무렵, 공기 중엔 악취가 깊이 배어 있었다. 마차 밖으로 내린 스노빈은 소매로 코를 막았다. 마부에게 요금을 치른 노바디는 빈민굴로 향했다.

포르자를 찾아서 주소와 이름을 알려 주자, 오래지 않아 천야장 퍼브의 후손을 아는 사람이 나타났다. 놀랍게도 노바디가 건달로부터 구해서 빈민굴로 데려온 엄마였다.

"예살란은 옆집에 살았어요. 씩씩한 처녀로, 지체 높은 가문에서 하녀로 일을 하고 있었어요. 우리 딸을 아주 귀여워해 줘서 잘 알고 있어요."

"예살란을 여기 빈민굴에서 본 적 없습니까?"

노바디가 물었다.

"예살란은 사실 그 건물에서 쫓겨나기 전에 사라졌어요."

"사라져요? 어디로요?"

"워낙 성실한 사람인데, 하녀로 일하는 곳에도 말하지 않고 사라져 버렸어요. 경비대를 찾아가서 실종 신고를 했는데 아무도 찾아오지 않았어요. 경비대는 하녀 하나를 위해서 움직이진 않으니까요."

엄마는 서글프게 웃었다.

가만히 듣고만 있던 포르자가 입을 열었다.

"최근 들어 젊은 여자들이 사라졌다는 이야기를 자주 듣습니다. 최소 열 명 이상이 실종, 아니 납치된 것 같습니다. 부끄럽고 송구하지만, 저희가…… 이곳에 모인 수백 명의 사람들이 최선을 다해 돕겠습니다. 그러니…… 그들을 찾아 주십시오."

평정심을 잃은 포르자의 눈에서 눈물이 흘러내렸다.

"제 손녀 레이나도 사라졌습니다. 경비대는…… 우릴 돕지 않습니다. 용병을 고용하려면 돈이 필요한데, 저에겐 그만한 돈이 없습니다. 부탁드립니다."

포르자가 무릎을 꿇고 고개를 숙였다. 그 주위로 사람들이 다가왔다. 수백 명의 눈이 노바디를 향해 쏟아지고 있었다.

"부탁드립니다."

수백 명이 낸 한목소리였다.

스노빈이 포르자의 손을 잡고 일으켜 세웠다. 그리고 노인이 듣도록 말했다.

"찾아 드리겠습니다."

울먹이는 노인.

노바디와 스노빈은 말없이 빈민굴을 빠져나왔다.

"상의도 없이 멋대로 결정해서 미안하다."

스노빈이었다.

"이런 일의 전문가를 한 명 알아."

"정말?"

"우리보단 나을 거야."

노바디는 수사 전문가를 떠올렸다.

크고 화려한 정문과 달리 저택 뒷문은 울창한 두 그루 나무 사이로 빼꼼히 드러나 있었다. 바람에 흔들리는 나뭇가지와 잎이 부딪쳐 묘한 연주를 하고 있었다.

"그러니까 아무런 문제도 없었다는 겁니까?"

홍길동은 가슴이 매우 풍만한 하녀를 보며 물었다.

"예살란은 좋은 사람이에요. 꿈이 좀 이상해서 그렇지 누구나 좋아하는 하녀였어요."

"꿈이 이상해요?"

수첩에 조사 내용을 정리하던 홍길동이 고개를 들어 하녀를 바라보았다.

"여자인데 대장장이가 되고 싶어 했거든요."

"혹시 평소와 다른 행동은 하지 않았습니까?"

"무서운 대장장이가 나와서 소리치는 악몽을 자주 꾼 것 외엔 아무것도 다른 건 없었어요."

"협조 감사드립니다."

"헌터님이죠?"

하녀가 조심스럽게 물었다.

"그렇습니다."

하녀는 꽤 묵직해 보이는 전낭을 건넸다.

"저희끼리 모은 돈이에요. 예살란을 찾아 주세요. 부탁드
려요."

거절해도 소용이 없는 마음이 하녀의 눈빛에 담겨 있었다.
홍길동은 전낭을 받아 들었다.

"최선을 다하겠습니다."

저택을 뒤로하고 걸어 나오던 홍길동은 주머니를 뒤졌다.
벌써 전낭을 세 개나 받았다. 귀족 부인이 특별히 다가와 예
살란을 찾아 달라며 돈을 건넸고, 다음은 예살란이 자주 가
는 상점 주인들이었다.

"현실에서도 이런 여잘 본 적은 없지. 무슨 일이 있어도
찾아내야겠어."

홍길동은 실제보다 훨씬 묵직한 전낭을 다시 주머니에 넣
으며 한숨을 내쉬었다.

간단하면서도 매일 음식의 종류가 바뀌는 음식점 앞은 마

부들로 붐볐다. 일부는 식사를 위해 줄을 섰고, 일부는 배부르게 먹은 후에 담배를 즐기고 있었다. 그들은 어디에서 사고가 났는지, 어디에서 경비대가 단속을 하는지 따위의 정보를 솔직하게 교환했다.

홍길동은 그중 한 사람 앞으로 걸어갔다.

"수상한 사람을 본 적이 있다고 해서 찾아왔습니다만."

"누구슈?"

"헌터입니다."

"아하."

홍길동은 늙은 마부에게 술병을 들어 보였다. 1백 골드짜리 증류주로, 보통 사람은 엄두도 못 내는 독주를 싫어할 마부는 세상에 없다.

"경비대에 신고했다는 사실은 알고 있습니다."

홍길동은 헌터로 일하면서 친해진 경비대원을 통해 신고 시기와 내용을 알아낼 수 있었다.

술병을 받아 한 모금 마신 마부의 눈이 휘둥그레졌다. 입가엔 만족스러운 미소가 걸렸다. 한 모금 더 마신 후, 마부의 입이 열렸다.

"상인도 아니고 용병도 아닌데 아주 큰 자루를 들고 마차에 탔지. 밤이라서 더 그래 보였는지 몰라도 피부가 굉장히 하얀 남자였는데, 왠지 내 눈치를 보는 것 같더군."

"그게 정확히 언제였습니까?"

늙은 마부는 고개를 갸웃거렸다.

홍길동은 기다린 것처럼 인벤토리에서 술병 하나를 더 꺼내어 앞으로 내밀었다.

"아, 이제 기억이 나는구먼."

마부가 날짜를 알려 준 순간, 홍길동의 눈에 힘이 들어갔다. 예살란이 실종된 바로 그날이었다!

"인상착의를 좀 더 자세히 들을 수 있을까요? 저는 지금 납치 사건을 조사 중입니다."

"자네, 술 좀 더 있나?"

"있습니다만."

"저기 친구들도 할 말이 있는 것 같아서 말이야."

늙은 마부는 눈짓으로 서서 이쪽을 바라보는 수십 명의 동료들을 가리켰다.

홍길동은 엄지를 올렸다.

'어차피 노바디가 돈을 낼 테니까. 벨란데르 그 녀석도 어마어마한 부자였지.'

육중한 성벽이 좌우로 길게 뻗어 있는 남문을 통과한 홍길동은 저 멀리 펼쳐진 평원을 바라보았다. 얕은 구릉이 부드러운 파도처럼 지평선 근처까지 이어져 있는 느낌이었다. 눈에 띄는 마을만 해도 줄잡아 열 개는 넘었다.

"서른다섯 개……."

마차에 큰 자루를 싣고 탔던 수상쩍은 승객은 모두 남문 앞에서 내렸고, 남문을 통과한 후 사라졌다. 역마차를 이용하진 않았으니 가까운 곳부터 살펴야 할 것이다.

혼자서 조사하기엔 지나치게 넓은 땅이 눈앞에 펼쳐져 있었다.

그때, 노인이 다가왔다.

"홍길동 님이십니까?"

"……그렇습니다만."

"전 포르자라고 합니다. 노바디 님이 절 보내셨습니다."

"그런가요?"

"저기 흩어져 있는 마을에 대해선 걱정하지 마십시오. 우리에게 맡기세요."

"우리요?"

그제야 홍길동은 노인 뒤에 수십 명이 서 있다는 사실을 깨달았다. 하나같이 깡마르고 낡은 옷을 입고 있지만, 하나같이 눈빛이 맑았다.

"큰 도움이 될 것 같습니다."

홍길동은 진심이었다.

서른다섯 개의 마을 중 스물일곱 개의 마을에서 정교하게 그린 몽타주의 인물을 본 적이 없다는 결과에 홍길동은 이맛살을 찌푸렸다. 어두워져 성문이 닫힌 후, 여관으로 돌아가던 홍길동은 어둠으로 숨어들었다.

'오블랑 하이드, 아직은 어설프지만 그래도 이럴 때 쓸 만하구나.'

홍길동이 갑자기 사라지자, 따라오던 남자가 급히 달려와 주위를 살폈다. 홍길동은 그늘에서 빠져나와 그 남자 뒤에 서서 어깨를 두드렸다.

화들짝 놀란 남자는 넘어졌다가 달아나려 했지만 홍길동이 발을 걸자 앞으로 나뒹굴었다. 걸어가서 가슴을 밟은 홍길동이 남자를 내려다보았다.

"왜 날 쫓는 거지?"

"……그런 적 없습니다."

"예살란."

그 이름에 남자의 눈이 흔들렸다.

"아는 이름이군. 예살란을 납치한 게 너냐?"

"아, 아니에요. 예살란을 데려간 건 천사예요. 죽음의 천사 말이에요."

"너, 봤구나!"

홍길동은 남자의 어깨를 잡고 일으켜 세웠다.

　　"……제 이름은 페르세예요. 예살란을 오래전부터 좋아했지만, 직접 고백할 수는 없었어요. 그날도 멀리서라도 보기 위해 따라가는데, 갑자기 하늘에서 죽음의 천사가 내려왔어요. 천사는 예살란의 목에 키스를 했고, 그 때문에 예살란은 정신을 잃었어요."

　　"그다음엔?"

　　"겁이 나서 달아났어요. 정말이에요."

　　남자의 바지가 젖어 있었다. 발 옆으로 샛노란 액체가 흘러내렸다.

　　"왜 천사라고 생각했지?"

　　"커다란 날개가 있었어요."

　　홍길동은 남자를 놓아주었다.

같이 가 줘야겠어

　황철호는 답답함을 해소하기 위해 위험할 만큼 빠른 속도로 차를 몰았다. 머릿속에서는 김현에게 모든 것을 알리고 김현이 알고 있는 것 역시 모두 들어야 한다는 생각과 그 반대가 충돌하고 있었다.

　일부러 천무관에도 가지 않았다. 몬스터에게 짓밟혀 무너졌다가 공사 중인 건물 윤곽을 본다면 속이 터져 나갈지도 모른다. 또한 계관의 수련실로 가면 김현을 볼 수 있기에 충동적으로 진실을 털어놓을까 싶어서 발길을 끊었다.

　곧 결정을 내려야 한다.

　김현 옆에 서서 유니온과 충돌해야 할까?

　유니온 옆에 서서 김현을 잡아야 할까?

이제까지 살아온 방식을 부정하지 않는 이상, 김현을 버릴 수는 없다. 답은 이미 나와 있다. 문제는…… 그 답을 선택했을 때, 과연 무엇을 할 수 있느냐 바로 그 점이었다. 의리 때문에 김현과 함께 바다에 가라앉을 수는 없다.

방법을 찾아야 한다.

라이언에게 도움을 청할까? 그 멍청하고 무식한 라이언이라면 목숨을 걸고 도와줄지도 모르지만, 라이언 역시 함께 가라앉고 말 것이다.

힘으로 유니온의 전통과 규율, 스타일을 꺾을 수는 없다.

이럴 때 진세진이 옆에 있다면, 도와준다면 어마어마하게 도움이 될 것이다.

"그 새끼가 도와줄 리는 없지."

생각할수록 가슴만 답답해졌다.

그때, 벨 소리가 들렸다.

"황철홉니다."

─ 저는 감시대 소속 조은석이라고 합니다.

"조은석? 로고스 소속?"

─ 그렇습니다.

그때, 사슴 한 마리가 튀어나와 황철호가 운전하는 자동차 범퍼에 부딪혀 어둠 너머로 사라졌다. 이미 브레이크를 밟았던 황철호는 눈도 깜빡이지 않고 핸들을 움직여 낭떠러지 바로 직전에 차를 멈췄다.

싱크

– 무슨 일이 있습니까?

조은석이었다.

"연락한 이유는?"

– 김현에 대해섭니다.

"……김현?"

황철호는 가슴이 두근거렸다. 천무관 습격 사건으로 김현에 대한 진실이 좀 더 일찍 드러났을지도 모른다.

– 아직은 저 혼자만 알고 있습니다. 자세한 이야기는 만나서 하고 싶습니다만.

"어딘가?"

조은석이 주소를 불러 주었다.

전화를 끊은 황철호는 다행히 작동하는 내비게이션에 주소를 입력했다. 몇 번의 시도 끝에 시동이 걸리자, 황철호는 힘껏 액셀을 밟았다.

계단을 딛고 여관 입구로 올라간 황철호는 엘리베이터가 내려오기를 기다리며 이곳으로 오는 동안 생각했던 것을 다시 한 번 떠올렸다. 조은석은 왜 전화를 했을까? 무엇을 바라고 있을까? 현문 길드 소속이자 타격대의 일원인 자신이 조은석에게 줄 수 있는 게 있을까?

엘리베이터에 올랐다. 여관에 들어온 순간부터 코를 찌르는 악취에 인상이 구겨졌다.

"휴우."

호흡을 잠시 멈췄다.

엘리베이터 문이 열렸다. 피가 뿌려진 듯 검붉은 카펫이 깔린 복도가 눈에 들어왔다. 구두 소리가 나지 않아서 괜히 뒤를 훔쳐보게 만드는 통로였다.

똑똑.

문을 두드렸다. 반응이 없었다.

세 번 두드린 후, 황철호는 조은석에게 전화를 걸었다. 안쪽에서 벨 소리가 들렸다. 손바닥을 문에 대고 힘을 주자, 문이 살짝 부서지며 안쪽으로 열렸다.

안으로 들어선 황철호는 입을 꽉 다물었다.

조은석은 침대에 누워 천장을 올려다보고 있었다. 두 팔은 양쪽으로 뻗어 있고, 침대에서 흘러내린 형태로 늘어져 있는 다리 아래는 맨발이었다. 구두는 아래에 가지런히 놓여 있었다.

이마에 구멍이 나 있었다.

가슴에서는 세 개의 구멍으로 피가 흘러나왔다.

황철호는 다가가 조은석의 목에 손가락을 댔다. 알고 있지만 확인하기 위해서였다.

유니온에 전화를 걸기 위해 돌아서는 순간, 황철호는 복도에서 이쪽을 노려보는 사람들을 볼 수 있었다. 감시대의 리더 황영은 비교적 차분했지만 김철수, 벨라 그리고 동해진은 죽일 듯 황철호를 쏘아보고 있었다.

"같이 가 줘야겠어."

황영이 말했다.

황철호는 천천히 고개를 끄덕였다. 여기서 변명을 해 봐야 소용이 없다. 각성자 사이의 충돌을 담당하는 부서의 판단이 나올 때까지는 저 따가운 눈총을 벗어날 수 없을 것이다.

황영은 손을 내밀었다.

한숨을 내쉰 황철호는 핸드폰을 건넸다.

기적이 일어났다.

경비대원 톰은 눈을 비볐다. 동료 스베르는 입을 쩍 벌린 채 봉쇄 구역 안으로 걸어서 들어가는 사람들을 바라보았다. 모두 들 수 있을 만큼 작은 짐을 가진, 가난한 사람들이었다. 그들은 가까운 건물로 들어섰다.

벌써 몇 시간이 흘렀지만 누구도 비명을 지르며 달려 나오지 않았고, 누구도 옥상 난간에 올라 아래로 추락하지 않았다. 대신 청소를 하는지 열린 창으로 먼지가 흘러나왔고, 창 너머로 움직이는 사람들의 그림자가 보였다.

"내가 지금 제대로 보고 있는 거지?"

톰이 중얼거렸다.

"아무래도 봉쇄 구역을 줄여야 할지도 모르겠어."

스베르였다.

노바디가 건물로 돌아가자 사람들을 돕고 있던 스노빈이 다가왔다.

"엄청나게 놀랐을 거야. 100년, 최소 50년은 지나야 봉쇄 구역이 줄어들 거라는 게 객관적인 평가였으니까. 대체 천야장 퍼브에게 어떻게 양보를 얻어 낸 거냐?"

"이런저런 이야기."

"이야기?"

스노빈의 눈이 가늘어졌다.

"예살란과 함께 살았던 이웃들이 쫓겨난 사정을 알려 줬지. 사실, 이런 결과를 바랐던 건 아니었어. 천야장 퍼브가 스스로 봉쇄 구역을 줄일 거라고는 상상도 못 했거든."

"아!"

천천히 고개를 끄덕이는 스노빈.

봉쇄 구역의 재지정을 위해 노바디가 걸어가자 톰과 스베르가 앞을 막아섰다.

"어떻게 된 겁니까?"

"운이 좋았습니다."

그렇게 말한 노바디는 빈민굴에 흩어져 하루하루를 연명

하던 사람들이 봉쇄 구역 가장자리의 건물로 이주하는 일을 도왔다. 건장한 남자들은 홍길동을 도와 천야장 퍼브의 후손 예살란을 찾는 일에 손을 거들었고, 노인과 여자 그리고 아이 들은 텅 빈 건물로 들어와 보금자리를 꾸리고 있었다.

"당신 뭐야?"

뒤에서 들린 목소리에 노바디는 천천히 몸을 돌렸다.

허리에 손을 얹은 잘생긴 남자, 하비렌이었다. 그 옆에는 사제 올룬이 서 있었다.

"누구……?"

"투스텔라의 마법사 하비렌이다."

"아, 투스텔라."

"어떻게 한 거지? 대체 뭘 했기에 봉쇄 구역이 줄어든 거야? 그리고 저 쓰레기는 뭐야? 목적이 뭐야? 엘루마를 집어삼키기 위해 음모라도 꾸미는 거냐?"

"지금, 나한테 말한 겁니까?"

"그래, 너!"

노바디를 향해 손가락질을 하는 하비렌.

어느새 노바디 옆으로 다가온 스노빈이 물었다.

"투스텔라의 공식적인 입장이라고 봐도 됩니까?"

"그, 그건…… 아니다."

아무리 자신만만한 하비렌이라도 자신의 행동이 투스텔라에 가져올 영향을 무시할 수는 없었다. 상대는 하이엘프 셀레스카르의 제자였다.

"비공식적이라고 해도 호지센의 회주에게 이따위 경거망동이라니. 좋습니다. 나 스노빈에게 실례를 범했다면 그냥 넘어갈 수도 있지요. 허나, 이분은 셀레스카르 님의 수제자일 뿐 아니라 이 나라 룬트란을 이끄실 왕세자 론투엘 저하의 대사형이십니다. 당신은 지금 론투엘 저하의 명예를 짓밟은 겁니다. 이 사실을 알려도 좋을까요?"

"……."

하비렌은 아무 말도 못 했다. 올룬 역시 왕세자 론투엘이 언급되자 몸을 움찔거릴 뿐이었다.

그 모습에 노바디는 웃음을 터트릴 뻔했다. 스노빈은 진정한 현자였다. 자기가 당한 방식 그대로 하비렌을 다루고 있었다. 하비렌은 그 오만함 때문에 스노빈에게 낚인 것이다.

그때, 홍길동으로부터 메시지가 도착했다. 메시지엔 초상화가 첨부되어 있었다.

─마부들이 그린 납치범 몽타주야.

초상화를 본 노바디는 고개를 갸웃거렸다. 어디서 본 얼굴이었다. 갸름한 얼굴이지만 힘이 느껴지는 눈이었다. 분명히 어디에선가 본 얼굴인데, 기억이 나지 않았다.

"난 잠깐 나갔다 올게."

노바디가 속삭이자, 스노빈이 눈으로 웃으며 고개를 끄덕였다.

노바디는 접속을 끊었다.

커넥터는 일종의 문이었다.

커넥터에 앉는 순간, 현실에서의 염려와 걱정은 서서히 사라진다. 섬광이 터지며 페플이 나타나면 김현이 아니라 노바디로서 존재하게 된다. 반대로 접속을 종료하면 노바디는 사라지고 김현으로 커넥터 밖으로 나오게 된다.

화장실로 가서 볼일을 보고 나온 김현은 물을 연거푸 두 컵 마셨다. 한 번에 오랫동안 접속하려면 수분 보충은 기본이었다. 바나나는 영양 흡수가 빠른 과일이라서 자주 먹었다.

김현은 소파에 앉았다.

천무관을 공격한 몬스터가 서서히 떠올랐다. 오정목, 이근상 그리고 홍유정은 그 일로 어마어마한 충격을 받을 뻔했다. 망각이 그들을 덮치지 않았다면 트라우마에 오랫동안 시달렸을 터였다.

당장 밖으로 나가고 싶은 충동이 느껴졌다. 안진후를 찾아가 일이 어떻게 진행되고 있는지, 유니온이 무엇을 찾아냈는지, 재발 방지 대책은 무엇인지 직접 확인하고 싶었다.

하지만 그랬다가는 그림자처럼 따라다닐 유니온 감시대에 허점을 보이게 될 테고, 일은 걷잡을 수 없이 커질 것이다.

"휴우."

한숨이 터져 나왔다.

그때, 귓속을 파고드는 익숙한 목소리가 들렸다.

─현아.

몸을 일으킨 김현이 주위를 살폈다. 아무도 없었다.

하지만 분명히 사부님의 목소리였다.

─베란다로 나와서 아래를 내려다보거라.

놀라서 베란다로 간 김현은 고개를 밖으로 내밀어 아래를 살폈다. 사부님이 손을 흔들고 있었다.

─공원으로 오너라. 기다리마.

사부님은 뒷짐을 진 채 천천히 아파트를 빠져나갔다.

옷을 갈아입은 김현은 즉시 현관을 나섰다.

벤치에 앉아 평화로운 광경을 바라보면서도, 현기명은 김현이 도착하기 전에 벌떡 일어나 공원 밖으로 달아나고 싶은 충동을 느꼈다. 김현을 만나면 유모차를 끌며 웃는 평범한 삶과는 영영 이별할 것만 같았다.

"이렇게 늙었는데도 여전히 두렵고 무서운 게 있다니. 어쩌면 죽을 만큼 늙지는 않았나 보군."

김현이 공원으로 접어들었다.

"사부님."

"앉거라."

"무슨 일이십니까?"

"철호가 사라졌다."

"네?"

"어디에 있더라도, 심지어 지구 반대편에 있어도 내가 전화하면 재깍 받던 아이였다, 철호는. 그런데 사흘째 소식이 없구나."

"……전혀 몰랐습니다."

"괴물에 대해서는 알고 있겠지?"

"……."

김현은 입을 벌린 채 다물 줄 몰랐다.

"다 잊어버리더구나. 경찰도, 응급대원도, 심지어 괴물에 당해서 죽을 뻔한 아이들까지도. 내가 치매에 걸렸구나 싶을 때쯤, 나처럼 기억하는 사람들이 있음을 알게 됐다. 그들을 통해서 너와 철호도 나와 비슷하다는 것을 알게 됐고."

"저는……."

"나는 진실을 원한다. 웬만한 이야기로는 날 놀라게 하기 힘들 테니까."

"놀라실 겁니다, 사부님."

"놀라게 해 보거라."

"그럼, 절 따라오세요."

"가자꾸나. 허허, 오랜만에 심장이 제대로 뛴다."

현기명은 김현 뒤를 따랐다.

"저 새끼를 체포해야 돼. 도대체 왜 못 하게 하는 거지?"

감시대원 김철수는 핸들을 주먹으로 내리치며 소리를 질러 댔다.

"명령이니까요."

벨라는 울어서 붉게 물든 눈을 소매로 훔쳤다.

현기명과 김현이 탄 택시는 이제 막 우회전을 하며 시야에서 사라졌다. 김철수는 속도를 냈지만 들킬지도 모른다는 생각에 코너를 천천히 돌았다.

뒷좌석에 앉아 팔짱을 낀 동해진은 착잡한 마음을 감추지 못하고 인상을 찡그렸다. 직접 보지 않았다면 절대 믿지 않았을 것이다.

"아직도 황철호 그 새끼가 무죄라고 생각합니까?"

김철수가 동해진을 향해 외쳤다.

"재판이 알려 주겠지."

"은석이 이마와 가슴에 구멍을 낸 건, 황철호의 장기인 청지풍입니다. 그래도 부족한 겁니까?"

"흥분하지 마요."

벨라는 말리는 척했지만 동해진을 향한 눈빛엔 질책이 서려 있었다.

동해진은 담배를 꺼내 물었지만 불을 붙이진 않았다. 한숨을 내쉰 그는 창밖으로 멀쩡한 담배를 던졌다.

침묵 속에서 앞서 달리던 택시가 멈췄다. 페플파크, 즉 안진후의 집이 있는 곳이었다.

"빌어먹을."

김철수가 이를 갈았다. 안진후에겐 접근하지 말라는 명령이 내려와 있었다. 페플파크 내부로 들어갈 수조차 없었다. 감시 장비 설치도 허가가 나지 않았지만 평소처럼 몰래 몇 가지 장치를 내부로 가져갔는데, 하루도 못 되어 모조리 들켰고 제거되었다.

"명령이잖아요."

이번에도 벨라였다.

동해진은 담배를 꺼냈다. 이번에는 불을 붙였다. 제2차 카오스 이후 처음 피우는 담배였다.

다음 권으로 이어집니다

200평 초대형 24시 만화방

📖 수원시청점

로데오거리
● 농협
CGV
⑧ 수원시청역 8번출구
24시 만화방 3F
● 홍콩반점

TEL : 031-226-3771
수원시 팔달구 인계동 1041-11 3층 24시 만화방

수면실 (침대식) — 사우나석
2인석 — 샤워실
세탁기 — 신간100%

📖 의정부점

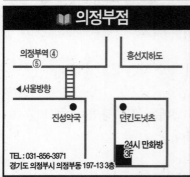

의정부역 ④ ⑤
흥선지하도
◀서울방향
진성약국
던킨도넛츠
● 24시 만화방 3F

TEL : 031-856-3971
경기도 의정부시 의정부동 197-13 3층

📖 안양점

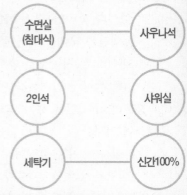

● 안양역
육교
◀관악역
명학역▶
● 농협
24시 만화방 2F
안양일번가

TEL : 031-466-3771
경기도 안양시 안양동 674-163 공룡고기건물 2층

📖 주안점

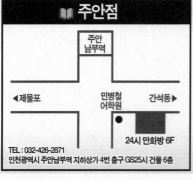

주안 남부역
◀제물포
민병철 어학원
간석동▶
● 24시 만화방 6F

TEL : 032-426-2871
인천광역시 주안남부역 지하상가 4번 출구 GS25시 건물 6층

📖 안산점

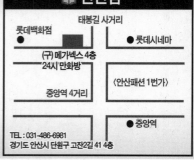

롯데백화점
태봉길 사거리
● 롯데시네마
(구) 메가넥스 4층
24시 만화방
〈안산패션 1번가〉
중앙역 4거리
● 중앙역

TEL : 031-486-6981
경기도 안산시 단원구 고잔2길 41 4층

벽사 장편소설

퇴역용병
엔터테인먼트

CIA마저 두려워하는 용병 팀, 흰토끼!
그들이 벌이는 덕질에 저격당하다!

용병 활동 중 미래 컴퓨터가 몸에 흡수된 제임스
은퇴 후 동료들과 함께 엔터테인먼트를 차리다!

미래의 지식으로 천재 작곡가가 된 제임스는
우락부락한 몸매로 여가수에게 섹시 안무를 강습하고
특훈을 받은 원더우먼 역할의 여배우는
슈퍼맨도 때려잡게 생겼다?

여배우에게 껄떡댄다고 상원 의원조차 암살하려던 그들이
걸 그룹에 빠져 한국으로 가려 하자
CIA는 발 벗고 나서서 도와주는데……

전장의 스페셜리스트들, 연예계로 몰려온다!

이해날 장편소설

의사

Doctor

자칭 다이내믹 천재 의사 무진!
신의 의술에 도전하다!

어린 시절부터 슈퍼맨을 꿈꾼 무진
남을 돕는 정의의 사도가 되려고 노력하지만
실상은 돈 없고 빽도 없는 모자란 얼간이!
남들에게 비난받아도 늘 다이내믹한 인생을 바라는데!

그런 그의 앞에 금발을 찰랑이며 나타난 미녀 의사!
무진만 볼 수 있고 들을 수 있는
귀신의 몸으로 그에게 의술을 가르치는데……

신들린 듯한 의술의 고스트 닥터 이무진!
귀신에게 받은 능력으로 정의를 행하라!